虚无的十字架

〔日〕东野圭吾 著

代珂 译

南海出版公司

新经典文化股份有限公司
www.readinglife.com
出 品

序 章

关于母亲，井口纱织几乎没有任何记忆，因为从她记事起，母亲就已经不在了。她还记得，在幼儿园里看见妈妈们来接小朋友时自己总是很羡慕——为什么只有自己没有妈妈？上小学后她才明白，母亲已在她三岁时因病去世。母亲得了脑瘤，知道这些时她才上五年级。据说纱织的母亲当时才三十一岁。

"她做的菜很好吃，性格也很温柔。真说起来，她身体还算比较健康的，做梦也没想到居然会得这种病。"父亲洋介常这样说。

洋介在一家经营化工制品的企业里担任技术员。那家企业的总公司在大阪，而他任职的地方叫作富士工厂，位于和大阪相邻的富士市。每天早上，他都要开车去厂里上班。

在上五年级之前，纱织放学后都会去学童托儿所。纱织可以在那里待到下午六点半，洋介总是在最后一刻才赶去接她。而纱织总是在见到父亲时才感到心安。

到了五年级，纱织不再去学童托儿所了，而是一放学就直接回家，因为独自看家已不再让她感到难熬。读读书，看看电影，时间一眨眼就过去了。纱织并非在学校里没朋友，她只是喜欢一个人待着。

自那时起，洋介回家的时间就变得越来越晚。以前他还会提前准备好早晚饭，渐渐地也不再这样做了。有时候，洋介在下班路上会买回来一些便当作为晚饭，让纱织勉强凑合一顿，有时候，她就独自在家啃着外卖比萨等父亲回来。

有一天，纱织意识到其实可以自己做饭。某天，她从超市买回食材，照着从图书馆借来的食谱书做出了土豆炖肉和味噌汤，并在吃晚饭时把它们和现煮的米饭一起端上了餐桌。碰巧那一天洋介回来得早，一看到食物便两眼放光，直呼"了不起、了不起"。土豆炖肉淡了，味噌汤她也不认为做得有多好，可是能替父亲分忧，她感到很开心。

那天以后，井口家的伙食重担就压到了纱织肩上。当然，每天都做是不可能的。所以有时候洋介上班前，她也会嘱咐说："爸，不好意思，今晚你在外面吃吧。我打算去便利店买点三明治。"

不仅如此，纱织还开始打扫卫生和洗衣服。她完全不觉得做这些事情很痛苦，反而很高兴，或许她在做家务方面有天赋吧。

"纱织，你一定会成为一个好妻子。这下爸爸也可以放心了。"洋介常常神情满足地这样说。这甚至可称得上是他的口头禅。不过到了后来，他总是会补上这样一句："但是纱织，除了家务，你还有许多必须要做的事情。首先你得努力完成学业。那是一件能让你幸福的事。家里的事，还有爸爸的事，完全可以往后放一放。"

不过，女儿能够承担起一切家务，还是让洋介安心多了。可能是因为工作变得更为繁忙了，他下班回家的时间越来越晚。就算到了家，也常常有工作电话打来，休息日加班的次数也多了起来，到了后来，甚至出差在外面过夜都不是什么新鲜事了。

纱织升初中那会儿，洋介几乎就只是每天回来睡觉。父女间对话的机会自然也变少了许多。

初二那年秋天，纱织遇到了一件事。

那天是周日，洋介还是像往常一样出门加班。纱织在去超市买晚餐食材前顺路先去了趟平时常去的录像带出租店。她打算去租一部很久前就想看的电影。

她知道那盘录像带摆在哪里，就在那一排挂有"科幻、恐怖"牌子的架子上。可她却没在那里发现要找的东西。奇怪，即便带子租出去了，盒子也应该摆在那里才对。

一名男性店员碰巧经过，她便问道："不好意思，《异形附身》是在这附近吗？"

"《异形附身》呀，嗯，应该有的。"店员的视线转向货架。"咦？怪了，好像不在了。"

就在那时，身边传来了讲话的声音："欸，你在找这个？"

纱织循声望去，不禁一惊，因为眼前这个面带歉意递过录像带的人，是仁科史也。

"啊，"她下意识地应着，随后又小声说道，"是的。"她不自觉地紧张起来。

"看起来人家比你先下手啦。"店员调侃过后便离开了，只剩下纱织和史也。

"唔，"史也看了一眼录像带，"这电影，有意思吗？"

纱织轻轻歪了歪头。"不清楚……"

"可你不是打算借吗？难道不是因为觉得它有意思？"

"是打算借，但我还没看过，所以不好说……"她的声音到最后竟有些发颤。

史也发出"唔"的一声，再次打量起这盘录像带。随后，他像是想通了什么似的，将它递给了纱织。"给。"

"嗯？"纱织有些不知所措。

"你可以先看。我呀，就是随便选的。"

"啊，别，那可不行。"纱织边挥手边向后退，嘴里含糊不清地说道，"没关系的，不用……没关系。"

"别客气了。这样吧，如果有意思，你就告诉我一声，然后我再看。你——是我们学校初二的吧？我在学校里见过你。"

纱织又一惊，因为她没想到他认识自己。她不知该如何回答，无言地点了点头。

"给。"他再次递过录像带。纱织不好再拒绝，说了句谢谢之后便收下了。

"你常来这里？"仁科史也问道。

"嗯，时不时……"

"我也常来。那下次见面时，跟我说说你的感想吧。"

"好。"纱织回答。自己的声音竟莫名有些沙哑，这令她有些懊恼。

后来，她兴奋了一整天。回味着和史也的对话，她时而雀跃，时而为没能更好地交流而沮丧。

他竟然知道自己是低年级的学生，这让纱织十分惊讶。纱织其实在很久之前就认识他了。不，光这样说还不够准确。着迷，才是最适合的词。

最开始注意到仁科史也，是上初一那年的九月。一天放学后，纱织走在操场边上时，注意到了一个正在修整沙坑的男生。纱织之前偶尔会遇到他，但她只知道他是高年级的学生。

他修整好沙坑，慢慢地走了出来。走出一段距离后，他又开始做一些简单的热身运动。随后，他注视着沙坑，仿佛下了决心一般奔跑起来，速度之快超出了纱织的想象。

猛然加速之后，他在沙坑前方起跳。他那宛如在空中舞蹈的身姿，之后便一直印在了纱织的眼眸中。

落地后，他也只是面无表情地站起来。只见他拿起一把T字型工具，又像刚才那样修整起沙坑。整理完毕后，他再次朝起跑线走去。

他不断重复着同样的动作。纱织就那么远远地望着。也不知为何，她就是无法移开视线。若不是碰巧路过的同年级同学跟她打招呼，或许她会一直看下去。当然了，当时她跟同学说的是自己在看操场那边的足球练习赛。

他比自己高一个年级，是田径队的，得知这些并没花多少工夫。很快，她还知道了他的名字——仁科史也。

为什么关注他，为什么一想到他就心神荡漾，纱织自己也不明白。她觉得，人们所说的恋爱或许就是这种感觉。可她该如何面对这份情愫？对于这个问题，她毫无头绪。在她看来，这一切必定会悄无声息地结束——作为一名初中生，她对自身情况的分析算是极为冷静了。

然而一年后，事态却发生了这么大的变化。她居然和自己一直迷恋着的仁科史也有了言语上的交流。

租来的录像带她很快看完了。她想向他倾诉感想，期待着能在学校与他相遇。好几次，她也确实发现了史也的身影，可对方身边总有其他人。在其他人面前，她并没有勇气上前和他讲话。

她总觉得可以再见到他，所以一有空就往录像带出租店跑，终于，她又一次在那里和他说上了话。

"嘿，"史也爽朗地打招呼，"那部电影怎么样？"

"特别有意思。绝对值得一看。"

"真的？好，那我也租。"

他径直朝那盘录像带所在的货架走去。

租完录像带后，他便和她一起出了店。他们聊起了最近看过的电影，朝着相同的方向走着。其实纱织的家在反方向，但她并没有提到这一点。不用说，想跟他待在一起的意愿胜过了其他的一切。

他们走到了附近的公园。史也说，在长椅上坐坐吧。纱织没有理由拒绝。随后，他还在旁边的自动贩卖机上买了果汁请她喝。

二人聊了许多，关于学校，关于音乐，关于电影，甚至还聊了各自的家庭。得知纱织是和父亲两个人生活，史也露出有些惊讶的表情。

"你还自己做饭？真了不起。"

"没什么了不起的，做得不好。"

"已经很了不起了。我就什么都不会。唉，真没想到。"

史也的感慨让她很开心。她突然觉得，能在家做饭真是一件好事。

快乐的时光转瞬即逝。回过神时，天色已微微有些昏暗了。

"差不多该回家啦。"史也首先提了出来。

"嗯，是的。"

然后，他说出了一句令她颇感意外的话："我送你。"

纱织太过惊讶，以至于做出了完全违背心意的回答："啊？不用。"

"为什么？我不应该送吗？那就算了吧。"

她这才意识到，这样的机会不会再有第二次了。

"那……就麻烦你了。"

史也应了一声，点了点头，从长椅上站起来。然后，他有些不好意思地开口问道："我可以给你家打电话吗？"

"嗯，可以。"

她将电话号码告诉了史也。他随即蹲下身子，将数字写在地上，嘴里还念念有词。仔细一听，他似乎是为了让数字更好记在找谐音。

"好的，记住了。"说着他又站起来，背了一遍号码。果然全对。

他好聪明。她想。

史也告诉她的是传呼机号码，因为他家里人多。正好，纱织也不大喜欢往别人家里打电话。

接到史也打来的电话，是在四天后的周四。纱织内心一直十分忐忑，她以为他不会打来电话。

他说起了前些日子租的录像带。他说电影太有意思了，忍不住要找人分享感想。

"要是没看电影，说了也没意思。哎，我们能不能找个地方见面？"

纱织一怔，心怦怦跳了起来。"行啊……"

"那好。"他说了时间和地点，纱织都说可以。无论何时，无论何地，她都会赴约。

接下来的周六，他们在超市顶楼的小广场见了面。靠《异形附身》打开了话匣子的他们，果然又聊了很多。纱织内心十分惊讶，原来自己和他有这么多话题可以聊。

"我们还能再见面吧？"分别时，史也问道。

"嗯。"纱织回答。就是从这天起，她对他不再用敬语了。

那之后，他们每月大概会见两三次。史也就快考高中了，但为了见她，他还是编借口骗过了啰唆的妈妈。

每见一次面，纱织就多迷恋史也一点。某天，她终于鼓起勇气问他："你，觉得我怎么样？"她感觉脸上火辣辣的。

她低着头，没有勇气与他视线相对。但她能感觉到，史也正看着自己。

"好喜欢。"

听到这句话的瞬间，她觉得自己整个人都飘了起来。

1

就快下午一点了，外面的停车场传来引擎声。三楼办公室的一台电脑前，中原道正起身朝窗户下方看了一眼。一辆深蓝色的家用车正要倒进停车位里。

中原伸手拿起放在桌上的佛珠，确认了领带没有松垮之后，走出了办公室。

顺楼梯下到一楼，中原看到了等在那里的神田亮子。她是中原的得力助手，虽看上去年轻，但其实今年已四十岁了。

"齐藤先生好像已经到了。"

"嗯，看来是到了。"

这栋楼的入口是一扇玻璃门。中原和神田亮子并肩站在门后。

不一会儿，一名四十岁左右的男子和他年轻的妻子走了进来，后面还跟着一个男孩和一个女孩，看上去应该是他们的孩子。男孩差不多十五岁的样子，双手抱着一个比装橘子的那种纸箱还稍微浅一些的盒子。所有人的神情都略显僵硬，个头娇小的女孩两眼充血，看起来是刚哭过不久。

"我是齐藤。"男子面朝中原说道。

"恭候多时了。请您节哀顺变。"中原低下头，看到了少年抱在手里的盒子。"请问，这就是……"

"是，我带来了。"

"名字叫？"

"欧娜。"

"我可以向小欧娜行个礼吗？"

"嗯，请。"

中原接过盒子，放到了一旁的台子上。他先是双手合十行了礼，然后缓缓打开了盒盖。

躺在里面的是一只深褐色的猫。它被保冷剂围在中间，闭着双眼，四肢伸得直直的。

"它的表情很安详，"中原说，"应该没遭什么罪吧？"

"这……"齐藤歪了歪头。

"那天我们从外面回家时发现它没出来迎接。要在平常，哪怕走不稳路，它也会马上出来的。我们当时就觉得不对劲，立即开始找它，结果发现它在衣柜里，身体已经凉透了。它当时眼睛还睁着呢，我们用指尖轻抚了好多次才闭上。"

中原心知这是很常见的情况，便也点了点头。

"走不稳路，是得了什么病吗？"

"肾不好。因为这个我们还定期带它去医院。可是，说到底，它也差不多到岁数了。"

齐藤说它十八岁了，这对猫来说已是长寿，它应该可以算是安然终老了。

"我很理解您的心情。"中原再次低头行礼。

举行仪式的房间在二楼。仪式是模仿教堂仪式的样子，但也只是摆了几支燃烧着的蜡烛，并没有任何令人联想起宗教的东西。中原将装有遗体的盒子放在了小小的祭坛上。

"距离火葬还有一些时间。请诸位在这里做最后的道别吧。"说着，中原就独自回一楼去了。

神田亮子正在选花，用来放进棺材里的。棺材虽小，却也是梧桐木的。齐藤一家选的是最豪华的火葬服务。欧娜生前一定很受宠爱。

"骨灰打算怎么处理？"中原问。中原工作的这个地方叫作天使小船，设有单间骨灰保管处，是按年收费的。

"说是要自己带回家去。"

"哦，是吗。"

中原觉得这样也不错。很多主人虽将骨灰留在这里，却从不来祭奠。

到时间了，中原决定将一家人带到火葬场。火葬场设在大楼的停车场内，是一座水泥墙围起来的四方形建筑。

入口处，猫的遗体已被人从纸箱搬到了梧桐木棺材里。因为一直用保冷剂的关系，猫的四肢就那么直直地向前伸着。神田亮子把装有鲜花的桶递给家属。家属们一边轻声嘀咕着什么，一边将花摆在心爱的猫儿身边。他们似乎已经看开了，表情都很轻松，时不时还露出点笑意。

众人双手合十，小小的棺材消失在炉子里。火葬由专业人员操作，一定会焚烧得很好。

中原把家属们领到等候间，之后就走上三楼办公室，坐回到了电脑前。他们打算重印广告宣传册，可设计老是定不下来，他正犯愁。这事没有外包出去，一方面是为了节约经费，另一方面也是因为他自己曾经做过此类工作，有一定的经验。

要不干脆做得花哨些——正当他这样想着，打算移动鼠标时，摆在桌上的老式手机震了起来。

看了一眼来电，是一个陌生号码。他疑惑地接起了电话。"喂？"

"啊，喂？是中原道正先生吗？"对面是一个沉稳的男声，似乎在哪里听过。

"是的。"中原警惕地答道。

"抱歉百忙之中打扰您。我是警视厅搜查一课的，我叫佐山。"

"佐山……"中原猛地想了起来，"哦，您是那时候的……佐山先生？"

"是的，原来您还记得。我就是当初负责办案的佐山。好久没见了。"

乌云迅速笼罩在了中原的胸中。厌恶的记忆被唤醒的同时，不祥的预感也在翻涌。他打这通电话到底是为了什么？

　　"出什么事了？"中原挤牙膏一般问道，"关于那件事，我想一切都已经结束了。"

　　"没错。那件事已经结束了。今天我联系您，完全是为了别的事。是关于您太太的。"

　　"我太太……"

　　"哦，抱歉提起这件事。您好像离婚了。"

　　"啊，嗯……"中原不知道该作何解释。他甚至有些困惑，自己有必要对这个警察解释吗？"小夜子怎么了？"小夜子是中原前妻的名字。

　　"嗯，其实……"莫名的停顿之后，警察继续说道，"昨晚，她去世了。"

　　中原倒吸了一口凉气。警察的这句话，让他如坠云雾。诧异之下，他一时竟说不出话来。

　　"喂？"佐山叫他，"喂？中原先生，听得见吗？"

　　中原握紧电话，吐出了憋在胸中的那口气。

　　"嗯，听见了。你说小夜子死了？这……"言语间他意识到了事情的严重性，"佐山先生，您还在搜查一课是吧？您打电话来通知我，莫非……"后面的话他实在说不出口。

　　"嗯，是的，"佐山悲痛地说道，"我们出面，就是因为有他杀的嫌疑。我们认为，滨冈小夜子女士昨天是在她家附近被不明身

15

份的人用利器杀死了。"

通话结束大约一个小时之后，佐山来到了天使小船。齐藤家的猫已经火化完毕，但骨灰还没收完。中原把之后的事情交给了神田亮子等人。办公室的简易接待区里，中原和佐山面对面坐着。

许久未见，这位警察的身体比从前又魁梧了一些。似乎派头更足，也更威严了。看名片，他现在的头衔是巡查部长①，可之前的头衔是什么中原已经忘了。

中原将日本茶的茶包放进茶盏里端给对方。佐山礼貌地说了声"麻烦了"。

"来了之后我还有些意外，"佐山啜了口茶，"因为我没想到您现在在做这样的工作。之前是在……"

"广告公司。主要是做设计相关的工作。"

"嗯，我有印象。公司的工作辞掉了？"

"辞了有四年……不，差不多快五年了。"中原边回忆边说道，然后又补充了一句，"和小夜子离婚，是在辞职前不久。"

佐山微微张了张嘴，似乎想说什么。

"不过我真是挺意外的，"中原低下头，双手紧握，"究竟发生了什么？她怎么会出事？"

"我也很意外。实在是令人惋惜。"

---

① 位于巡查之上，警部补之下。

中原抬起头。

"电话里，您说她是被人用利器杀死的？"

"是的。对了，"佐山摊开手上小小的记事本，"地点是在江东区木场的路边。那里有几栋公寓楼是面对着主干道建的，江东区木场就在那些楼的北面。那里行人不多。您太太……哦，浜冈小夜子女士，就住在那栋公寓楼里。楼背面也有出入口，可能她打算从那里进去。"

"她一个人住吗？"

"是的。她独自住在一室一厅的单身公寓里。"

"您说她是昨天晚上出事的？"

"当时是晚上九点左右，有人报案说一名女性倒在路边。救护车第一时间出动了，但送到医院时，她已经被确认死亡了。"一直盯着笔记的佐山抬起头，"看起来是被人从背后刺了一刀，直达心脏。验尸官认为，除非刺的时候又快又狠，否则完全无法做到。"

"凶手……还没抓到是吧？"中原想弄清楚情况，于是又问了一次。

佐山撇撇嘴，轻轻点了点头。

"我们马上紧急出动了，可还没有发现可疑人物。搜查一课派我们队加入了今天上午成立的特别搜查组。我之所以知道被害人的身份，是因为我在组里看到了办案材料。"佐山将茶盏端到嘴边，啜了一口又放回桌上。"一开始，我没意识到这是您太太，因为名字不一样了。可看到照片中的脸，我就想起来了。"佐山说着又摆了摆手，"是前妻。不好意思，老说错。"

"没事。"中原说道。这点事情并没使他不悦。

"为什么要来找我？因为我是她前夫？"

"这个嘛，算是吧。"佐山说得含糊不清，"我被派到的小组负责查清被害人的人际关系，行话叫摸底，家人、朋友、熟人都要了解。而我呢，就一直想着要来中原先生这里。"

中原叹了口气，挠了挠头。"您这是白忙活。"

"是吗？"

"离婚后，我们一次面也没见过。就连她住在什么地方我都不知道。"

"尽管如此，也还请您允许我问一问。"

"那倒是没关系……"中原眉头紧皱，盯着对方的脸，"有没有可能是偶然事件？她也许不巧遇到了歹徒？"

"不清楚。也有那种可能。浜冈女士被发现时身上并没有随身物品，连手提包都没有。可能是被凶手拿走了。不过，虽然我刚才说过现场往来行人较少，但也不是完全没人路过。现在多数意见认为，如果凶手是为了钱财作案，应该会选择更晚的时间。"

"那会不会是精神异常……比如说毒瘾上来了之类的？"

佐山摇了摇头。

"不可能。如果是那样就不会抢包。而且真要是那种人，一下子就能找到。"

中原也觉得有道理，默默点了点头。

"您刚才说，离婚后，你们一次都没见过？"

"是。"中原简短地答道。

"有电话联系吗？还有，发邮件或者写信之类的呢？"

"离婚后的一年时间里，我们发过几次短信。电话应该也打过一两回。不过都是为了些手续上的事情，并没有对对方说过最近的生活情况。"

"为什么呢？"

"还能为什么……"中原无力地苦笑道，"因为没有意义啊。本来分开就是为了忘记对方。"

"哦，是这样。"佐山显得有些局促，拿圆珠笔的尾部挠着太阳穴，"那么，你们最后一次联系是……"

"应该是差不多五年前吧。当时她应该还住在老家那边。"

"她好像是四年前搬进现在住的这间公寓的。"

"是吗？这我完全不知情。"

"离婚后，您和浜冈女士家人那边也疏远了吗？"

"嗯，那当然了。也没有什么理由联系了。"

佐山愁眉苦脸地点了点头。"那么关于本案，您是没想到什么新线索了？"

"没有。如果说真有人想杀她，"中原直勾勾地盯着警察的脸，"那……应该就是蛭川吧？"

佐山瞪大了眼睛。凶险的气息像一股突如其来的风，从二人中间划过。

中原的嘴忽而咧开来。

"那当然是不可能了。那个人，已经不在这世上了。如果说是他阴魂不散，对小夜子下了手，那么我也会有同样的下场。"

佐山不快地转过脸去。看上去，他似乎找不到合适的话语回应。

"对不起，我说话唐突了。"中原致歉。实际上他也确实有些后悔，自己说了些没有意义的话。

"唉，想必您也挺苦的。"

听到佐山的话，这次轮到中原沉默了。因为这是一句用不着回应的话。

"那么请允许我最后再跟您确认一件事情。昨晚九点左右，您在哪里？"

中原屏住呼吸，眨了眨眼之后重又看向佐山。

"嘻，"警察左右晃着圆珠笔，微微低头赔礼，"这都是例行公事，抱歉。"

"哦。"中原紧绷的肩膀松了下来。

"也是。以前，你们也查过我的不在场证明。"

佐山默默点头，准备记录。中原开始回忆昨晚的行动。

"我是七点多出的公司，然后去一家常去的饭馆吃了晚饭。我记得应该是在店里待到了九点。"

饭馆的电话他记在手机里，遂拿给佐山看。

佐山记下号码后站起身。"谢谢。不好意思，耽误您工作了。"

"祝您早日破案。"

"嗯，我们一定尽力。"

中原重重地喘了口气。"我可以说说现在的想法吗？"

"什么想法？"

"我在想，当时我和小夜子离婚，算是离对了。"

面对稍稍歪着头、表情讶异的佐山，中原继续说道："如果没离婚，我又要当一次死者家属。"

佐山露出苦闷的神情。"我很理解您的心情。"

中原无言地低下头。同时他茫然意识到，对方的这句话，和自己刚才对猫主人说的一样。

2

十一年前，中原成了一桩凶杀案中的死者家属。正如佐山所说，当时他在一家广告公司上班。

事发时间是九月二十一日星期四。

当时，中原在丰岛区的东长崎买了一栋小楼。他听从了小夜子的意愿——如果要买房，就买那种独门独户的，不买公寓。小楼是二手的，面积不大，整体翻新过，中原也挺喜欢。那时距他们搬进去还不到一年。

那天早上，像往常一样，小夜子和已升上小学二年级的爱美目送中原出了门。从家里走到小学大约十分钟路程。

他那天上午有个会，下午去了市里一家客户的工作室，跟他们讨论了即将上市的化妆品。当时他是跟一名女同事一起去的，二人在公司里一直是搭档。

正在讨论的时候，他的手机响了。号码显示是家里打来的。他有些不耐烦，不知道怎么会在这种时候打来电话。他曾嘱咐过，除非有要紧事，否则不要在工作时间给他打电话。

就在关机的前一秒，他停下了手上的动作。

难道是有什么要紧事？忽然间，他有了一种不祥的预感。

手机一直在震动。他跟客户和女同事打了声招呼，中途离开接了电话。

钻进耳朵里的是野兽的声音。不，起初他完全分辨不出那声音是什么。那就像是极度尖锐的杂音，中原不禁将电话拿远了一些。下一秒，他又意识到那是人声，而且是哭声。

"出什么事了？"中原问。那时候，他心里已经极为忐忑了。

小夜子哭喊着说着什么。但那也只是词汇的堆叠，叙述完全颠三倒四。从这支离破碎的言语中，中原还是听懂了大致信息，同时浑身汗毛倒竖。那是他不愿去想的事，是绝对不可以发生的事。他紧握着电话，呆立在原地。他的脑子一片空白。

爱美死了，被人杀了。电话里的内容是这样的。

他发不出声音，只感到一阵目眩，膝盖一软就瘫了下去。

之后的记忆并不太清晰。他应该对女同事解释过原委，但再回过神来已在自家门口。坐在出租车里时他一直在哭，后来他只隐约记得司机出于担心还问过他。

家的四周拉起了警戒线，无关人员无法入内。一名似乎是警察的男子走上前来，询问他的身份。中原回答后，他就对一名像是他部下的人嘱咐了些什么。

他的部下对中原说道："可以请您跟我们回局里一趟吗？"

"等一下，究竟发生了什么？"中原问道，脑子里一片混乱。

"细节回头再谈。总之请您先跟我们回去一趟。"

"那至少告诉我，女儿……我女儿，怎么样了？"

年轻警察面露难色地看了看像是他上司的男子。见上司点头，年轻警察又再次看向中原。

"您女儿去世了。"

中原再一次目眩，好不容易才站住。

"她真的是被人给害了？"

"这还在调查。"

"怎么会……"

"总之请您跟我们回去。"

最终他被半强制地推进警车，带回了警察局。

他以为到警察局后，就能马上见到爱美。他以为自己会被带到安放尸体的房间。可是他被带进的房间里，却只有一名神色冷峻的警部补①——浅村。

---

① 位于巡查部长之上，警部之下。

问询随即开始，今早做了些什么，接到小夜子的电话时是什么情况……这些浅村都问得很细。

"请等一下。我做过什么跟这事有什么关系？请先让我见我女儿。她的遗体现在在哪儿？"

他的提问遭到了无视。浅村的眼神很冷酷，他继续问道："您刚才说接到电话前一直在客户那里，当时有什么人和您在一起吗？"

一瞬间，中原忽然意识到这是在查自己的不在场证明。开什么玩笑！他捶了桌子。

"你们是在怀疑我吗？难道以为是我杀了爱美？"

浅村缓缓摇了摇头。

"那些事情，您不用管。只需要回答问题即可。"

"你说的这是什么话？被杀的可是我女儿！"

"既然您明白，就请配合我们调查，"浅村粗重的声音在房间里回响，"我们是在做该做的事。"

凭什么？凭什么？愤怒、悲伤、悔恨，这些情绪在他胸中翻腾。为什么我们得承受这些？我们可是受害的一方。

"请先告诉我究竟发生了什么，这案子到底怎么回事？"

"这些问题，等一切结束之后会向您说清楚。"

"一切？什么意思？"

"意思就是一切调查结束之后。那之前，我不可以轻易透露这些问题的答案。请您务必理解。"浅村的语气带着不容置喙的坚决。

纵使内心全然无法接受被这样对待，中原还是决定回答所有提问。可警察们抛过来的问题，却越来越难理解了。

"最近您太太的状态怎么样？"

"关于带孩子的事，您太太有没有找您谈过，跟您发过牢骚？"

"您女儿是个怎样的孩子？她听大人的话吗？还是不怎么听话？"

"您觉得，在带孩子方面，自己有积极提供帮助吗？"

中原察觉到了。警察们在怀疑小夜子。他们在拼凑故事，一个母亲因为厌恶带孩子而变得暴躁、在冲动之下杀死女儿的故事。

"你们真不可理喻，"中原说道，"小夜子不可能做那种事。她从没抱怨过带孩子辛苦。这世上再没有谁比小夜子更疼爱美。请你们想清楚吧。你们现在的看法完全是误解。"

面对着嗓音沙哑、大声提出自己主张的中原，浅村却几乎没有反应。中原感觉到，他根本不在乎自己。这样下去，警方的调查究竟会如何进展？他开始感到绝望。

让我见我妻子，中原要求。妻子如今人在哪里？在做什么？他试着询问。

"您太太也在别的房间接受我们的问询。"浅村语气冷淡。

夜深后，这场无异于审讯的问询才结束。中原被带到了另一个房间。同他一起留下的还有佐山。

"您父母来接您了。"佐山说，"听说您父母家在三鹰那边？我估计他们那边很快就会结束，你们可以一起回那边去。"

"结束？什么结束？"

"问询。"

"什么？"中原回过头来盯着这名年轻的警察，"我父母怎么可能跟这事有关系？"

"我当然也觉得没有关系，不过……"佐山话说到一半却开始含糊其辞。

中原用双手抱住头。眼下发生了什么，他毫无头绪。

他抬起头问道："我妻子……小夜子，她还在警察局里吗？"

佐山的嘴有些为难地歪了歪，点了点头。

"关于您太太，还有一些细节没有查证，所以……"

"查证？查证什么？你们还在怀疑我妻子？"

"我认为她是清白的。估计其他人也都是同样的想法。"

"那为什么……"

"对不起。"佐山深深地低下头。

"为了查明真相，必须把其余一切可能都排除掉。接到报警后，警方便赶到了您家里，当时屋里只有您太太一人。应该说是只有您太太和死去的女儿。父母故意或失手杀死孩子——这种情况并不少见。请您务必理解。"

说完这些冷漠的话，他又说了句对不起，并再一次低头致歉。

中原极为恼怒，不禁挠起了头。

"我身上的嫌疑已经排除了吗？"

"我们跟客户那边确认过了。至少您不可能直接参与行凶，这一点已经得到了证明。"

"既然这样，那就请您把案子的细节告诉我。我家里究竟发生了什么事？"

"非常抱歉，现在还不可以。"

"为什么？我的嫌疑不是已经排除了吗？"

佐山的嘴唇抿成了一条线，似乎很纠结，他缓缓开口道："我说了，现在只是证明了您没有直接参与。"

"你什么意思？"中原不明白他话中的含义，不禁追问道。

"意思就是，虽然没有直接参与，却有可能知道什么内情并隐瞒了。"

"你想说我知道孩子是我妻子杀的？"

"我可没那么说。"

"别胡说了。"中原揪起佐山的衣领，"如果我知道什么早就说了。况且，小夜子根本就不可能做那种事。"

佐山面不改色，抓住中原的手腕轻轻扭动。力道很强劲。仅这一下，中原就被迫松开了手。

"冒犯了。"佐山说着收回了自己的手。

"有些真相只有凶手才知道。比如案发现场的情况、被害人身上穿着什么、杀人手法等。抓到嫌疑人的时候，让他们供述这些内容是十分关键的步骤。因为那可以成为法庭上的证据。换句话说，现阶段，必须要搞清楚每个人知道什么，不知道什么。比如说，中原先生，如果您现在说出了您女儿的死因，我就会立刻将您带到审讯室。"

"我什么都不知道。死因就更不知道了。"

"我也觉得您应该跟本案没有关系，但却不能因此就告诉您办案的机密细节。如果告诉您，您又转告第三方，比如说透露给媒体……一旦被媒体报道，那些信息就不再是只有凶手知道的了。这正是我们的顾虑。请您理解，好吗？不透露任何与案情有关的事，也是办案的程序之一。"

"我绝不可能泄露……"

佐山摇了摇头。

"并非我不相信您。但对案件侦查来说，彻底地执行命令是一件很重要的事。而且，不让您知道也是为了您好。向身边的人隐瞒秘密，这感觉并不好，不是吗？"

佐山的话完全在理，没有反驳的余地。但中原实在无法接受小夜子至今仍被关押着的事。

"我想，一两天内，您太太也就可以回去了。"

"一两天……"

还需要那么久？中原愕然。

没过多久，他就见到了父母。二人都极为憔悴。听说他们一接到警方通知就赶来了，本打算来接儿子一家，却先接受了警察的问询。当然了，关于案情细节，警方也一点都没有透露给他们。

"他们问了我一些很怪异的问题，什么儿子儿媳的夫妻关系怎么样，是否听说你们有带孩子的焦虑之类的。"父亲泰辅不悦地说道。

"我也一样。他们居然问我，你儿子有没有对小夜子表示过不满。"母亲君子也板着脸。

听了他们的话，中原才知道二人分别接受了问询。而且据君子说，小夜子父母那边也有警察去了。

当天夜里，中原回到了父母位于三鹰的家里。住在千叶的姐姐也打来了电话。她得知了侄女的悲惨遭遇，在电话里哭了。听着对方哭泣，中原却在想，姐姐那边似乎没有警察过去。

中原根本没心思吃东西，就在自己曾经的房间里盯着墙壁过了一夜。他睡不着，只是一次次地想起爱美熟睡的面庞。他无论如何都无法相信孩子已经离开了这个世界。

第二天，他跟公司请假去了警察局。他去是为了跟小夜子见面，但没得到允许。他被带到了一个小房间里，警方说有东西想给他看。

他以为又要接受问询，但显然并不完全是这样。在那里，警方给他看了几张他家客厅的照片，其中的景象让他愕然。显然，有人把那里弄得一团糟。柜子抽屉全被拽了出来，里面的东西散落了一地。

"根据现阶段的勘查结果，除了柜子之外，还没找到别的东西被碰过的迹象。"警察说道。从昨天开始，中原就跟警方开始了漫长的交锋，而这是他们透露给中原的第一条线索。

原来是这么回事，中原想明白了——抢劫犯闯进我家，把爱美杀了。

警察又拿来了一些照片。

"这些照片拍的是散落在地板上的物品。应该都是客厅柜子里的，您看有没有少了什么？"

照片里有计算器及各类文具、胶带、电池等。家里的事都是小夜子在管，抽屉里有什么没有什么，中原无法判断。他如实相告，于是警察又问："那么现金和存折之类的东西，平时都放在哪里？"

哦。他想起来了。存折放在卧室的柜子里。现金在客厅柜子的第二层抽屉里。

"有多少钱？"

"嗯……"中原犯了难，"这些都是我妻子在管……"

"是吗？"警察说着便整理起照片，看上去他已不再需要中原。

"这不很明显是抢劫犯干的吗？那为什么还不让我妻子回来？"

警察的脸好似面具，他继续说道："现在还没有确定就是抢劫犯干的。"

"这不是明摆……"他看着警察手里的照片。不过，他很快理解了，不再说话。

警方是在怀疑这些都有可能是伪造的。他们觉得，这是母亲害死了孩子之后，为了骗过警方而伪造的抢劫现场。中原垂下头，甚至没有力气反驳。

他想看看自己家里的情况，但同样也没有获得允许。无奈之下，他只得回三鹰那边继续等警方的消息。下午，小夜子的母亲浜冈里江来了。听她说，警察的问询居然持续了好几个小时。他们不断重复着相同的问题，问得人都要疯了。

直到夜里，小夜子才终于被释放了。中原在电话中说自己要去接小夜子，却被告知没必要，有警车护送。大约两个小时后，一辆警车真的停在了家门口。小夜子下了车，整个人有如幽灵，面容消瘦、憔悴、没有血色，连路都走不稳。她看上去像是连魂儿都丢了。

"小夜子，"中原唤道，"你没事吧？"

她没有回应，好像并没听见他的声音。不仅如此，她似乎根本就没有看见丈夫，视线游离于虚空中。

中原抓住小夜子的肩膀。"喂，你振作点。"

她双眼的焦点渐渐聚拢，似乎终于看到面前的人是自己的丈夫，于是深深吸了口气，表情痛苦起来。

"呜——呜——"她抽泣着瘫了下去。中原抱住她的身体，泪水也再次流了下来。

父母们体贴地留中原和小夜子二人独处，各自回家去了。小夜子的心情稍微平静了些，开始说起一天前发生的事。她的话逻辑清晰，实在不像是从一个刚刚还神情恍惚的人口里说出来的。中原道出了内心的想法，小夜子则说："还不是因为被他们逼着说了无数遍。"她的嘴角流露出一丝疲惫与无奈。

她的话可简单总结如下。

下午三点多，爱美从小学放学回来。她说她在学校做手工时拿牛奶纸盒制作了汽车，好像做得还不错。小夜子一边听着女儿炫耀，一边为她准备点心。

下午三点半左右，小夜子坐在了客厅的电视机前，因为她喜欢的电视剧重播了。至于为什么没有录下来看，她回答说是"并不觉得有录下来看的必要"。当时，爱美边吃点心边玩着不久前奶奶送给她的玩具。

电视剧在接近四点半时结束了。小夜子关掉电视，开始思考晚饭要做什么。按她一开始的计划，冰箱里的食材应该够用。可仔细想了想，她发现还缺几样东西。其实没有也无所谓，可她还是想追求完美。小夜子决定，在女儿能独自看家之前，要专心做一名家庭主妇，她一直严厉地要求自己，不允许自己在家务上有一点懈怠。

走路去附近的超市要不了十分钟，平时她总带爱美一起去。当时，她也这样问了女儿："爱美，妈妈要去买东西，你要不要跟妈妈一起去？"

"嗯，你路上小心。"爱美是这样回答的。

看起来，她玩新玩具正玩得入迷。以前她总缠着妈妈，上小学之后就有些不一样了。

小夜子松了口气。因为她觉得带爱美去买东西很麻烦。反正也要不了多久。而且最近，她已经让女儿短时间地看过几次家了。电话不要接，有人敲门按门铃也不要管，把窗帘拉好——这些命令爱美都执行得很好。

"那就让你自己看家，能做到吗？"小夜子再一次问道。

她说爱美回答得很清楚，一声很明确的"嗯"。中原也觉得这不是谎话。最近女儿就像变了个人似的，懂事多了。

小夜子买完东西回到家时，大约是刚过下午五点。最先让她感到不对劲的，是大门居然半掩着。出门的时候，她总是会关好大门。所以当时她以为，或许是丈夫因为什么事情回了家。

她来到玄关准备开门，却发现门没锁。她心想果然是丈夫回来了。

然而进屋之后，映入小夜子眼帘的却是一幅意想不到的场景。

通往客厅的门敞着，柜子抽屉全都被抽了出来，里面的东西散落了一地。小夜子倒吸一口气。仔细一看，地板上还有穿鞋走动留下的鞋印。

她立刻明白，家里进小偷了。她看向散落一地的物品，想看看被偷了什么东西。但她随即意识到应该先确认另一件事。

小夜子呼喊着女儿的名字冲出了客厅。可是没有回应。或许女儿在睡觉？她顺着楼梯朝二楼卧室跑去。如果爱美在睡觉，她现在一定是在卧室。可是，那里并没有女儿的身影。二楼的另一间房里也没有。

她回到一楼，查看了平时用作客房的那个和式房间，也没在。

孩子被小偷带走了——小夜子做出了这样的推断，她跑向客厅，心想必须赶快报警。可跑到一半，她注意到厕所的门是半开着的。

她战战兢兢地走到一旁，朝厕所里看了一眼。

留着短发的爱美，就躺在厕所的地板上。她的双手和双脚都被胶带绑着，嘴里不知是不是被塞了什么东西，腮帮子鼓鼓的。她的眼睛痛苦地半睁着，原本粉嫩的肌肤已快没了血色。

小夜子说，后来的事情她不大记得了。她似乎一个劲儿地想掏出女儿嘴里的东西，还立即解开了绑着的胶带，但何时意识到了爱美的死亡，她说自己并不清楚。再清醒过来时，她已经在警车里了。她报了警，然后又给中原打了电话，可她说关于这些的记忆也很模糊。

她说在接受问询时，警方反复追问了她为何将一个八岁的孩子独自留在家这一点。

"一般父母不会做出这样的事情。这也太不负责了。他们这样说我。"小夜子痛苦地说着，然后捂住了脸，"他们说得对。我为什么会做出这样的事？我为什么就没想到，她一个人看家的时候可能会有小偷进家里？对不起，真的对不起。"

看得出来警方之所以那样问，应该是想确认小夜子的话是真是假。可在她看来，那些话恐怕只不过是在责备她。其实中原内心也有对她的责怪。但他同时意识到，这是他自己想要逃脱责任。爱美最近开始短时间地独自看家，这他是知道的。他知道这件事，但并没多说什么。

令人不快的质问据说还有很多。最近爱美的小腿上多出了一条大约三厘米的擦伤，那是她在体育课上摔倒留下的，可关于这一点小夜子似乎也被质问了很久。警方可能怀疑我虐待爱美吧，小夜子说。

不过警方之所以长时间对小夜子进行问询，似乎也并非只是怀疑她。据说她动过案发现场，为了正确地还原，也有必要对她进行详细地问询。她说，尤其是关于遗体的情况，她被要求给出细致入微的描述。由于她当时抱起了爱美，警方无法知晓当初女儿倒在厕所地板上时是何种状态。她解开了绑在女儿手脚上的胶带，这对于勘查现场的警方来说也是个棘手的问题。所以，关于这些细节，她还画了图，尽力给出了解释说明。她说，自己不擅长画画，很是费了一番功夫。

据小夜子说，爱美的双手手腕被别在背后，胶带就这样缠在双手和双脚上，还绕了许多圈。而塞在嘴里的，是一个海绵球。那是爱美小时候玩过的玩具。就在最近，中原还在地板上见过那个海绵球。

"死因呢……死因是什么？"中原问。

小夜子摇摇头。"我问了，他们没告诉我。"

"伤呢？身上有没有出血？"

"我想应该没有。事后我看过自己的手，手上什么也没有。"

"脖子呢？有没有被绳子勒过的痕迹？"

"不知道。我记不起那么多了。"

没有刀伤，也不是被勒死的，那还能是什么呢？是被打死的吗？孩子是被人拿什么东西打死的吗？对于脑子里冒出的这些想法，中原自己都觉得很不可思议，为什么非得纠结这些呢？

他意识到，这是因为他想知道自己的孩子临走时的模样。他知道爱美已经死了，却还没见过她的遗体。

"那，凶手是怎么进到家里的？"

"我觉得是从浴室窗户进来的。"关于这个问题，小夜子如此答道。

"浴室？"

"嗯。警方的人问过我。他们问我，在出事之前，浴室的窗户有没有什么异常，所以我觉得，应该是浴室的窗户被砸烂了。"

中原回忆着家里浴室的窗户。确实，通过那扇窗户好像能够轻易地闯进家里。他这才意识到，他们居住的地方是如此疏于防范。

听小夜子说，被偷走的可能是放在客厅柜子里的四万日元现金，大概就这么多。案发前一天，她从自动取款机上取过钱。

"就因为这一点钱……"

愤怒使他无法抑制地颤抖。

翌日早晨，警方打来电话，说是希望他们去确认现场。

案发过后，中原第一次踏进了自己的家。本来乱作一团的客厅，已经被清理得相对整洁。警方说为了采集指纹，散落在地上的物品都被收走了。

"感觉有什么可疑的地方就说。"负责问询中原的浅村说道。

看来他是现场的负责人。

他和小夜子一起又仔细检查了一遍屋子。不出所料，浴室窗户的玻璃碎了。

"就是从那里进来的吗？"中原问。浅村轻轻点了点头。

"砸玻璃时就没发出声响？"

这个问题浅村没有回答。"凶手用了胶带，"佐山却小声说道，"窗户外侧散落着一些粘有胶带的玻璃碎片。那应该是砸玻璃之前贴上去的。这样可以起到消音的效果。"

"佐山。"浅村语气稍有责备。可他的表情却未显出过多责难之意。

中原也去厕所里看了，可是并没看出什么异常。想着爱美娇小的身躯就倒在那里，中原感觉心都要碎了。小夜子没有跟着去看。

经过确认，留有闯入痕迹的是客厅、厨房和走廊。二楼和一楼的和式房间没有什么异常。

"果然没错。"浅村说道。

"果然……什么意思？"

"凶手是穿着鞋闯进来的。排查到鞋印的只有客厅、冰箱前方、浴室，以及走廊。"

听了这话，中原终于掌握了事情的大致轮廓。凶手敲碎浴室的玻璃闯进来，顺着走廊来到客厅寻找财物。听小夜子说玄关门是开着的，那凶手应该就是从正门逃走了。就在作案过程中，爱美被杀害了。

看来短时间内，自己家是没法住了。佐山开车将他们送回了三鹰的父母家里。在车里，中原和小夜子知晓了爱美的死因——是被掐死的。

"被人用手掐住了脖子？"

"是的。"佐山面朝前方答道，"您女儿的遗体应该很快就会送还给您，但应该会留下司法解剖的伤口，这一点还请谅解。"

解剖这个词，再次令中原感到了绝望。

"得赶紧准备葬礼了。"一旁的小夜子嘀咕道。

第二天，爱美的遗体被送回来了。爱美被放在小小的棺材里，脸上留有缝合后的伤口，这十分令人心痛。中原和小夜子忍不住反复抚摸着女儿那圆圆的脸蛋，放声痛哭。

当晚是为爱美守夜，第二天他们就举办了葬礼。为了悼念小伙伴，爱美的几十名小学同学也来参加了葬礼。见到孩子们的背影，中原和小夜子又想起了心爱的女儿，不禁再次落泪。

这种失去的感觉几乎令人昏厥，且无处发泄。爱美已不会回来，那么他们就只剩下一个愿望，那就是凶手尽快落网，哪怕早一秒也好，仅此而已。

他们就这样一直等待着警方联络。小夜子的嫌疑似乎被洗清了，这是佐山告诉他们的。在那之前，他先拿了一张照片给中原他们看。照片里是一双运动鞋。佐山问他们是否有印象，中原和小夜子都回答说没有。

"我们认为这是凶手穿的鞋，是通过留在现场的脚印追踪到的。二位的家，还有周边区域，我们都彻底搜查过了，但没找到什么。我想凶手应该就是穿着这样的鞋逃跑的。"

中原觉得这是再简单不过的推理，不知道佐山现在这么说用意何在。凶手总不可能光着脚跑。而佐山似乎看出了他的疑问，又补充了这么一句。

"换句话说，熟人作案，然后故意留下鞋印伪造成他人行凶的可能性就非常小了。"

听到这番话，中原才终于明白，警方一直怀疑留下鞋印的是小夜子。

虽然警方已断定是有人从外部闯入行凶，但似乎并不认为这是一桩普通的抢劫杀人案。

"此次行凶，有可能是嫌疑人想伪装成抢劫杀人，但实际动机是仇杀或与你们有金钱或情感纠葛。也可能是有人为了让你们痛苦才这样做。如果你们想到了什么新线索，请告诉我。哪怕再小的细节都可以。"

中原反复说过，他不觉得会有人这么恨他，一直以来也没有人来找过茬，可佐山其实是找到了些蛛丝马迹才上门来确认的。比如说中原几年前曾牵扯进公司的一件麻烦事，还有爱美以前上幼儿园时，妈妈们之间有一些小争执。亏他们居然能查出这些事情来，中原都顾不上惊讶了，只觉得佩服。

然而案件的侦破，却和佐山的这些辛劳毫无关联。案发第九天，凶手就被逮捕了。

浅村等人前来告知了这一消息，事情经过是这样的：

某餐厅发生的一起霸王餐事件让警方嗅到了破案的机会。一名男子在结账时，拿出两张券放在了收银台上。那是可以优惠五百日元的打折券。但是，收银台的女员工却告诉他不能用，原因是打折券已经过期。而且打折券一次只能用一张。

于是男子就发火了。他说他是以为可以免费吃一顿价值一千日元的餐食才进来的，然后就直接出了餐厅。女员工因为害怕不敢追上去，于是赶忙向男店长报告。

接到餐厅报警后，辖区内的几名警察立即赶往附近巡视，并在不远处的车站发现了和证词描述中长相体型都相似的男子。那名男子正打算买票。警察叫住他时他试图逃跑，于是他当场就被拘捕了。

男子被带往了警察局，餐厅女服务员来警察局指认长相时确认了就是他。审问当即展开，可男子却迟迟不肯说出自己的真名。于是，警方就拿指纹进行比对。当时指纹信息系统已经比较完备，拿去和有前科的人的指纹数据库比对，大约两个小时就可以有结果。

结果，他们发现了一个重要线索。男子名叫蛭川和男，四十八岁，大约半年前从千叶监狱假释出来，之前因抢劫杀人而被判了无期。

警方搜了他的身，从口袋里找出了三张面值一万日元的纸钞。问他钱从哪里来的，他也不好好说。

这时候，其中一名警察发现了可疑之处。蛭川在餐厅拿出的打折券上盖着分店的章，所在地是东长崎，而这个地名总让他觉得很熟悉。

然后他就想起了大约一周前发生的抢劫杀人案。被害人是一名八岁的小女孩。那名警察也有个差不多大的女儿，所以他感慨颇深，一直放在心上。

警察联系到了特别搜查组，也将指纹再次进行了比对。这次，他们对蛭川所持有的三张一万日元的钞票以及餐厅打折券上的指纹进行了鉴定。结果，从其中一张一万日元钞票上，找到了被害人母亲，即中原小夜子的指纹。而且，蛭川所穿的鞋子也能和留在中原家的鞋印匹配上。基于以上情况，蛭川被移交到了特别搜查组。经过搜查一课的审讯，蛭川坦白了罪行。

蛭川所供述的内容，警方几乎没有告知给中原等人。佐山只告诉了他们部分内容，看样子他也不了解所有的情况。不过，凶手本人已经找到，这意味着他们的憎恨对象有了实体，这对中原等人来说已经是意义重大。因为这令他们有了目标，剩下的就只是等待那名男子被判死刑。

曾经犯下抢劫杀人罪而被判无期徒刑，假释期间再次犯下抢劫杀人罪——这种情况毫无宽大的余地。他们当然以为他会被判死刑。

可是，中原查了过往的判决案例后，变得越发不安起来。情况相似的案件有好几起，但却并不是所有犯人都被判了死刑。相反，判死刑的其实是少数。

有悔过的态度，有重新做人的余地，无事先预谋，有值得同情之处，等等，一切听上去都像是法官为了逃避宣判死刑而找的借口。

某天，中原对小夜子提起此事。结果妻子原本空洞的眼睛里竟闪起了异样的光。她的面颊在抽搐。"那种事情……我决不允许。"那声音阴暗而低沉，中原以前从未听过。看她的模样，仿佛在紧盯着远方的什么东西。"如果不判他死刑，就干脆让他早点从牢里放出来。我来杀他。"她又继续说道。

"我跟你一起干。"中原说。

就这样，案发四个月后，第一次庭审开始了。直到那时，中原夫妇才第一次得知整件事情的经过。

当天，蛭川几乎是身无分文。他没地方住，头天晚上在公园长椅上对付了一夜。两天里他一口东西没吃，正打算去超市找点提供试吃的食品。他只随身带了一只小包，包里装的是手套、胶带、锤子之类的东西。这些都是他从之前上班的地方偷回来的，他想着"趁别人不在家进去偷东西时或许能用上"。

他走进住宅区，看到一户人家走出了一名主妇模样的女性。玄关的门上有两把锁，都被锁上了，蛭川见状，认为一定是没人在家。

主妇出门后就朝着跟蛭川来时相反的方向走去，看都没看他一眼。看那模样，蛭川猜测她是买晚饭食材去了。也就是说，她应该不会很快回来——

等那名主妇走远后，他从包里掏出了手套戴上，接着按了一下门铃。无人应答。他认定此时无人在家，于是又看了看四周，确认没人后就推开院门走了进去。保险起见，他又绕着房子打探了一圈，更觉得屋里不像有人。

他发现浴室的窗户正好处于邻近那户人家视线的死角，于是决定从这里闯进去。他拿出包里的胶带，将它贴在玻璃上，然后用锤子敲碎了玻璃。他小心地清理掉玻璃碴，解开窗栓打开窗户，翻进了浴室。

他在浴室里仔细听了听，屋子里一片寂静。他就那么穿着鞋，顺着走廊寻找厨房。他想先找点东西垫垫肚子。

很快他就来到了紧挨着客厅的厨房，打开冰箱翻找。里面似乎没什么立马能吃的东西。他找到了香肠，正打算伸手去拿，就听见背后传来轻声的惊叫。

蛭川转过身，发现客厅里站着一个小女孩，正满脸惊恐地仰头看着自己。紧接着，小女孩就朝走廊跑去。

蛭川心道不妙，赶忙追上去。

女孩跑到了玄关，打开了两道锁里的一道。蛭川赶忙从背后抓住她，捂住她的嘴，将她直接拖回了客厅。

滚落在地板上的海绵球进入了蛭川的视线。他抽出捂嘴的那只手将其捡起。"妈妈！"女孩惊声尖叫。他把海绵球塞进了女孩张开的嘴里。女孩安静了下来。

蛭川单手拽过自己的包，取出了里面的胶带。他让女孩趴下，从背后绑住了她的双手。然后，她的双脚也被绑了起来。

本以为小女孩会就此乖乖听话，可她并没有。女孩扭动着身体，仍旧不停地挣扎。于是他把她拖进了厕所，还关上了门。

接着，蛭川回到客厅，他一心只想偷点钱去吃东西，根本顾不了其他。他将柜子里的抽屉一个个拉出来，找到了几张面值一万日元的钞票和一些餐厅打折券，并将它们一股脑儿地全揣进了口袋里。

他想着尽快逃走，却又觉得那个小女孩是个问题。她看到了自己的脸。他害怕万一做出面部画像，会让自己暴露。

他打开厕所的门，发现小女孩已经没了力气。可她的眼神却充满敌意，仿佛在说，这件事情她一定要告诉妈妈。

这样下去会出事，蛭川想。他用双手掐住女孩的脖子，拇指摁在喉咙上。她的身体开始不断扭动，但很快就没了动静。

蛭川拿起包冲出了玄关。他只想先吃点东西。他走到大路上，看见了一家卖牛肉饭的店。进去之后，他点了大份，还加了个生鸡蛋。饭端上来后，蛭川就大口吃了起来。自己亲手处理掉的那个女孩，他已经快忘干净了……

以上，就是当天发生在中原家里的事。

公诉方在做开庭陈述的时候，中原的身体止不住地颤抖。想到爱美发现陌生人闯进家里时的惊惶，嘴里被塞进海绵球、手脚被胶带绑住时的恐惧，以及脖子被掐住时的绝望，他感到十分心痛。

他狠狠地瞪着那令人憎恶的对象——蛭川。他是个极普通的小个子男人，看上去腕力也不是特别强，眉梢略微有些下垂，这长相在有些人看来甚至会觉得弱小。但一想到就是这个男人杀死了爱美，中原只觉得眼里的他狡猾又残忍。

公诉方也强调了他犯下的罪行的残酷。在旁听的人看来，他被判死刑似乎是必然的。中原也坚信法庭终将这样宣判。

然而在开过几次庭后，气氛产生了微妙的变化。在辩方的诱导之下，事件残酷的一面被渐渐冲淡了。

最主要的是蛭川自己也推翻了之前的口供。他开始主张自己并没有杀死那名小女孩的打算。

他将海绵球塞进小女孩嘴里，还用胶带捆住了她的手脚。可她并未就此安静下来，还使劲挣扎，试图发出声音。他想让对方住嘴，就慌忙掐住了她的脖子，然后对方就不动弹了——他是这样说的。

那为什么要把尸体转移到厕所里？公诉方检察官问。对于这个问题，他回答道："我没想到她已经死了。"

"我以为她只是晕过去了，心想万一清醒后又大吵大闹很麻烦，所以就把她关进了厕所里。"

他一口咬定刚被逮捕的时候自己的记忆很混乱，当时说错了一些细节。面对这样的发言，辩护方做出了如下主张："这不是一次蓄意谋杀。"

蛭川还一次次赔罪反省。

"对于各位死者家属，我觉得挺抱歉的。对，我这次真的是发自内心地觉得抱歉。真是对不住，我让那么可爱的一个小孩子死掉了。按道理讲，可能我得拿命来抵，但是我觉得，我还是得好好弥补一下过失，不管做什么都行，我就是觉得吧，我得好好弥补一下。"

他的这些话根本没有一丝分量，中原听着也觉得毫无可信度，可辩护方却说："大家都看到了，被告正在深刻反省。"

根本就没这回事，中原心想。这个人根本不会反省。懂得反省的人，不可能在假释期间还犯罪。

通过一场场庭审，中原明白了蛭川和男是一个怎样的人。

他生于群马县高崎市，有一个弟弟。他的父母在他很小的时候就离婚了，他是母亲带大的。从工业职高毕业后，他开始到当地一家零件加工厂上班，后来因为偷舍友钱包里的钱被发现，他以盗窃罪被逮捕，判了个缓刑，工作自然是丢了。之后，他又辗转换了好几个工作，最后去了江户川区某汽车保养工厂。

就是在这家工厂上班期间，他犯下了第一起抢劫杀人案。在将一辆保养完成的车子送还给客户时，他将身为车主的老人和他的老伴儿杀害，抢走了数万日元的现金。当时，蛭川因赌博欠下了巨额债务。

听说在处理这个案子时，蛭川就在法庭上主张自己并没有杀意，只不过是出于愤怒揍了对方两下。

这份说辞被接受了，对于老人被杀害一事，他被判了伤害致死罪。但对老人妻子的死亡，他还是被判了杀人罪。几番庭审之后，他最终被判了无期徒刑。

虽说是无期，却并不意味着会一直待在牢里。

如果犯人的反省态度得到认可，就可以获得假释。既然蛭川能获释，就证明他在监狱里表现良好。

那么出狱之后，他又表现如何？

从千叶监狱假释出来后，蛭川在离监狱不远的更生保护所^①里度过了大概一个月时间。之后，他就去投奔他弟弟——他唯一的亲人。他弟弟在埼玉县经营一家小工厂，于是把他介绍给了做废品回收的熟人。

他在那里安稳工作了一阵子，但很快又重拾恶习。他又开始赌博，不断往弹子房跑。雇主和他有约定，先按半价支付工资，然后根据他的工作情况再相应上涨。那么一点微薄的收入拿去赌，瞬间就化为乌有。就算这样，蛭川还是没停止去弹子房，还打算撬开办公室里的手提保险箱。

他没能打开保险箱，这件事却很快被雇主察觉了，因为办公室里装了监控摄像头，当然，蛭川事先并不知道。他被解雇了。对方告诉他，没被扭送给警察他就该庆幸了。

他也遭到了弟弟的疏远。弟弟一直替他交房租，这下子也说

---

① 对有犯罪前科、出狱后无人监管或无法获得安定生活环境的人给予一定时间的保护，帮助其顺利回归社会的机构。

要断掉资助。

蛭川害怕这样下去他会被取消假释，匆忙收拾了一点行李就躲了起来。后来，他仅剩的一点钱也慢慢花光了，最终犯下了人生中第二次罪行。

他真是个愚蠢的人。如果他因为自己的愚蠢下了地狱，完全是他自找的。可为什么非得牺牲爱美？她只活了八年，人生的长路才刚要开始。而她的人生，本该成为中原和小夜子活着的意义。

这种人的性命他才不想要，可若是不要了他的命，爱美就不能瞑目——每次开庭，他都会瞪着被告席上那矮小的背影这样想。

3

离开天使小船后，中原正打算去那家常去的饭馆，又想起佐山问自己不在场证明的事，继而改变了去向。估计佐山或者别的刑侦人员已经在跟店家取证了。这个时候去，一定会被店里的人好奇地打量。

他来到自家附近的便利店，买了便当和罐装啤酒。所谓自家，也不过是个小单间。当然是租的。老了之后该怎么办，他完全没考虑过。

小夜子又是怎么想的呢？他边走边思考。据佐山说，她也过着单身生活。她没有在交往的男朋友吗？

他感觉仿佛有个秤砣压在胸口。虽说已经分开，可那毕竟是曾经一起生活过的人，得知她遭人杀害，自然感到心中抑塞。只不过充斥在他心中的情感与"悲伤"又有些不同。

非要描述的话，那或许是空虚。他们决意离婚，本是为对方考虑，可结局却是一场空。双方都没得到幸福。

无论怎么挣扎，都不会再有光明照亮你的人生了——他仿佛听到掌管命运的神正这样告诉自己。

进屋后，他吃着从便利店买回来的便当，发现有电话打来。他看了号码，觉得有些不对劲。这号码他白天刚刚见过。

接起电话，他听到了佐山的致歉："很抱歉晚上打扰您。"

"没关系。是有什么事情忘记问了吗？"

"不是，是我觉得还是通知您一声比较好……"佐山的语气很慎重。

"案情有新发现了？"

"是的。其实就在刚才，一名男子来警察局自首了。他说他就是案件的凶手。"

"哦？"中原屏住气息，握紧了电话。他不自觉地站了起来。"叫什么名字？干什么的？"

"这我还不能向您透露。因为我们还得做许多调查取证。不过，我想很快就会对外公布的。"

"他为什么要把小夜子……他们认识吗？"

"对不起，细节我现在还不能对您说。毕竟案子还在查。那人是不是真凶也还不知道。"

中原叹了口气。"是吗？那也没办法。"

他很清楚，即便是对死者家属，警方也不会透露办案细节。更何况这次，他连死者家属都不是。佐山的善意已有些越界了。

"为了这件事，我可能还会再去您公司叨扰一下，非常抱歉。"

"知道了。我这边没问题。"

"去您公司之前我会先电话联系您。对不起，打扰您休息了。"

"那么再见。"说完佐山就挂断了电话。

中原放下手机，重新坐回椅子上，视线茫然地在半空中飘荡。

杀害小夜子的凶手抓到了——虽然这样说太过冒失，但他不得不承认，他感到心情沮丧。他总觉得，案件的侦破应该更难才对。

然而现实却并非如此。很多犯人在杀人时都没有什么复杂的理由。这一点中原比谁都更清楚。

伸向筷子的手又缩了回来，他站起来，从一旁的书架上抽出一本相册。翻开相册，忽而映入眼帘的，是一家三口去海边时的照片。爱美穿着红色泳衣，身上套着游泳圈，站在中原和小夜子中间。三个人都在笑着。天空很晴朗，海水湛蓝，沙滩雪白。

那是幸福至极的时刻。不过当时，他并没这样觉得。他相信这样的幸福将永远继续下去。不仅如此，他还觉得往后会更加幸福。

照片中有两个人已经逝去。既非事故也非疾病，而是被杀害的。

中原的脑海里，再次响起一名男子的声音。

"判决结果：判处被告人无期徒刑。"

一审宣判当天，有着雪白眉毛的审判长说出的话让中原怀疑自己听错了。

之后，他宣读了极其冗长的判决理由，但中原始终无法接受。审判长承认犯人的作案手法十分凶残，而且他是再犯，性质恶劣，但同时也罗列了一堆诸如"计划预谋成分低""表现出反省的态度，改造结果值得期待""是否该处以极刑尚有考量余地"等种种理由，但这些听起来都只不过是为了回避判处犯人死刑。中原有了一种想大声呼喊的冲动：这个国家的司法制度究竟怎么了？

公诉方当然立即提起了上诉。不过主诉检察官也告知中原，按眼下的情况，推翻判决的难度很大。

"辩护方认为您女儿被害是突发事件，是冲动导致的结果，且这一论点已经得到了认可，必须要推翻它才行。"

"能推翻吗？"中原问。

"我会做给您看。"主诉检察官一副果敢坚决的样子，中原也受到了鼓舞。

中原和小夜子谈过，他们要并肩战斗，直到给出死刑判决为止。

"如果最终还是没判死刑，我就在法院门口死给他们看。"小夜子的嘴唇在发抖，紧接着她说道："我是认真的。"深埋在她眼眸里的光，让人不寒而栗。

"我明白，"中原说，"我也一样。我们一起死。"

"嗯。"她点了点头。

上诉再审。公诉方给出了几个新证据。其中三个证据说明了爱美被杀害时的真实情况。

一个是走廊上留下的足迹。

按蛭川的口供，他的行动路线如下：首先通过浴室窗户闯入屋内，顺着走廊朝客厅走去。然后发现爱美，在玄关处抓住试图逃跑的她，再次回到客厅。为使爱美安静下来，他将海绵球塞进她嘴里，用胶带缠住其手脚，见对方还在挣扎就下意识地掐住了她的脖子。他以为孩子没死，将其转移至厕所，在客厅搜到钱财后自玄关逃离。

按照这份供述，从客厅到厕所，蛭川只走过一次。但对现场脚印进行细致分析后发现，从客厅通往厕所的脚印有两组。也就是说，他进过两次厕所。

这一事实跟公诉方在一审开庭陈述时的主张相吻合——蛭川是先往爱美嘴里塞了海绵球，然后绑住了她的手脚并将她关进了厕所，以便自己搜寻财物，后来因为害怕警方做出面部画像，回厕所掐住爱美的脖子将其杀害。

第二个证据是海绵球。

这同样运用了科学刑侦的手段，但其实也并不复杂。公诉方关注的点在于海绵球的重量。第一时间发现了女儿遗体的小夜子，的确将海绵球从女儿口中取了出来，但它已被唾液浸湿，并且海绵球当时的重量也被记录了下来，所以可由此推断出唾液的分泌量。我们知道，八岁的孩子若要分泌这么多唾液，至少需要十分钟。如果蛭川的主张成立，那么海绵球就不可能湿成那样。

第三个证据是眼泪。

警方接到报警赶到现场时，小夜子正抱着爱美的遗体。抱着女儿的同时，她还在用手绢擦拭女儿的脸。当时她对女儿所说的话，在现场的两名警官都还记得。

太可怜了。哭成这样，你一定很难过吧。对不起，妈妈不该留下你一个人，对不起。你哭了那么久妈妈也不回来，你一定很害怕——大致内容就是这样。

这也唤醒了小夜子自己的记忆。她作为遗体发现者站到了证人席上，并作证道："我发现爱美时，那孩子的确是满脸泪水。"

当时用过的手绢小夜子也没有洗，而是保管了起来。这又作为新证据被递交给了法庭。

"尸体不会流泪。被害人之所以哭，就是因为在手脚被绑住、嘴里塞了海绵球的情况下被关进厕所没人管。请诸位想象一下那种感觉有多恐怖。一名八岁的小女孩竟被那样对待，她当然要哭。"

检察官带着哭腔的声音回响在法庭上，中原原本放在膝盖上的双手握紧了。一想到女儿当时的恐惧和绝望，他就觉得自己正坠入幽深黑暗的谷底。

中原自己也以证人的身份站到了证人席上。他强调说，爱美是个十分懂事的好孩子，整个家庭都曾因她的存在而充满欢乐。他还提到，迄今为止被告人蛭川从未对自己讲过一句抱歉，而看他在法庭上的态度，也完全感觉不到他有反省的意思。最后，中原做出了如下总结。

"我请求判他死刑。只有这样才……不对，就算这样也无法弥补他的罪过。被告人所犯下的罪行，是极其、极其深重的。"

辩护方也没有就此沉默。对于公诉方提出的三个证据，他们分别给出了反对意见，但其主要论点均欠缺科学依据。

辩护律师向被告蛭川提问说："你把被害人转移到厕所的时候，并不认为她已经死了，是不是？"

"是的。"蛭川回答。

"那么你逃离现场的时候呢？有没有担心过被害人的情况？"

"我不大记得了。"蛭川如此答道。

"有没有可能，你放心不下，又折回厕所看了一下？"

公诉方对该问题的正当性提出了质疑，所以蛭川未能给出回答。但很明显，辩护方企图证明现场的两组脚印和蛭川的供词并不矛盾。

对于海绵球的唾液量问题，辩护律师也提出了他们的看法，表示脖子被掐住时本就有可能导致人分泌更多的唾液。而关于眼泪问题，他们认为那或许是被害人母亲的眼泪落在了女儿脸上，导致她自己误会了。

听着辩护方的这些话，中原除了愤怒之外，更多的是感到不解。为什么这些人要解救蛭川？就为了避免被判死刑？如果他们自己的孩子有了同样的遭遇，他们仍然不希望判处凶手死刑吗？

公审反复进行了许多次。他们甚至还找来一名和爱美体型相近的八岁小孩，往她嘴里放入凶手作案时使用的同种海绵球来做实验。孩子几乎无法发出任何声音。那么蛭川给出的供词——爱美挣扎呼喊的声音太大，为了使她安静才下手掐住脖子——就值得怀疑。当然对于这一点辩护方仍表示抗议，理由是每个人的情况并不相同。

公诉方和辩护方的攻防一直持续到了最后，中原注意到蛭川作为此案的核心人物，整个人的状态却发生了变化。他眼中没了生机，表情也变得木讷。他本该是这里的主角，如今却像个临时演员一般毫无存在感。中原认为，或许是官司打得太久，导致他的感觉已经麻木，意识不到这一切与他有关了。

二审宣判的时刻到了。那天下着雨。进法院前，中原和小夜子撑着伞，默默地并肩仰望了一会儿那庄严的建筑。

"今天，如果还不行……那就没希望了吧。"

中原没有回答，他也在想同样的事。

按照程序，希望是有的。即便上诉被驳回，还有最高法院可选。但若想在那里翻盘，就必须有新的牌可打。公诉方在二审上诉中倾注了所有的智慧，一直不肯放弃，这些中原全都看在眼里，那可以说是孤注一掷。不可能再有什么新的牌了。

"你说，我们要怎么死？"小夜子抬头看中原。

"古往今来为了抗议的死法都一样，"中原说道，"自焚。有一首叫作《关于弗朗辛》的歌，你没听过吗？"

"没听过……不过，嗯，那样可能挺好。"

"走吧。"二人迈出脚步。

这必死的决心得到了回报。在漫长的判决理由宣读过后，他们听到了这样一句话："判决结果，撤销一审判决，改判被告人死刑。"

中原握住了身旁小夜子的手，她也紧握住手回应。

被告人蛭川的身体一直在微微摇晃，而听到判决的那一瞬间，他的动作也突然停止了。随后他面向法官，微微低了低头。他并不打算面对中原等人。之后，蛭川的腰上就被拴上绳子，然后退庭了。

那是中原最后一次见他。因为辩护方虽当天就要求上诉，蛭川自己却选择了放弃。后来，据一直跟踪采访他的新闻记者说，他的理由好像是"我已经厌倦了"。

中原合上影集，将其放回书架。离婚时，他和小夜子各分了些照片，最终自己却根本不想看它们，因为那会令人回忆起惨剧。但其实看不看都一样。没有一天他不在想那件事。今后一定也一样。

阿道，每次看见你的脸我都会很难过——蛭川被宣判死刑两个月后，一次二人共同进餐时，小夜子这样说道。她管中原叫阿道，而在爱美面前，她则称呼他为孩子她爸。

"对不起，"小夜子将筷子拿在手里，无力地笑着，"忽然间听到这样的话，你一定很不舒服吧。"

中原停下手上的动作，看向妻子。他并不觉得遭到了冒犯。

"我好像明白你在说什么。因为我也一样。"

"你也这样觉得吗，阿道？"小夜子的眼神有些落寞，"你看着我的时候也会难过吗？"

"嗯……算是难过吧。"中原揉了揉自己的胸口，"好像有什么东西卡在这里了，时不时就会疼。"

"唉，原来你也这样。"

"小夜子，你也是吗？"

"嗯，差不多……是那种感觉。和你在一起，我想到的全是过去那些快乐的日子。那里有阿道，有爱美……"她的眼里已全是泪水。

"没有什么不可以想的。回忆是宝贵的。"

"嗯。我知道。可我还是难受。我呀，也想过这一切如果是梦该多好。如果那件事只是一个噩梦，那就再好不过了。可那是不可能的，如今爱美已经不在了。所以，我又想，如果我从来没有过一个叫爱美的孩子，那孩子是一个梦，那我该多开心，如果这样的话，我现在只不过是梦醒了……"

中原点点头。"我很理解。"他说。

那天之后，这样的对话又出现了几次。

中原曾经期待的是，当确定被判死刑、官司终结，就能给他们的心理带来一些变化。那应该是一种可以用词语来表述的变化，那个词可以是解脱，或清零。他甚至幻想过等待他们的将是重生。

可实际上却什么都没改变。不仅没有变，他甚至觉得失落的感觉更加强烈了。他们当时活下来的目标就是让犯人被判死刑，当这个目标实现之后，他根本就不知道今后该何去何从。

即便蛭川被判死刑，爱美也活不过来了，这些他们自然知道。事情的终结只是形式上的。中原深切地感到他们其实什么也没有得到。

他并非想忘记爱美，只不过想让痛苦的记忆更淡一些，让快乐的记忆都留下来。但事与愿违。只要他跟小夜子在一起，她哭喊的身影就仿佛是昨天的事情一样不断在他眼前重现。那天她打电话告诉自己这件事情时凄厉的声音，就回荡在中原的脑海里。

小夜子一定也是同样的感觉。她一定也回忆起了丈夫哭泣的模样。

中原这才明白，那件事情让他们失去的不只是爱美，还有更多的东西。辛辛苦苦买到手的房子，在打官司的过程中就被卖掉了，因为小夜子说住在里面会难过，中原也这样觉得。他们的人际交往也是一团糟。许多人因为害怕打扰他们，都不再与他们亲近。就连工作也不再那么得心应手了。中原已经做不出什么具有建设性的工作来。他们再也没有机会见到对方发自内心的笑——中原见不到妻子的，小夜子见不到丈夫的。

终于，小夜子提出想回老家住一段时间。她老家在神奈川县的藤泽那边。因为离海近，爱美还活着时，一家人常常会在夏天去那里玩。

"挺好的，"中原答应了，"或许能转换下心情呢？也确实让你父母挂念太久了。你回去放松一下也好。"

"嗯……阿道,你接下来怎么办?"

"我?唉,怎么办好呢?"

真是一段有点奇怪的对话。妻子只不过是要回一趟娘家而已,两人却在谈论今后要如何生活。现在想想,或许当时他们心里已隐约有了感觉,他们之间就到此为止了。

小夜子就这样在老家待了大概两个月,在这期间,二人一直没有见过面。电话和短信联系倒是有,但也越来越少。又过了大约两个星期,小夜子发来短信:"见个面吧。"

他们在中原公司附近的咖啡店见了面。二人也是很久没有一起去过这家店了。

小夜子看上去精神了些。之前她总是低着头,如今她可以大方地抬头看中原了。

"我打算开始工作。"小夜子像是在宣布什么似的,"工作还没找到,不过我会重新步入社会。我想把它作为一个全新的开始。"

中原点点头。"我赞成。"他这样回答。小夜子会讲英语,也有很多资格证书,而且她还年轻,一定能找到工作。之前她也是打算在爱美升上小学高年级后重新开始工作。

"不过——"她的表情阴沉下去,"我还是觉得,我必须一个人。"

"一个人?"中原有些措手不及地望向妻子。

"嗯,一个人。"小夜子颔首,神情之中显示着她已定的决心。

"这,你的意思是,要分开?"

"嗯……是的。"

中原想不出该如何回应。一方面，他觉得对方说的话出乎意料；另一方面，他又感觉其实自己对此一直隐约有预感。

"对不起。"小夜子向他道歉。

"这两个月里，我们也联系过好几次对吗？打电话，发短信。"

"是啊，怎么了呢？"

"这段时间我才发觉，阿道，其实我害怕你来电话或短信。"

"害怕？为什么？"

小夜子紧皱着眉头转过脸去，似乎很痛苦。

"我说不清楚，一和你打电话就很紧张，不知该说什么，短信也因为不知道该回复什么而发愁……结果就是闹得自己胆战心惊。但你别误会。阿道，我并不是讨厌你。这一点你要相信。"

中原抱着胳膊，默不作声。他似乎明白她话里的意思。他自己也是一样，曾在打电话和发短信时感到心口疼。

"唉，其实，就算不去办手续可能也没什么……"小夜子嘀咕道。

这句话让中原恍然大悟。他忘记了十分重要的事情。

那就是她今后的人生。她还年轻，还有机会再要孩子。但是，他觉得自己是没有可能了。二人之间已经好几年没有过性生活了，因为实在提不起兴趣。那些孩子早夭的人中，也有一些为了重新振作起来而生孩子。中原并非那种人。他甚至觉得，自己再也不想要孩子了。

但是，他却不能强迫小夜子和自己有一样的想法。不可以剥夺她重新成为一名母亲的机会。

"能不能让我考虑一下？我会尽快答复。"中原这样说道。只不过，答案或许已经十分明确了。

4

佐山打来电话，是自上次联系之后的第三天上午十一点左右。他说想在午后登门一趟，中原回答了句"我等您"，然后就挂断了电话。

正好，中原想。他一直在关注网上和电视上的新闻，但小夜子被杀的案子并没有后续报道。凶手的姓名也好动机也好，他对一切都一无所知，因此一直放心不下。

中原看了一眼当天的安排。下午第一场葬礼一点才开始。就算他和佐山会面时有客人来，其他人应该也会替他接待。

或许佐山有意选择了午休时间段，但天使小船其实并没有午休。员工们是通过轮休的方式吃午饭。

大约五年前，中原从一位舅舅手里接管了这家公司。舅舅八十多了，曾经生过大病，听说当时正烦恼该如何处理掉公司。他没有孩子，也可能出于这一原因，他一直对中原喜爱有加。

另一方面，当时的中原也正考虑换工作。他被调到新部门后一直不习惯那里的工作。不过，当舅舅说有点事情想找他商量的时候，他完全没料到会是这件事。

"工作本身并不难。"舅舅说。

"公司里有许多老员工，专业方面的事情交给他们就好。但是，这事也并非谁都能做得了。举个极端的例子，像那种对此嗤之以鼻，认为不过是给猫猫狗狗办葬礼的人就做不了这件事。就算嘴上不说，也会通过情绪表现出来。如果某人失去了爱犬还愿意为它办葬礼，那就证明宠物的死已在他的心上开了一个大口子。面对他们时，我们必须清楚地理解这一点。我们必须有共情，要帮助人们去面对自己心爱事物的死。"

"关于这一点，如果是你，我就很放心。"舅舅对中原这样说。

"你从前就是个善良的孩子，十分理解他人的心情。而且经历了那样的事情，你比任何人都清楚心里的痛。收入方面，不能有过多的期待，但我觉得这是一份值得做的事业。怎么样，你愿不愿意替我做下去？"

中原自己并没养过宠物，起初是有些困惑，不过听舅舅谈起这些，他渐渐觉得试试或许也不错。他虽然没有养过动物，但一直很喜欢它们。帮助人们去面对自己心爱事物的死——这句话也引起了他内心的共鸣。他心想，或许日复一日地去做这件事，自己身上也将迎来某种变化。

"我试试。"中原回答。舅舅布满皱纹的脸上露出笑容，不住点头道，那就好那就好，随后又这样补充了一句——

"你一定能做好。这样君子也可以放心了。"

君子是他的妹妹，也就是中原的母亲。听到这句话中原才意识到，是母亲推荐自己来继承天使小船的。他们一年见不了几次面，中原都不记得自己曾跟她提过换工作的事，或许是年事已高的母亲通过儿子疲惫的神态察觉到了什么。

中原恨自己明明已经老大不小却还在让母亲操心。他根本没有独立。他深刻地意识到，自己是在身边人的协助之下才勉强站了起来。

如今的自己又是怎样的呢？中原想。自己独立了吗？他继而又想——小夜子的情况又是怎么样的？

等佐山来了，就稍微跟他打听一下她的情况吧。中原想。

晌午过后没多久，佐山就到了。他带了鲷鱼烧作为礼物，中原告诉他不必太拘礼。

"我来的路上看到这家店的东西，感觉挺好吃的，就想请大家尝一尝。"

"是吗，那我就不客气了。"

接过来才发现纸袋还是温热的。

中原还和上次一样，拿茶包给他泡了茶。

"案子查得怎么样了？"中原问，"前两天，您在电话里说凶手自首了……"

"正在全面调查中。还有很多不清楚的地方。"

"凶手应该都坦白了呀？"

"是这样没错……"佐山说话有些吞吞吐吐。他从包里拿出一张照片放到桌上。"就是这个人。你有没有在什么地方见到过？"

那是一个男人的正面照。看见照片，中原感到有些意外。他假想中的凶手应该是个年轻男子，可照片里的却是个七十岁左右的老人。他体型偏瘦，头发花白而且稀疏，表情漠然，但看起来并不凶残。

"怎么样？"佐山再次问道。

中原摇了摇头。

"不认识。应该没见过。"

佐山又放下一张便笺纸。纸上写着"町村作造"几个字。

"町村作造，这名字你有没有印象？"

町村……中原歪头重复了一遍，并没联想到任何东西。告知佐山后，佐山再次拿起照片。

"您再好好看看。照片里是他现在的模样，假如您在很久以前见过他，那时的样子应该和现在很不同。请您想象一下这个人年轻时的模样。在您认识的人里，有没有谁是比较像的？"

被他这样一说，中原又再次凝视起照片。确实，人的面相会随年龄而改变。曾经有一次，他见到了许久未见的初中同学，当时就吓了一跳，那简直就是另一个人。

可不管他如何看那张照片，都唤不起任何记忆。

"我不知道。或许我曾在哪里见过，但我想不起来。"

"是吗……"佐山皱起眉头，似乎有些遗憾，随之将照片收回包里。

"他究竟是什么人？"中原问。

佐山叹了一口气，然后才开始讲述。

"他今年六十八岁，没有工作，一个人在北千住租了一间房子。现阶段，我们还没有发现他与滨冈小夜子女士之间有任何联系。他本人也说不认识滨冈女士。他说他是为了钱，随便找了个女的跟踪然后下手。"

"你说什么？就只是这样？"中原很诧异，"要是这样，我怎么可能会认识这个人？"

"嗯，差不多就是这样吧……"佐山的话又有点不清不楚了。

"您刚才说他是为了钱，那他抢了什么东西没有？"

"他说抢了包。跟警方自首的时候，他手上只拿了曾装在手提包里的钱包，他说手提包被他扔到附近的河里了。我们在钱包里找到了滨冈女士的驾照。"

"那不就跟他本人讲的完全吻合吗？"

"看来现阶段也只能这样判断了。但是，有几个地方却值得怀疑，所以我才跑到您这里来打听。"

"什么地方值得怀疑？"中原刚说完，又伸手在面前轻轻摆了摆，"哦，不行，你们不可以谈论办案时的机密。"

"这次没问题，因为其中一些已经公布给媒体了。"佐山苦笑了一下，表情再次变得严肃起来，然后低头行个礼，"办您女儿的案子时，多有失礼了。"

"没事。"中原小声回答。

佐山抬起头。

"首先场所就很离奇。前几天我也在电话里说过，案发现场在江东区的木场，就在浜冈女士的公寓附近。可町村的住处在北千住。虽说算不上特别远，但也不是步行可及的距离。为什么他非得去那种地方实施犯罪？"

中原在脑子里画着地图。这确实是一个合理的疑问。

"他本人怎么说？"

"他说没什么特别的理由，"佐山耸耸肩说道，"他是这样说的——在自己家附近犯案总感觉有点危险，所以才坐地铁随便找了个站下车寻找猎物。而选择木场站只不过是偶然。"

"是吗？"

中原感觉有些不对劲，可他又无法用语言表达出究竟哪里不对劲。

"上次通话时，我有没有跟您提起过凶器方面的事？"佐山问道。

"你只说是利器……"

"是一把尖头菜刀。我们在町村的房间里找到时是用纸包着的。刀刃上还有血迹，DNA鉴定结果确定就是浜冈女士的。从刀柄上也检测出了町村的指纹。换句话说，可以认定那就是犯案时使用的凶器。"

铁证如山——这番话让中原产生了这样的感觉。

"那还有什么问题？"

佐山抱着胳膊，直勾勾地盯着中原。"为什么没被处理掉呢？"

"处理？"

"凶器。为什么作案后要带凶器回家？一般应该会扔在半路上吧？只要把指纹什么的擦掉就万事大吉了。"

"确实……会不会他其实是想扔掉的，只是没找到合适的地点？"

"他本人也说过类似的话，说其实没想太多就直接带回去了。"

"那也只能相信了？"

"话是没错，可我就是想不通。我将町村的话梳理了一遍，大致是这样的：首先，他因为缺钱而想到要去袭击什么人，然后拿纸袋包好刀就出了门。他乘坐地铁时没什么特定目的地，只是偶然坐到了木场站，碰巧遇到一名女子，然后就跟上了她。在确认四周无人之后，他从背后叫住了她。女子回过头后，他就亮出菜刀，威胁对方交出钱来，但是女子并没照他说的做，而是选择了逃跑。于是他赶忙追上去，从背后刺了一刀。女子倒在地上，他就把包夺走了。"佐山说得有条不紊，仿佛脑子里正在回放画面。"对了，时间是接近晚上九点。听了这些，您怎么想？"

中原歪着头说道："我觉得他很愚蠢，而且做事很冲动。不过，好像也没什么特别可疑的……"

"是吗？反过来推算一下，町村带着菜刀出门大约在晚上八点左右。就算他真的想去勒索抢劫，这时间会不会太早了？"

"要这么说的话也确实……"

"町村自己说关于时间他并没有多想，他只是想到要这样做，然后就离开了家。"

中原不知该如何回应。犯下这种恶行的人的心理，他根本无法想象。

"最难以理解的是，他居然来自首了。据他本人说，第二天，他得知事情闹大之后突然感到很恐慌，心想迟早要被抓住，于是就决心来自首。这个供述我也觉得十分不合理，因为他犯案是有预谋的，虽然不周全，但他从决定犯罪到实施犯罪，相隔了大约有三十多分钟。如果他是那种隔天愿意去自首的人，难道不应该在当时就已经冷静下来了？"

谁知道呢？中原又歪了歪脑袋。

"罪犯的心理，也各不相同吧？或许他认为被抓只是时间问题，所以哪怕没有真正反省，却还是指望至少能够减轻判罚，所以去自首了？"

"问题就在这里。我接下来说的话，你不要对别人讲，其实町村在作案时并没有什么大的失误。立案侦查后，我们并没找到决定性证据，说实话，我们已经隐约感觉这案子不好破了。我们问过他本人为什么认为自己迟早要被抓，但并没得到什么清楚的答案。他只说，他觉得日本的警察很厉害，一定能查得出凶手就是他。但是，他能在事后这样想，事前就不会犯罪了，不是吗？"

中原支吾了一声。佐山的话完全在理。可是，人就是会有不合理的行为。

"关于为什么盯上了浜冈小夜子女士，他的理由也不大好理解，"佐山继续说道，"他说因为对方看起来有钱，但得出这一结

68

论的理由他又说不清楚。他说就只是感觉而已。浜冈女士身上没有什么特别高级的衣服首饰——抱歉,我这样说可能是对死者不敬——她当时就穿了衬衫和短裤,外表再普通不过。如果说她刚从银行自动取款机前离开那倒是好理解,但她并没有。虽然她有包,可里面的钱包里有多少钱他不可能知道。我实在不理解,他为什么选了这样一个目标。"

听着佐山的话,中原也渐渐觉得这不像是单纯的图财害命了。

"刚才的照片,可以再让我看一眼吗?"

"当然。您仔细看。"

中原再次仔细看了看佐山递过来的照片,只是结果仍然一样,他不记得曾见过这名男子。中原轻轻摇了摇头,将照片还了回去。

"您说他家在北千住?有家人吗?"

本以为答案是否定的,结果佐山给出的答案却不一样。他有个女儿,已经结婚,现在住在目黑区的柿木坂。

"我去她家问过话,家里很气派。她丈夫是医生,在一所大学附属医院工作。"

"听上去家境应该挺宽裕。"

"我觉得是。事实上,一直以来他们都在资助町村。虽然町村租的是廉价住房,但也一直衣食无忧,好像就是因为女儿女婿的帮助。"

"也就是说,他明明有较安稳的生活,却犯下了这起案子。"

"您也觉得可疑吧?我其实也查过,背地里还有许多隐情。"

"什么隐情？"

"简单来说，他跟女儿的关系似乎并不好，女儿资助父亲也不是心甘情愿，大致是这么回事。"说完，佐山做出了好像在驱赶苍蝇一样的动作，"唉，算了，这个话题到此为止。"

看来他是觉得自己话太多，不应该连嫌疑人的家庭隐私都透露给中原。

"那个人的照片，您也拿给小夜子的家人和朋友看过吧？"中原问。

"当然。可所有人都说不认识。所以说实话，其实我对您的回答抱了很大希望。因为我觉得，要说最了解浜冈女士的人，那肯定是中原先生您了。她父母也这样说过。"

"小夜子的父母还在藤泽吗？"

佐山点了点头。

"还住在那边。因为这次的事情，他们看上去很憔悴。"

中原回想起两人的面庞。爱美还是婴儿的时候，他们都抢着抱她。"我们带几天都可以，要不你们夫妻俩出国旅游一趟吧？"这句话曾经是小夜子的母亲浜冈里江女士的口头禅。

"被害人的行踪也都还没查清楚。"佐山摸着满是胡茬的下巴说道。

"您是指案发前小夜子的行动？"

"是的。町村说他是从木场站开始跟踪的，在那之前浜冈女士都去过哪些地方，眼下我们也是一无所知。我们问过她的同事和朋友，但没得到任何线索。"

"也许是出门买东西？"

"有可能，但还没发现她买过什么。当然了，出门买东西也不意味着就非得买。"

"您说包被扔到河里了，那手机有没有查过？"

"当然了，"佐山继续说道，"凭借留在屋里的账单，我们很快就查到了运营商。我们在征得家属同意后进行了调查。两个手机都查了。"

"两个？"

"智能手机和以前那种老式手机。她是那种同时带两部手机的人。因为如果只打电话的话，还是以前的老手机好用。工作繁忙的人里，好像这样做的越来越多了。"

"繁忙……小夜子她……做的是什么工作？"

"好像是跟出版有关的工作。听说还做过采访。"

"是吗……"

中原的眼前浮现出小夜子同时用两部手机的样子。这令中原再次感到小夜子在这期间置身的世界与自己并不相同。

"据相关人士说，浜冈女士总是随身带着采访用的记事本。那个记事本好像也放在包里了。或许它跟案件并没有关系，可东西一直没找到，这也让人觉得可疑。"佐山说完看了看时间，然后站了起来，"没想到都已经这么晚了。非常感谢您今天的配合。"

看来，他是觉得继续问下去也没什么结果。

"不好意思，没帮上忙。"

"哪里的话。今后您要是想起了什么，不管多么微小的细节，都希望您能告诉我。"

"明白了。不过您别抱太大期望。"

中原将佐山送出正门后又回到了办公室。他看了看桌面，发现写有"町村作造"几个字的便笺还留在那里。

陌生的姓名。与自己无关的人。可这并不代表他与小夜子也没有关系。他们分开五年了。她应该早已有了她自己的人生。

中原忽然想起了什么，随即拿起手机。小夜子老家的电话号码还记在手机里。稍微犹豫了一会儿之后，他按下了拨号键。

电话很快接通了。就在中原思考着该如何开口的时候，呼叫音中断，一个年迈女性的声音传来："喂，我是浜冈。"显然，说话的人是浜冈里江。

中原有些踌躇地报上姓名，短暂的沉默过后，对方"哦"了一声，听起来很难过。

"道正先生……好久不见了。最近还好吧？"

这是个很难回答的问题。"马马虎虎吧。"中原含糊说道。他也想问一句您怎么样，话到嘴边还是咽了回去——毕竟她刚失去女儿。

"那个……我从警察那里听说了这次的事情。"中原慎重地说道。

"哦，是这样。是啊，警察应该是会去找您的。"里江的语气很痛苦。

"我很意外。也不知该说什么才好。怎么会变成这样呢……"

"是啊。刚才我还在跟老伴儿说，为什么我们家总是摊上这样的事情呢……您说，我们明明什么坏事都没做，只是普普通通地生活而已……"里江呜咽起来，仿佛一提到这件事就会令她万分痛苦。中原觉得自己似乎不该打这通电话。

"不好意思，"里江道歉说，"您专程打电话来，我却哭了。"

"我是觉得，或许有什么事情我能帮得上忙？"

"谢谢。不过我现在脑子里还是一片空白。我也是刚刚才想到，该做的事还是得做。"

"该做的事？"

"葬礼。"里江说道，"警察总算把遗体送回来了。今晚就得替她守夜。"

殡仪馆就在离车站几分钟车程的地方，外边是一座绿树环绕的大型墓园。

人们在一间偏小些的礼堂里为小夜子守夜。在僧侣的诵经声中，中原跟着其他前来吊唁的人们上了香，在遗像前合掌行了礼。照片里的小夜子是笑着的。想到她在与自己分别后曾拥有过值得一笑的经历，中原也感觉稍微轻松了些。

她父母似乎也注意到中原来了。上香结束后，中原在众人面前鞠躬回了礼，之后，里江找到中原轻声说道："如果您不赶时间，一会儿咱们说说话吧。"她个子本就不高，如今看起来仿佛更瘦弱了。

"明白了。"中原说着，来回看了看自己曾经的岳父母。小夜子的父亲宗一颔首回应。原本看起来很硬朗的他，如今面颊也消瘦了不少。

礼堂隔壁的一间屋子里，摆放了为守夜人准备的吃食。中原在角落的座位上刚抿了一口啤酒，就有几个人来跟他打招呼。他们都是小夜子的亲戚，应该都是明白小夜子和中原离婚并非因为关系不和，这才来找他。

"您现在在做什么工作？"问话的是长小夜子三岁的堂姐。

中原谈起了自己的工作，在场所有人都面露意外之色。

"宠物殡葬服务公司？为什么偏偏……要做这一行？"一名男性亲戚问道。

"这个嘛……是家里长辈突然来找我帮忙接手的。"

中原大致解释了一番继承舅舅公司的经过。

"这工作并不坏。其实就跟办人的葬礼一样，只不过是在一个宁静、安稳的环境里，把该做的事情逐一做完而已。但是也有一点不同，那里没有利益得失的计较，也没有怨恨。家属们也只是纯粹为心爱事物的死而伤心。看到那些人那些事，我自己的内心也就跟着平静了下去。"

听完中原这番话，一众亲戚都沉默了。显然，他们都想到了爱美的死，当然还有小夜子不明不白的死。

"那么，再见。"他们说着便起身离去。中原目送着众人离去的背影，心知恐怕再也不会和他们见面了。

不久，里江也过来了。

"道正先生，谢谢您专程过来……"她拿手帕擦拭眼角，不住地低头行礼。

"这次真是苦了您了。"

里江缓缓摇了摇头。

"我到现在还是不能相信。警察联系我们的时候，我还以为说的是爱美的事，因为他们提到了什么有谋杀的嫌疑。我当时心里还想，都什么时候了还提那些，事情都过去十多年了。结果仔细一听，才知道是小夜子被杀害了……"

"我很理解您的感受。我也是一样的感觉。"

里江抬起头，用充血的眼睛看着中原。

"是啊。我想，道正先生，您应该是最理解我们心情的人了。"

"今天，警视厅一个叫佐山的警察来找我。听说，凶手袭击小夜子是为了钱。"

"听说是的。这真是太过分了。怎么能为了钱就杀人？"

"不过我听佐山说，案件还有许多疑点。听他的口气，似乎是怀疑小夜子跟凶手之间还有什么关系。"

"这事我也听说了，但那个男的我不认识，我老伴儿说他也不认识。我们也不记得小夜子跟我们提起过这个人。那孩子是不可能被人如此怨恨的，所以我们还是觉得他俩并没有关系。"里江的语气稍带了些攻击性。自己的女儿跟这个犯下杀人罪行的男人之间有某种联系，这种可能性她恐怕想也不愿意想吧。

里江打听了中原的近况。听他谈起如今的工作，她带着理解的表情点了点头。

"那真是个好工作。听起来很适合您。"

"是吗？"

"因为您是个善良的人。您以前不是说过吗？越是渺小的生命，就越应该由大家来守护。您在爱美出事之前就说过……"

"我说过吗……"

"说过。所以出了那件事的时候，我就觉得，这天底下根本没有什么神仙菩萨。"

这句话，中原记得自己在法庭上讲过，却并不记得案发之前讲过。不过，究竟是自己忘了还是里江记错了，已经无从考证。

"听说小夜子一直一个人生活。不知她过得怎么样？"

这个问题，让里江的神情有些不知所措。

"您从没听那孩子提起过吗？"

中原摇了摇头。

"离婚后我们几乎没有联络过对方。我做的工作，她应该是一点也不知情。"

"是这样啊。"

据里江说，小夜子在老家生活了一段时间，之后在一名做杂志编辑的老同学的安排下，干起了撰稿人的工作。

对了。中原想起来了。结婚前，小夜子曾做过广告文案之类的工作。也是因为共同参与了某个项目，她才跟在广告公司工作的中原相识。那个企划是为了让某个没落的商业街重新振兴起来，不过最后无疾而终。

"最开始的时候，她写的好像是些关于女性时尚、美容之类的文章。渐渐地，关于少年犯罪、劳动环境这种社会问题类的工作就多了起来。她经常会去各种地方采访。她还说过，最近在跟进盗窃成瘾症的问题。"

"小夜子，她居然……"

中原感到很意外，可想想又觉得，这或许并不是件让人十分意外的事。在和中原结婚之前，她就常常在工作之余独自外出旅行，选的都是印度、尼泊尔、南美之类的连男人都感觉心里没底的地方。她常常说，旅行就是为了接触未知的世界，当然要选择那些地方。仔细想想，其实她性格本就大胆外向。

"伯母，她……小夜子……是不是多少已经走出了当初的阴影呢？关于爱美的事，您觉得她是否已经想通了？"

"这……"里江略微歪了歪头。

"我想并没有。道正先生，您呢？"

"我……说实话，我根本没有走出来。当初的事情，我至今都无法忘记。哪怕想起一些欢乐的回忆，下一个瞬间，就会出现更多痛苦的往事。"

"唉，果然。"里江的身体歪了歪，似乎很是理解。

"小夜子也说过同样的话。她说，恐怕自己永远也无法摆脱那些痛苦，但是，总是沉湎于过往止步不前也不是办法，总归还是得向前看。"

"向前看……"

中原抹了把脸，轻声说了一句，她很坚强。与她相比，自己又是什么样子呢？五年来，他只是一味哀叹着内心伤口之深。

"和我分开后，小夜子没跟别的男性交往过吗？"

"谁知道呢，这种事情那孩子从来不提。不过，最近好像是没有。因为，如果有的话，他今晚应该会出现。"

"也是。"中原点点头。

里江神情一转，似乎又想起了什么。

"道正先生，您是不是没有加入遗族会？"

"遗族会？"中原一脸茫然，他觉得这个问题问得很突然。

"好像是叫被杀害者遗族会。是一个专门为在杀人案中失去了亲人的家属提供咨询服务或支援的团体。"

中原听说过这个团体。在一审未能给出令人信服的判决、他正满心怨气的时候，不记得是谁曾给他们出过主意，说可以去找这么一个团体商量。不过上诉后法院给出了死刑判决，所以他们最终没有去找这个团体。

"小夜子加入了那个团体。"

听里江这样说，中原不禁坐直了身体。"是吗？"

"她说，虽然我们自己争取到了死刑判决，可世上还有许多人因为不尽如人意的判决而痛苦，说希望能为那样的人出一份力。

她好像还做过志愿者，也出席过许多演讲和谈话活动。一开始她就告诉我，希望我不要把她加入这个团体的事情说出去。听说是有敌对势力。"

"她还参与过那样的活动……"

明明自己内心的伤口那么深，她竟然还想要替别人出一份力。不，或许正因为她明白伤口永远无法愈合，才要与人分担苦痛。对于小夜子来说，这就意味着向前看吧？中原越想越觉得自己是个没用的人。

"这件事对警察说了没有？"

"说了。"里江干脆地点头说道。"这肯定跟案子没关系，但也没有隐瞒的必要，毕竟那孩子为之付出了那么多努力。"

这就意味着佐山也知道这件事。那个警察听到这番话，又会做何感想？

"我可以问您一个问题吗？"中原说道，"刚才的遗像，是什么时候照的？那个笑容真好。"

"那个呀，"里江有些痛苦地皱起眉头，"那个也不好太声张，其实是某个杀人案给出了死刑判决时照的。那孩子，当时是以志愿者的身份帮助死者家属……您说这是不是很可悲？一个人竟然只能在有人被判了死刑的时候，才能露出笑容。"

中原低下头。他觉得自己真不应该问这个问题。

跟里江道别后，中原正打算离开殡仪馆，这时，一名女性上前打招呼，说了句"不好意思"。这名女性看起来四十岁左右，留着短发，给人的感觉很沉稳。

"您是……中原先生吧？"

"是的。"

"我是小夜子的大学同学。我姓日山，受邀参加过你们的婚礼。"

她递来的名片上印有出版社的名称和所属部门，中原还看到了她的姓名——日山千鹤子。中原不记得曾在婚礼上见过她了，不过似乎听小夜子提起过这个名字。

中原赶紧递上自己的名片。

"该不会您就是替小夜子介绍工作的那位……"他想起了刚才里江的话，便这样问道。

"是我。不久前我还在请她写一个稿子……小夜子，她竟遇上这种惨事……"日山千鹤子眼含泪光地看着中原的名片，随即眨了眨眼，"哦，您现在做这一行呀。"

无论什么时候，人们一看到中原的工作就会表现出浓厚的兴趣。

"每天面对那些渺小的生命，是我现在活着的全部意义。"

日山千鹤子听他这样说，感慨颇深地点了点头。

她身后不远处还有另一名女性，二人似乎是结伴来的。她看起来三十五岁左右，小个子，妆容偏淡但五官端正。"这位是？"中原问道。

"是小夜子曾经采访过的人。"日山千鹤子转身看了一眼后说道，"她本人好像也受了小夜子很多照顾，我跟她说要来，她就说也想来上炷香。"说罢就让那名女性过来，她称呼那位为井口女士。

那名被称作井口的女子拘谨地走上前来，在中原面前站定，身体微微前倾，打了个招呼。

日山千鹤子向她介绍中原，说这是小夜子女士的前夫。

"我姓井口。"那名女子说道。她似乎没有名片。看她面色阴郁，是否是因为小夜子的死？

"小夜子对您做过什么采访？"

面对中原的提问，她露出困惑的神色。见她词穷，中原意识到自己的问题好像不妥。"不好意思。"他立刻赔礼道。

"这问题关乎您隐私吧，您可以不必回答。"

"就快登出来了，"日山千鹤子打圆场道，"等杂志印好了我送一份给您。这也是小夜子写的最后一篇报道。"

中原心想，那一定得读一读。

"是吗，那就有劳您了。"

"那我们先告辞了。"日山千鹤子说罢就和那名姓井口的女子一起离开了。中原远远地望着她们离去的背影，心想：如果被杀害的是自己，究竟又有谁会来替自己上香呢？

中原听说小夜子的葬礼在守夜翌日顺利举办，不过他并未参加。

葬礼结束后一周，佐山打来了电话。他说似乎找不出什么新证据了，预计将按照町村本人的口供进行起诉。

中原试探着说，小夜子好像加入了被杀害者遗族会。

"好像是的。那边我们也问过。"佐山语气冷淡地答道。

"那就是说，没得到任何线索了？"

"是的。木场站旁边的监控摄像头拍到了与浜冈女士很像的女子和稍后走过的町村的身影。这样一来，就可以下定论了。"

"意思就是，这是一起单纯为了钱杀人的抢劫案件？"

"看样子是要这样结案了。"

"佐山先生，您接受这个结果吗？"

对面传来一声叹息。

"看来只能接受了，作为一名警察，您能做的事也就到此为止了。"

"我不这样认为。"佐山的声音里没有任何情感。

剩下的就是审判了。中原想。这意味着，小夜子的父母要再一次去那个地方了。

中原估计他们不会给出死刑判决。在街头杀死一名女性然后夺走钱财——这种程度的"轻罪"并不至于被判死刑。这个国家的法律就是如此。

"这次多谢您协助了，"佐山在电话里说道，"等事情告一段落，我再找机会当面向您道谢。"

这番话听上去只不过是客套而已，但中原还是回答道："那我恭候。"

5

眼下，庆明大学医学部附属医院一楼大厅里已经没几个人了。

挂号窗口五点下班，现在已经快七点了。剩下的这些人，应该是已经看完了病在等着交费。仁科由美环视大厅，发现史也正坐在挂号窗口旁的椅子上看杂志。他没穿白大褂，大概是不想引起不必要的关注。

她走上前去，说道："久等啦。"

史也抬头说了句"嗯"，然后点了点头。他合上手里的杂志，站起身，一语不发地往前走。看样子是想让对方跟上自己。

"不好意思，突然来找你。"她一边赔礼，一边跟了上去，与他并肩走着。

"嗐，没事。"史也面向前方回答道。听着对方冷漠疏离的语气，由美觉得或许哥哥已经猜到了她的来意。

二人乘电动扶梯上了二楼。史也快步穿过走廊。拐了几个弯后，由美有些辨不清方向了。她心想走时还得让哥哥带路。

史也在一扇门前停下脚步。他拉开硕大的推拉门，说了声请，让对方进了屋。

室内很宽敞，中间有张大桌子，四周摆着也不知是测量仪器还是治疗仪器的器械，桌子上摆着电脑。

史也指了指一张折叠椅，让由美坐了下来。她不经意地瞟了一眼电脑屏幕，上面正显示着黑白图像。至于那是什么，由美当然不明白。

"那是脾脏。"史也指着图像说道。

"脾……哦，是脾脏啊。人长大后就不大需要这个器官了对不对？"

"没那回事。它有造血功能、免疫功能，总之，很多地方都用得上它。只是说摘除了影响也不会太大。"

"哦，那……这脾脏怎么了？"

"肥大。才三岁，就这个状态了。"

由美又看了一眼图像。她也不知道脾脏正常大小是什么样，所以对方这样讲，她也不知道该怎样回应。

"有一种病叫 NPC，你应该不知道吧。"

"N——P——C？"由美重复了一遍，摇了摇头，"不知道。"

"学名叫 C 型尼曼氏病。是一种劣质基因遗传病。这孩子，过去就有精神方面的问题以及运动功能发育迟缓的症状。因为又出现了发烧、呕吐的症状，这才查出了脾脏肥大，但起初并不知道原因。做了几次检查后，才确诊了是 NPC 病。本应该在细胞内部被分解的无用杂质——简单来说就是胆固醇——得不到分解而持续积累，你知道这会导致什么结果？"

"什么结果……胆固醇持续积累，是不是小小年纪就会得三高之类的病？"

史也轻轻摇了摇头。

"问题没那么简单。如果只是胆固醇积累的问题，只要做降低胆固醇的治疗即可。更严重的问题在于，一些本该通过分解胆固醇得到的物质无法正常生成，缺乏这些物质就会产生神经病症。运动、说话、视力、饮食都会受影响。如果还是个孩子就发病了，之后肯定活不过二十岁。"

"能治吗？"

"没有有效的治疗手段。现在日本确诊的患者大约有二十人。就我们大学来说，还没有任何对策。科学实在是无能的玩意儿，进步缓慢。在我看来根本就不应该为一些无聊的事情浪费时间。"史也关上屏幕。

由美明白他最后一句话为何这样说。他果然意识到了自己的来意，所以才刻意强调不应该为无聊的事情浪费时间。

我也并不想担任这样的角色——由美很想这样说。

昨天夜里，她给史也发邮件说临时有急事，问他可否见面聊一聊。而且她还在邮件最后补充了一句，这事希望他对花惠保密。

史也很快就回了信。邮件里说，明晚七点左右在医院大厅见。他没提出在咖啡店之类的地方见面，或许是意识到了谈话内容不便被外人听到。

"好了，"史也投来冰冷的视线，"要聊什么？"

由美面对哥哥坐直身子。

"前不久，我去见了妈妈。是她让我去的，说有重要的事情。"

"妈身体还好吧？"

"嗯……身体嘛，没什么异常。"

她特意强调了，是身体。

"那就好。"史也面无表情地说道，"然后呢？"

由美深深地叹了口气，继续说了下去。

"哥，她对我说，希望我劝劝你。"

史也的鼻子里发出哼的一声，不耐烦地撇了撇嘴。

"到底还是那件事。你也是摊上了个吃力不讨好的差事。"

"既然你也这样想，可不可以稍微替我考虑下？话说回来——"由美凝视着哥哥有些阴暗的面庞，"你就没考虑过那件事吗？一次都没有？"

"没有。"史也语气平淡地答道，"我为什么非得想那些？"

"什么为什么？"由美环视了一眼室内，然后又看向哥哥，"你在大学或者医院里，就没听到别人说你？"

"说什么？"

"还有什么？案子呗。"

史也抱起胳膊，耸耸肩。

"老婆的父亲犯了杀人案，亏他还跟没事人一样——说这些？"

"应该也没人说话那么难听……"

"背地里好像就是这么议论的。"史也若无其事地说道。

由美瞪大了眼睛。"果然都传开了呀。"

"因为警察到大学里来过好几次了，好像也找我身边的人问过话。警察估计没说具体是什么案子，但要查出来也不难。在木场发生的杀人案的凶手姓町村，而我妻子结婚前就姓町村。对于那些爱上网又闲得没事的人来说，这是再好不过的谈资了。估计一天之内就在医学部里传开了吧。"

"都到这个地步了，不要紧吗？"

“有什么要紧？又不会被辞退。我这不还跟从前一样，干着我的儿科医生。”

“但有人在背后嚼舌根啊。妈担心今后你会在大学或医院里抬不起头来。”

“瞎操心。你告诉她，这件事与她无关，让她少说些闲话。”

“那家里呢？那些邻居对你怎么样？没对你指指点点吗？”

“那谁知道。我跟邻居们又不怎么来往，对此不清楚。也没听花惠提过什么。不过，刑警肯定也在家附近问过话，一点没走漏风声的可能性恐怕很小。”史也说得就好像事不关己一样。

由美做了个深呼吸。

“那我再问一句。哥，我们这些人的事情，你是怎么考虑的？我和妈妈呢？”

史也皱了一下鼻子，拿指尖揉了揉眉头。“影响到你们了？”

“我这边是什么事也没有。刑警虽然也去我那儿了，不过好像没牵扯到我身边的人。可妈妈就不一样了。亲戚们都在指责她，说她应该尽早让你们离婚。亲戚们还替我担心呢，说再这样拖下去恐怕会影响到我的将来。仔细想想也是这么回事。我哥的岳父是杀人犯——这个消息足已让人不敢向我求婚了。”

史也叹了口气，一只手放到了桌子上。他的食指不断敲击着桌面，充分说明他内心很烦躁。“那要么划清界限？”

“什么？你这什么话？谁跟谁划清界限？”

“我没打算跟花惠离婚。不过如果你们觉得这样会让你们难办，那我也只能跟你们划清界限了。"

"哥，你这话是当真的吗？"

"当然是当真的。如果有人说你们什么，你就告诉他们已经跟那种当哥的断绝关系了。"史也的目光落到了手表上，"不好意思，我可不打算多花时间聊这件事。"

"我再讲最后一句。我听说律师费是由哥你来出，是真的吗？"

"是真的。"

"为什么？"

"我才不明白你为什么要问这种问题，老婆的父亲成了被告，请律师不是理所当然吗？"史也瞪了回去，仿佛在威慑对方，不容许对方有任何反驳。

由美的肩膀无力地耷拉了下去，继而站起身。"耽误你时间了。"

史也像进屋时那样拉开门，然后走到了走廊上。"我也问你一个问题吧，"史也说道，"为什么你就不提小翔的事？"

这出其不意的问题让由美一怔。"小翔什么事？"

"亲戚们好像都挺担心你的将来啊。那小翔呢？他们就不担心吗？由美，你也不担心吗？"

"这……"由美一边舔着嘴唇一边思索着措辞，"当然担心了。可我觉得这是哥哥你自己要考虑的事情……毕竟，小翔是哥哥的孩子。"

"那是当然。"

"那，你就好好替他想想。"

史也将她送到扶梯前。分别时，由美道歉说："不好意思打扰你工作了。"

"我才应该道歉，给你们添麻烦了。"

听到史也这句话，由美松了口气。她觉得，这是他今天第一次敞开心扉。

"你工作别太劳累，别弄坏了身体。都说越是医生越不注意身体。"

"嗯，我会小心的。"

史也点了点头，唇间浮出笑意。由美走上了扶梯。恐怕他心里也很难受吧。她想。

由美出生在静冈县富士宫市，从小便在那里长大。她的父亲在当地经营一家食品工厂，家境相对富裕。除了父母，家里还有祖母、大她五岁的史也，以及一条浅棕色的柴犬。第一个走出这个家庭的是史也。他考上了位于东京的庆明大学医学专业，这对仁科家来说是件大喜事。接到大学录取通知书的那天晚上，父亲便邀请下属们来家里，在庭院举办了一场烧烤派对。最后，由于父亲那些自吹自擂的话太过冗长，史也还赌气把自己反锁在屋里不出来了。

没过多久，祖母就走了。那天，她就那样倒在了院子里，被送进医院后就断了气。医生说去世的原因是心力衰竭。之后，祖母一直疼爱的那只柴犬也忽然没了精神，不怎么吃饭，动作也变得迟缓了，兽医看过后只说是岁数到了。没过多久，它就追随祖母而去。

由美跟哥哥一样，在十八岁那年的春天离开了家。她也考上了东京的大学，只不过跟庆明大学医学专业没法比。父亲看穿了她的心思："你就是想体验都市的繁华才去东京的吧？"

两年前，父亲忽然去世，原因是蛛网膜下腔出血。当时，他刚把公司让给接班人，正打算颐享天年。

就这样，原本热闹的家里，就只剩了母亲妙子一人。才过六十的妙子，身体硬朗，牙尖嘴利。父亲还在世时她就常给由美打电话，抱怨生活中的各种人情世故，对由美的人际关系也是刨根问底，父亲死后，她更是变本加厉。

令由美尤其郁闷的，是她经常说史也的妻子花惠的坏话。说她脑袋笨，没教养，家务也做不好，脸蛋不仅是不好看，简直就是平平无奇——她说话时总是毫不留情，而且每一次必定要补上这样一句："真搞不懂，史也怎么就摊上了这么个蠢女人？"

你绝对不能反驳她，如果你这样做了，就等于是触了妙子的逆鳞。曾经有一次，由美试探性地说了一句："她不是挺好的嘛。我哥就是喜欢她才结婚的啊。"结果母亲却说："我是看他之后会遇到倒霉的事才放心不下，你可真是够薄情的。"她就这样被骂了很久。自那次过后，不管母亲说什么，她只当耳旁风，附和着"就是就是"。

史也和妻子结婚，是在距今大约五年前。当时他们没有办婚礼，也没有办婚宴，据说就是某一天突然办了手续。由美得知此事还是因为妙子的电话。妙子在电话里愤怒地问道："听说两人都已经办完手续了，这事你知不知道？"

没多久，史也好像就带着妻子花惠回了老家，父母见到儿媳后就弄清了原委。她已经有了八个月的身孕。

抱着并不当真的心态交往，对方却怀孕了，史也责任心很强，决意要和对方结婚——作为父母，他们只能这样去理解。由美听了这些后，也觉得事情应该就是这样的。

似乎在妙子的眼里，花惠只是一个巧妙地勾引了儿子的坏女人。打从一开始，她对花惠的印象就不好。

母亲的心情也不是不能理解。由美与花惠来往不多，不过家里办法事之类的活动时还是会见到。每到那时，虽不及妙子那般强烈，她心里也总会产生疑问：为什么哥哥会选择这样的人？她为人不机灵，常常看起来稀里糊涂的，做事也不得要领。看着她的一言一行，总让人心里很不耐烦。

只是，她性格并不坏，十分温柔、和善。最重要的是，她能感觉到花惠是真心为史也着想。仿佛她已舍弃了自己的独立，任何事情都以史也为先。她猜想，或许史也认为一名研究者的妻子就应该这样。

由美也知道，妙子不满的也并不只是花惠本人。妙子常挂在嘴边的那句"没教养"，实际上针对的是她的父亲。

关于花惠的具体情况，由美完全不了解，因为史也从来不提。不过她似乎没什么亲人，所以她一直想当然地认为花惠或许是孤身一人。

可事实并非如此。大约是在由美的父亲去世半年后，她从妙子的电话里得知，在花惠的老家富山县，还生活着她的父亲。

"我可是吓了一跳。他居然冷不丁地跑来说，今后打算收留花惠的父亲。这算什么事？一开始我都没弄明白他究竟在说什么。"

据妙子说，当地政府为了削减生活补助的财政支出，开始查找领取补助者的家属的相关情况，结果发现其中一名领取补贴者的女儿，嫁给了东京的一名医生。当然，这个人就是花惠。

"怎么能这样？难道哥哥就非得负责照顾？又不是亲生父母，应该没有这个义务吧？"

"我也这么说，可是你哥说这事已经定了。那孩子很倔，我的话他从来就不听。"母亲在电话里叹息道。

很快，妙子就在史也的介绍下见了花惠的父亲。这个叫町村作造的人，用妙子的话来形容，就是个"干瘦老头"。

"少言寡语的，根本不知道他在想些什么。问他话也答不清楚。总之，从他的言行里看不出一点教养。我算是明白了。有这么个爹，孩子哪能教得好？"妙子无可奈何地补了一句。

不过，妙子的不满最后多少得到了一些化解，因为最终史也并没有收留自己的岳父。听说人是接到东京来了，不过租了间房，各过各的。具体过程由美并不清楚，据说是花惠表示不愿一起生活。

"这花惠呀，好像一直不喜欢她爸。"电话里的妙子，听上去有些开心。

由美没见过町村作造，也不知道史也究竟给予了他多大程度的照顾。虽说史也是她哥，但毕竟他已有了自己的家庭，而由美也有自己的生活。她大学毕业后就进了一家大型汽车集团，现在在位于东京的总公司干专利申请的相关工作。因为工作繁忙，她连找对象的时间都没有。她觉得，既然哥哥能接受花惠的父亲，那也没什么大不了的。

但一个月前发生的事情让她很受打击。她久久不愿相信。通知她的还是母亲妙子，当时，母亲还在电话那头哭了。

她说，町村作造杀了人。

"好像是真事。刚才史也打电话来了，说她爸自己去警察那里自首了。还说，不知道事情接下来会发展成什么样子，总之先通知我们一声。"

"怎么会这样？杀了谁？"

"这我也不知道啊。具体情况史也好像也不清楚。这可怎么办好呀？亲戚居然是杀人犯……所以我当初就说，那种老头子，就不该管。"妙子在电话的那一头哭号着诉说。

不久后，由美通过网络新闻得知了案件的详细情况。案发地点在江东区木场的一条路上。大致经过是居住在附近的一名四十岁女子被人用刀刺伤身亡，装有钱包的手提包被抢了。据报道说，町村作造是这样坦白的：他拿刀威胁那名女子，试图抢劫财物，她却开始逃跑，于是他就从背后刺了对方。

这是一起动机十分单纯的犯罪事件。如果不是跟自己有关，由美可能会在读完新闻后转头就忘记。但很遗憾，此案并非与她无关。对于从未谋面的町村作造，由美十分憎恶。她觉得妙子说得一点也没错。这种人就不应该管。

案件发生一周后，一名男子来到了她的公司。男子在前台说他叫佐山，是仁科史也先生的朋友。接到前台的通知后，由美有了某种预感。

果然，在会客室和她见面的，正是警视厅搜查一课的刑警。他体格健壮，即便是笑的时候目光都那么锐利。

佐山的第一个问题，是她在得知这件事情的时候有什么感想。

"我觉得他太蠢、太坏了。"由美说得斩钉截铁。

"您没觉得难以置信吗？没觉得这不像那个人——町村作造——能做出来的事吗？"

由美摇了摇头。"我可是连见都没见过他。"

"是吗？"佐山露出了愁闷的表情。

"您最后一次跟您哥哥或者您哥哥的家人聊天是什么时候？"

"应该是……父亲两周年忌日的时候吧。那是五个月前了。"

"当时，您哥哥他们有没有什么不对劲的地方？"

"不对劲的地方？"由美不禁皱起了眉头。

"任何事情都行。比如说像是吵过架，或者表情很严肃？"

"这……"由美歪了歪头。这些问题都很古怪。

"我们没怎么说话，不太清楚。"

"那么，最后问您一下……"佐山拿出一张照片递给了她，"这个人您有印象吗？"

照片上是一名短发女子，看起来很刚强的样子，年龄大约三十五出头，倒是个美女。她没见过这个人，便也如实回答。

"浜冈小夜子这个名字您有印象吗？"

"浜冈小夜子……"她跟着念出声来，这才恍然大悟，"这该不会是那名受害女子的姓名吧？"

这个问题佐山并未回答，而是继续问道："案发之前，您听说过这个名字吗？"

"没有。我为什么会听说过？不是说袭击这名女子纯属偶然吗？难道不是这样？"

这个问题佐山也没回答。"谢谢您的配合。"说罢他就将照片放回了包里。

后来她才知道，当天还有其他刑警去找了妙子，也问了同样的问题。

"这是为什么呀？为什么警方会觉得我们认识那名被害的女子呢？"妙子在电话里说。由美能想象出她困惑的模样。

"可能他们觉得有什么关系吧。"由美随口说出了自己的想法。

"有什么关系？"

"就是老头子跟被害人之间啊。要不然他们怎么会那么问？"

"为什么？他找上那人不就是因为钱吗？管他什么人不都一样？"

"我也是这么想的……"

两人讨论了半天也没得出什么结论来。

至于案子后来查得怎么样了，由美毫不知情。佐山之后也没再来找过她。

然后，就像她告诉史也的那样，前两天，妙子说想当面跟她谈，希望她去一趟富士宫。

母亲希望她去劝史也跟花惠离婚，这令她很是为难。最终她还是告诉妙子，让她自己去劝。

"你觉得我的话那孩子能听得进去？"妙子手里端着茶盏，皱起了眉头。

由美觉得母亲的话有一定的道理，但她也不认为自己去说了就会有效果。

"可能他不会听，但你先去说说看。史也就宠你。拜托了。"

看着母亲双手合十地恳求，由美便也无法拒绝了。"那我去试试看。"由美不情不愿地应承下来。

"其实，在出事之前，我就想管管这件事了。"妙子莫名压低了声音。

"管管这件事？"

"就是花惠的事呀。我早就想过，他俩还是离婚的好。"

"为什么？就因为她头脑不灵光，外加没教养？"

妙子板起脸，轻轻摆了摆手。

"不是因为那些。我担心的是小翔。"

"哦。"由美点了点头。她明白母亲想说什么了。

"你不觉得奇怪吗？之前你爸两周年忌日的时候，你也见着了吧？你怎么看？"

"是呀……"由美语气沉重地应道，"唉，确实很难说他长得像哥哥。"

"是吧？亲戚们全都这样讲。都说一点儿也不像。"

"可我哥自己都说了那就是他的孩子呀。我们外人怎么好乱说？"

"史也呀，那是让人给骗了。我估计，除了史也之外，花惠还跟别人交往过。她就是个脚踩两只船的人。可要说选结婚对象，那还是史也的条件好，所以才选了他。可结果呢，生下来的却是别人的孩子。我想来想去只有这一个可能。这事啊，可能花惠在孩子出生前就知道了。这事女人都是知道的。这实在是……你说他脾气那么倔，偏偏又是个老好人。"

明明没有证据，妙子却说得斩钉截铁，不过由美也是这样推测的。仁科家的人总体来说都是那种典型的日本人长相，史也自然也一样，五官没有那么立体，眼窝鼻梁的轮廓也不是很分明。可小翔却是大眼睛，而且五官分明。就连眼皮都跟史也不一样，是双眼皮。无论看哪里，也绝看不出像史也的地方。

"你说，去做亲子鉴定怎么样？"妙子说道，"那样就都明白了。如果知道孩子不是自己亲生的，史也的心态或许会发生转变。"

"怎么做？你觉得哥能答应吗？"

"所以得瞒着那孩子去做呀。等结果出来了再告诉他。"

"不行不行。"由美直摆手。

"做出这种事来，我哥会气疯的。而且，不经本人同意恐怕做不了吧？就算做成功了，在法庭上应该也无效。"

"是吗？那只能想办法说服史也了。"

"我可得提前告诉你，那种事我可不干。光是劝他们离婚就够难开口了，居然还要让他跟小翔去做亲子鉴定，我绝对开不了口。"

听了由美的话，妙子摁起了太阳穴，一副头很痛的样子。

"这可怎么办才好？我只能靠你了。你说说，又得养活身为杀人犯的老丈人，又得养育别人的孩子，史也他最后得成什么样？"

由美走出庆明大学医学部附属医院，继而朝车站走去，在路上，她回想起了母亲的叹息。妙子认定史也是被骗了，可是否真就如此？

她回想着刚才和哥哥的对话。

显然，他知道周围的人在怀疑自己跟小翔的亲子关系。可是，他在逃避这个话题。

说不定哥哥其实知道真相？由美想。

6

过了晚上十点，小翔终于睡着了。花惠静悄悄地下床，重新给儿子盖好毛毯。小翔的双手放在头顶上，像是在高呼万岁。看着他的面庞，她心想，果然这孩子还是像那个男人。双眼皮，细鼻梁，就连头发也带些自来卷。这些实在算不上是花惠或者史也的特征。

哪怕孩子是像自己也好呀，她这样想。若是那样，任谁也不会关注到他跟史也的相似程度。就因为孩子也不像自己，这才招致了人们的猜疑。

花惠走下楼梯，尽量让自己不发出声音。客厅的门缝露出了光亮。她打开门，发现史也正坐在桌前。他手里拿着钢笔，面前摆着信纸。

"你在写信？"

"嗯，"他放下钢笔，"我打算给浜冈女士的父母写封信。"

花惠屏住了呼吸。那种事她连想都没想过。

"写……什么信？"

"当然是道歉信了。恐怕对方收到这样的信也只会觉得厌恶，但我们也不能什么都不做，"史也撕下信纸，递给花惠，"你看看吧。"

"我可以看吗？"

"当然了，我写的是跟你的联名信。"

花惠接过信纸，坐到了藤椅上。信纸上排列着蓝色的字：

　　我深知这样的信只会带去困扰，但还是提起了笔，因为有些话无论如何都想对您说。以我们的立场，哪怕信当场被撕掉也不该有任何怨言。不过，还是恳请您过目。

浜冈先生，对于这件事，我们感到万分抱歉。二位恐怕做梦也不会想到，自己悉心养育的千金竟以那样的方式被夺去了性命。我们也有个儿子，那种绝望的心情，我们很能体会。这并非一句心痛就能概括的。

我的岳父所做的事，是身为一个人所犯下的最恶劣的行径，是无论如何不可原谅的。我不知道法院最终将给出怎样的判决，但我认为，哪怕最终结果是以死谢罪，也无可辩驳。

具体细节我们并不了解，但据律师说，我岳父似乎是为了钱才犯下了这次的罪行。这是多么愚蠢，实在令人叹息。

如果这就是作案动机，那我们也有一定的责任。岳父年事已高，又没有工作，他最近生活窘迫这事我们也略有耳闻。据我妻子说，就在案发几天前，她父亲还联系过她，想找她要些钱。可我妻子和她父亲间的关系本就不大融洽，再加上她不想让我过多操心，于是拒绝了他。听说，当时我妻子明确地告诉他，今后不会再给予任何金钱上的帮助。

我不清楚岳父的生活究竟困难到了什么地步，如果他是因为遭到妻子拒绝而一时糊涂犯下了这次的罪行，那一部分原因也在我们。当我意识到这一点时，浑身都在发抖。岳父当然应该受到惩罚，我们也必须向各位家属赔罪。

浜冈先生，可否恳请您给我们一个机会，让我们当面向您赔罪？您就把我们当作此时身在监狱的岳父，打也行，踢也行。我明白，即便这样也无法平息二位心中的愤怒，但我希望至少能以此表达我们的诚意，这才斗胆恳求您与我们见面。

此时您正深陷痛苦之中，却要阅读这样拙劣的文字，或许又给您平添了许多麻烦。实在是万分抱歉。

最后，诚心祈愿您女儿安息。

信的最后，是花惠和史也两个人的名字。

花惠抬起头，对上了史也的视线。

"怎么样？"

"嗯，我觉得挺好的。"她将信纸递了回去。她没什么学识，史也写的文章她断然没有插嘴的道理。"要跟他们见面？"

"那得对方回信说可以见面才行。不过，应该是不可能的。"史也将信纸折好，塞进了摆在一旁的信封里。信封上，写有"逝者家属亲启"几个字。"这封信，明天我会交给小田先生。"

小田是作造的律师。

"也不知道爸有没有写信，之前小田先生说过打算让他写的。"

花惠歪着头说道："他为人吊儿郎当的……"

"明确表现出赔罪的意愿是很重要的。这关系到案件的判决。现在我们该考虑的，就是如何减轻判罚，哪怕只有一点点也好。明天我再问一下律师吧。"史也取过旁边的公文包，把信放了进去。"对了，幼儿园的事情怎么样了？"

"哦，"花惠的视线低了下去，"他们说，还是转园比较好……"

"他们是这样对你说的？"

"嗯。今天，园长是这么跟我说的。"

史也板着脸，眉头一挑。

"转园不还是一样吗？到时候流言蜚语又传开了怎么办？难道再让我们转园？"

"我觉得换个远一些的幼儿园就好了。这次的事，应该是藤井家讲出去的。"

史也叹了口气，环视屋内。"你的意思是，我们最好搬家？"

"如果……可能的话。"

"要搬家，得先把这个房子卖掉。如果说对我们不利的流言已在周围传开了，卖房子也是件麻烦事。"

"对不起……"花惠低下头。

"你又没有错，"史也以略显不快的语气说道，然后站了起来，"我去洗澡。"

花惠应了声好，目送丈夫离开。

她收拾了桌子。上面有写了一半就揉作一团的信纸。他一定反复思考了许多遍措辞。

花惠觉得，虽然眼下的处境很艰难，但只要坚定地跟随史也，或许就能顺利渡过难关。所以她也告诉自己，一定不能退缩。

上周，小翔说幼儿园里的小朋友们都不和他玩儿。起初花惠没明白这话究竟意味着什么。与孩子交流过几次之后，她才理解了事态。

小翔你姥爷是坏人吧？所以我们不能跟你玩儿——好像小朋

友们是这样说的。而小翔对一切都不知情。他回来还问花惠："姥爷是坏人吗？"

她开始去幼儿园了解情况。园长是个小个子男人，语气谨慎地对她说："情况我们都了解了。"他告诉她，现在关于仁科翔的姥爷是杀人犯的流言都传开了，还有家长专门来园里问这个事情，幼儿园也不得不回应，正愁着该如何处理。

显然，流言是从同一个小区的藤井家传出来的。那家有个孩子跟小翔上同一所幼儿园。花惠知道，作造被捕后很快就来了好几个办案人员找附近邻居问话。恐怕他们也去过藤井家。

其实，当她得知作造犯罪的时候就已经有了心理准备，只是没想到，身为杀人犯的家属竟会被世人如此冷眼看待。花惠也理解那种仅仅因为血缘关系就对凶犯家属抱有生理上的厌恶的心情。如果转换立场，自己恐怕也是一样。人们或许还对她抱有责怪——家里有这样危险的人却没看好。

花惠觉得，这一切自己也只能默默忍受。父亲是一名罪犯，这是不争的事实。如同史也所说，眼下的问题是如何减轻量刑。这也就意味着，要弱化犯罪行为里残酷的一面。这样一来，或许世人的眼光也会有所转变。

妻子和她父亲间的关系本就不大融洽——信里的一句话忽然浮现在她的脑海中。

这是事实。

花惠的母亲克枝曾独自一人经营着一家小小的居酒屋。克枝早早就没了双亲，她一直梦想着有朝一日能自己开店，于是做着陪酒的工作，一点点攒够了钱。那家居酒屋开始营业，是她刚满三十岁那一年。

常常光顾那家店的客人里，有一个名叫町村作造的。当时，他在一家做包和首饰的公司里干销售。他对克枝说，公司总部在东京但工厂在富山，所以每周都会往返这里几次。

二人的往来开始密切起来，不久就发生了男女关系。作造在克枝租的房子里过夜的次数多了起来，他们就那么走一步算一步，好像还结了婚。没有典礼，没有婚宴，就连搬家之类的都没有，只不过是家里多了个男人。关于这件事，克枝后来哀叹过："我没有看男人的眼光，仅仅因为喜欢就结了婚，结果被害得很惨。"

结婚半年后，作造的公司因为违反商标法而遭到揭发。富山工厂制造的商品，全是仿造外国名牌的假货。那些东西都被拿到东京和大阪的酒店里，借口说是厂家特别活动卖了出去。

公司当然是没有了。可这件事情作造却瞒了克枝好几个月。关于不再去东京的事，他解释说是自己被调来管理这边的工厂了。克枝知道真相的时候，肚子里的孩子已经七个月了。

直到分娩前，克枝好像都在居酒屋里干活。她说，生完孩子刚能走动的时候，她就背着孩子出现在店里了。

花惠问母亲为什么不让作造带孩子，她却板起了脸。

"让他干那些，他就会拿带孩子当借口不出去工作。"

据克枝说，作造就是这么个只想着偷懒的男人。

实际上，他好像也找过一些工作，但是全都干不久。确实，在花惠的记忆里，从来没有父亲辛勤工作上下班的身影。他也从没想过要这样做。他要么在家躺着看电视，要么去弹子房，要么喝酒。有一次，花惠放学后去了克枝将要开门营业的店里，就看见作造已经坐在吧台上，正看着职业棒球联赛喝啤酒。光这样倒还好，克枝稍不留神，他就从吧台对面的手提保险箱里偷了张一万日元的钞票。花惠瞪他，他就露出卑贱的笑，将食指放在嘴唇上，仿佛在说不要声张。

他不挣钱不说，男女关系还不检点。他不停地出轨，跟一些不三不四的女人来往，也不知道是在哪里认识的。克枝之所以这样还没提出离婚，完全是为了女儿着想。她说，怕女儿因为生在单亲家庭被别人用有色眼镜看待。

花惠高二那年冬天，克枝倒下了。是肺癌。医生告知说很难手术。

每天，花惠都去医院探望母亲。而母亲一天天消瘦、衰弱下去。某天，克枝趁周围没人，让花惠有空看看冰箱里的酱菜罐子。

"花惠，我替你存了钱，存折和印章就装在里面。你要好好保管，千万不可以让你爸找到。"

显然，母亲已经在考虑自己的身后事了。花惠哭着恳求母亲，让她别想那些，早点好起来。

"嗯，妈妈会努力的。"克枝说完乏力地一笑。

回家后，花惠打开了冰箱。酱菜罐的底部藏了一个塑料袋，里面装有存折和印章。存款有一百万日元多一点。

当时作造正和别的女人住在一起，几乎不回家。至于是什么样的女人，花惠不知道，也没问过要如何联系他。

有一天，为了些无关紧要的事，作造打来了电话。

花惠在电话里说："妈得了肺癌，就快死了。"

沉默半晌后，作造问道："哪家医院？"

"不告诉你。"

"你说什么？"

"人渣。"花惠语气坚定地说，然后就挂断了电话。

后来，作造去医院探望过几次，也不知道他是怎么找到的。花惠是从克枝口中听说这事的。只不过，详细情况她并没追问。因为她根本不想知道。

没过多久克枝就走了。当时她还没到五十，还很年轻。或许也正是因为这样，癌细胞才扩散得很快。

在邻居和居酒屋熟客的帮助下，花惠举办了葬礼。这让她意识到，原来克枝曾被那么多人关爱着。作造不知从哪里听到了消息，也现身了。见他自以为是地摆出一副家属的架势，花惠对他更憎恶了。那天，直到最后花惠也没跟他说过话。

那之后，作造开始在天黑后回家，不过每天都是吃完饭才回来。花惠只得自己每天晚上做些简单的饭菜吃。

总是一到早上，作造就不见了。每过几个星期，茶几上就会多一个信封，里面还装了钱。他似乎是想给花惠一点生活费。

她心里一点感谢的想法都没有。她知道钱是哪里来的。他不知从哪里找来一个女人，接手了克枝留下的居酒屋。他跟那女人什么关系，花惠也看出来了。那是母亲最宝贵的小店——她无法原谅他。

高中毕业之后，花惠离开了家。她在神奈川县一家制造电器零件的工厂找到了工作。她知道自己将被安排去工厂的生产线上工作，虽然她一点也不想干那种工作，但因为厂里有女子宿舍，她便下定了决心。无论如何，她都想要摆脱父亲。工作和宿舍的事，她都没对作造讲。毕业典礼结束两天后，她就寄出了行李，自己拎着两个大包就出了门。作造像往常一样并不在家。

她只回看了一眼这个已经住惯了的家。克枝曾哀求房东，让他们一家人以低廉的价格住进这里，这座狭小的二层小楼的每个角落都已破旧不堪，看上去甚是可怜。这是花惠的家，虽有不快的过往，但也留下过不少值得怀念的记忆。就连现在，克枝的声音还仿佛就在耳边。

如果没有那个男人就好了。她这样诅咒作造。

花惠转身朝车站走去。她心想，这一生都不要再回这里了，她不想再见到那个男人。

实际上，之后十几年，她都没见过作造。她告诉史也，父亲或许还活着，但不知道在哪里。

可是意想不到的事情发生了。富山县的政府机构打来了电话，说想商量一下町村作造的赡养问题。刚巧接电话的是史也。当他了解到作造是花惠的父亲时，当即就应承下来说自己会赡养，根本没想到要跟花惠商量。得知这件事后，花惠罕见地埋怨了丈夫。

"你别管就是了。又不是你爸。"

"怎么能那样。政府的人也很难办的。"史也没有让步，只说先见面看看。

在富山县一间破旧的租住房里，花惠再次见到了父亲。作造的头发全白了，整个人瘦得皮包骨头。他看着花惠，眼睛里闪烁着卑怯的光。

"我对不起你。"这是他说出的第一句话。随后他又打量了一番史也，继续说道："不错，看来你过上了好日子。"

花惠几乎没有开口。她有预感，掩藏在内心深处的憎恨，似乎将再次燃起熊熊烈火。

回东京后，史也提出和他一起住，但是花惠坚决反对。她说死也不愿和他住在一起。

"父亲只有一个。你怎么能说出这种话？"

"你什么都不明白。就因为那个人，我吃了多少苦你知道吗？反正我坚决不同意。如果你非要收留他，我就带着小翔离开这个家。"

一番争论后，史也终于退让了。他说可以不住一起，但是要把人接到东京，给予经济上的资助。

花惠极不情愿地同意了。她仔细计算了资助金额，对于作造的住所也给出了条件。家附近绝对不行。花惠在北千住找了一个租金低廉的小屋。房子盖了有四十多年了，老损情况很严重，可就算这样她仍觉得对父亲来说是一种奢侈。

当时如果拒绝接受史也的任何意见，选择与作造断绝关系，现在又会是什么结果？

花惠摇摇头。这种事情想也没用。时间不会倒流——

7

骨灰台上铺着绢布，上面放着一块原木色的木板，木板上是离世了的波比最后的身姿。

波比是山本家养的一条迷你腊肠犬的名字。它是一条母狗，活到了十三岁。主人们说它的心脏一直有毛病，这样算是长寿了。

见到波比的遗骨，山本一家四口齐声发出了惊叹。"好整齐。"高中生模样的女儿不禁说道。她紧接着又说了一句："好像标本。"

天使小船很重视遗骨的收殓仪式。许多宠物的主人都选择将装有遗骨的罐子带回家，但过后恐怕再也不会打开罐子往里面瞧一眼。也就是说，在这里收殓遗骨，将是他们与宠物接触的最后机会。所以，为了让仪式成为难忘的回忆，他们会尽量将遗骨摆放得整齐。背部的骨头，四肢的骨头，包括关节部位等，都要好好地摆在原本的位置，头骨也一样。他们试图通过这样的方式，尽量重现宠物在世时的模样。如果火化时烧得过头，最终将只剩下一抔灰，那就无法成形了。因病死去的动物的骨头本就脆弱，控制火势强弱就更需要技术。

神田亮子一边解说，一边做了收殓遗骨的示范。家属们也拿起筷子，收起爱犬的骨头。中原则在一旁注视着这一过程。

他们脚下，一只迷你腊肠犬正不安地来回走动。他们说这是去世的狗产下的小公狗，现在八岁了。今后，活跃山本家气氛的任务或许会落到它头上。而此时，那只狗一边用力喘气一边咳着。

往骨灰罐上填写完名字和日期，仪式便宣告结束了。一家人露出了轻松的表情。

"多亏您，我们才顺利送走了它。谢谢。"临走时，山本家的男主人说道。

"能帮到各位，我们也很开心。"中原说道。

就是这样的时刻，让他感觉从事这份工作真好。眼见着人们心中的悲切得到升华，他觉得自己的心灵仿佛也得到了些许净化。

他们的儿子看上去还是小学生，怀里抱着那只狗。狗蜷缩在他臂弯里，依旧在咳着。中原顺便询问了一下这只小狗的情况。"是呀，"妻子回答道，"最近总这样。是不是家里的灰尘弄的？可我时常打扫呀。"

"也可能是气管萎陷。"

中原这句话，让一家人露出了惊讶的神情。

"随着年龄的增长，它们的气管会跟着变扁。这在小型犬中尤其多发。它们看主人的时候，是不是总得仰起脖子头朝上？那种姿势好像对气管并不好。"

"气管出现这种情况，最后会怎么样？"妻子问道。

"有可能会诱发各种症状。不如你们带它去医院看一看吧？现在的症状看起来还比较轻，早些治疗应该没什么问题。"

"那我们这就去。我们还希望它长寿呢——是不是？"

面对妻子的询问，丈夫也点了点头。接着他又感慨道："真是佩服，您对动物疾病真了解呀。"

"哪里，我只不过是见多了而已。那么请各位保重。"

一家人再度道谢后离开了。目送他们离开后，中原朝神田亮子苦笑道："好久没人夸过我了。"

"证明宠物殡葬这一行你干得越来越好啦。哦，对了。中原先生，有你的信件。"

神田亮子从前台的另一侧拿出一个硕大的信封。中原接过来，正寻思着是什么，就看见了印在信封上的出版社名称，这才大致猜到了是什么。再看信封背面，果然，那里手写着"日山千鹤子"几个字。看来来信人是在小夜子的守夜仪式上见过的那名编辑。应该是刊载了小夜子所写的报道的杂志出版了。当时对方的确说要寄一份给中原，但他并没当回事，所以此时倒很意外。

中原回到自己的座位，打开信封取出了杂志。杂志的目标人群是三十岁左右的女性，封面上就印着可以代表这一年龄层的女演员。

杂志的某页上贴了粉色便笺条。中原翻开那一页，硕大的标题随即映入眼帘——"管不住的手，盗窃成瘾症人群的孤身奋战"。

中原回忆起浜冈里江的话。小夜子干起自由撰稿人这一行时，起初的工作多是与时尚相关的内容，最近却开始涉及社会问题了。盗窃成瘾症什么的他记得也听对方提过。

也就是说，当时和日山千鹤子在一起的那名叫井口的女士，正受到盗窃成瘾症的困扰？确实，当时她给人一种有些病态的印象。关于采访内容的问题，她表现得难以启齿，现在看来也是理所当然。

中原大致浏览了一遍文章内容。里面举出了四位女性的实例，分别介绍了她们染上盗窃成瘾症的经过，以及她们的人生因此陷入种种疯狂的经历。

第一个人原本是公司白领，从儿时起成绩就非常优异，父母也对她的将来寄予厚望。实际上，她也的确努力学习考上了一流大学，后来就职于某外资企业。但是，因为工作任务繁重，她渐渐感觉压力越来越大。最终，她得了进食障碍，总是在暴饮暴食后开始呕吐。看着那些呕吐物，她感觉自己辛辛苦苦赚回来的工资全被糟蹋了。某一天，她偷了一块蛋糕回来，吃完后居然没有吐。不仅没有吐，甚至还感觉到了解脱的快感。在那之后，她就开始频繁地实施盗窃。她的盗窃行为一直持续了十年，最终，她因为偷了仅仅价值六百日元的商品被捕，被判有罪后得到了缓期执行的判决。在那之后，她开始在专门机构接受针对盗窃成瘾症的治疗。

第二个人是一个女大学生。在高中时，为了减肥，她开始节食，但这导致了厌食症和过食症的反复发作。仅靠父母寄来的钱已经不足以支付饭钱了，于是她开始在超市里盗窃。如今，她正专心接受治疗，大学也休学了。

第三个人是名四十多岁的主妇。她开始盗窃的原因是想节约钱。起初，她只是盗窃食品，后来觉得为所有商品付钱都是件蠢事，于是开始染指衣服和日常用品。被捕三次后，她终于被判了刑。刑满释放后，她和丈夫离了婚，跟孩子们也分开生活了。即便如此，她仍然觉得很害怕，怕自己还会出去偷东西。

第四个人是一名三十多岁的女子。母亲早逝，从小跟着父亲长大。从十几岁开始，她的情绪就不那么稳定了，曾经多次自杀未遂。从当地高中毕业后，她来到了东京，打算成为一名美发师，但她一紧张就手抖，并且因为无法克服这个问题而被迫放弃了梦想。后来她开始靠陪酒谋生。二十五岁左右，她认识了一名男子，并和他结了婚，却遭到了家暴，仅一年后就离婚了。后来，她又重新开始做陪酒小姐，没过多久，她唯一的亲人——她的父亲又因为事故去世了。这件事给她带来了很大的打击，她觉得父亲过早离去是自己的错，自己是一个没有生存价值的人。她为这样的自己找到了一条合适的生存之路，那就是靠吃偷来的东西过活。迄今为止，她已经进过两次监狱，可是她并不觉得这让她有了什么改变。她甚至觉得，下次应该做些更坏的事，在监狱里待得更久些才好。

中原抬起头，用手按压着双眼的眼皮。可能因为上了年纪，长时间阅读那些小字让他的眼睛感到疲劳。

他发现，虽然这些人都被盗窃成瘾症困扰着，原因却是千差万别。一名极为普通的女性，或许会因为某件琐碎的小事就深陷其中。

只是，中原对第四名女性尤为在意。在他看来，只有她的盗窃行为是为了惩罚自己。或者说，她所追求的并非盗窃行为本身，而是因此遭受到的惩戒。

他回想着那名叫作井口的女子的面庞。他觉得，井口应该就是其中的第四名女子。第二个人和第三个人的年龄不符，而第一个人给他的整体印象又与她不符。

中原又阅读了报道的后续部分。作者小夜子引用了一些专家的谈话，之后做出了如下总结。

"她们当中的许多人，都并没有经济上的压力。经专家调查，超过七成的盗窃成瘾的女性，实际上都患有进食障碍。由此可见，应将盗窃成瘾症视为精神疾病。换言之，她们需要的并非刑罚，而是治疗。倾听她们的声音就会明白刑罚是多么无力。而现如今却存在着一种荒谬的循环——有盗窃成瘾症的患者在治疗过程中因再犯而入狱，从而被迫停止治疗。最终结果是，释放出来后又再次盗窃。其实这种无意义的过程，并非只存在于盗窃这一问题中。以为让犯了罪的人服刑一段时间就能防止犯罪——这种想法本身不就是一种幻想吗？通过本次采访，我强烈地感觉到，这样的刑罚系统宛如国家在逃避责任，整改刻不容缓。"

读完整篇报道，中原合上了杂志，视线落到了远处。

他感觉这篇报道写得很好，谈的内容也颇具说服力。可以想象，结论部分所表述的对于当下刑罚系统的不满，估计是小夜子基于自己多年以来的思考写出的。她就是想说，把盗窃犯送进监狱是荒谬的，这是一种自欺欺人的方式，就好像把杀了人的凶手送进监狱就指望他们能重新做人一样。

就在他想着这些时，口袋里的手机震动了起来。看来电显示，是浜冈里江打来的。

"您好，我是中原。"

"哦，道正先生，我是浜冈。不好意思打扰您，现在方便说话吗？"

"没关系的。是关于小夜子的事吗？"

"是的。马上开庭了，有许多准备要做。"

这不该是检方的工作吗？中原这样问她，她则回答说情况有一些变化。

"关于这件事情，有些东西必须得先跟道正先生您谈一谈。所以我就想，不知能否见个面？"

"明白了，那我过去。"

中原回答得如此干脆，也是因为他自己想了解事情的进展。当初佐山曾说"等事情告一段落，我再找机会当面向您道谢"，但结果如中原所料，他那边完全没了任何联系。

里江安排的见面地点，是新宿一家酒店的大厅。到了一看，发现她一身深蓝色正装，同行的还有一名男子。那名男子看起来四十五岁左右，应该与中原岁数差不多。此人戴着眼镜，不禁让人联想到银行职员。中原走上前去，二人便从沙发上站起身。

里江介绍了他们两人认识。男子叫山部，是一名律师。据说他跟小夜子一起参与了被杀害者遗族会的活动。

中原坐到沙发上，向走过来的服务员要了一杯咖啡。里江等人面前已经有了饮品。

"真不好意思，您很忙吧？"里江带着歉意说道。

"没事，我本来也对这件事放心不下。您说的究竟是什么事？"中原来回看着二人的脸。

山部犹豫片刻后开了口。

"恕我失礼，不知中原先生对被害者参与制度是否了解？"

"被害者参与……哦，我知道，就是身为受害人或者遗族可以出席庭审。这个制度得到正式认可，好像是在我们的案子结束后没多久吧？"

此制度允许受害人或遗族像检方一样陈述判罚请求，并向被告人提问。得知这一制度得以实施的时候，中原还感到惋惜，因为如果这样的法律出台得再早一些，他还可以问蛭川许多问题。

山部深深点了点头，仿佛在说，既然您知道那就好办了。

"这次的案子，我打算让浜冈小夜子的父母作为遗族参与进来。"

中原这才明白他们的来意，随即看了里江一眼。这位曾经的岳母与他视线相对，仿佛下定了决心似的坚定地点了点头。

中原的咖啡送来了。他没加任何东西，直接喝了一口。

"作为遗族参加，一开始是检察官那边提议的，"里江说道，"不过当时我拒绝了。"

"为什么呢？"

"那可是庭审……不光要出席，还要接受证人询问，并向被告人提问，我觉我办不到。可是山部先生联系我说，希望我无论如何要作为遗族出席……"

"因为我觉得，那才是浜冈小夜子女士的遗愿。"

"遗愿……您的意思是？"

"意思就是，让审判属于被害人和他们的家属。曾经的审判，只属于法官、辩护律师和检察官，并没给被害人和他们的家属发出内心声音的机会。杀了几个人、怎么杀的、有计划的杀人还是临时起意——一切决定都只是基于这些表面上的东西。几乎没有人考虑过，因为一次犯罪，一些人会承受多大的悲伤和痛苦。这些事情，您心里应该比谁都明白吧？"

山部将咖啡杯往面前拉了拉。

"您觉得，这次小夜子女士被杀的案子，大概会怎么量刑？您以前可是和小夜子女士一起了解过许多相关知识，差不多心里也有数吧？"

"量刑？"中原盯着杯子里的液体，回想起从佐山那里听到的话。"就我个人听到的消息，凶手行凶好像单纯是为了钱。他拿刀威胁小夜子把钱交出来，可小夜子开始逃跑，于是他就从背后刺了她一刀——我是这样听说的。"

山部对此没有否定也没有肯定，而是继续追问答案："所以呢？"

"抢劫杀人，按法律判罚是死刑或者无期徒刑。凶手有前科吗？"

"没有。"

"第二天他就主动去自首了是吧？凶手我也没见过，不好说，还得考虑他反省的态度。"

"根据检方消息，从一开始，凶手就一直把向被害人赔罪的话挂在嘴边。检方还说能在一定程度上感觉到他的诚意。"

"那种事情，只不过是动动嘴皮子而已，"里江在一旁插嘴道，"我看呀，他去自首也只不过是想减轻刑罚，才不会真的反省呢。"

"另外，他们还通过辩护律师送来了道歉信，"山本说，"虽然不是被告本人写的……"

中原有些困惑。

"信？不是被告写的，那还能是谁写的？"

"是他女婿。被告有一个女儿，是他女儿的丈夫写的。"

这越来越让人糊涂了。如果是他亲生女儿写的倒还可以理解，为什么会是他女婿？

"信里说了，这次的事情，他们也有一定的责任，"山部继续说道，"他说，本应该照看好自己的岳父，就因为自己没做好，才导致生活贫困的岳父一时糊涂犯下罪行，所以他们也有责任，希望当面赔罪。总之，内容差不多就这个意思。"

对于中原来说，这样的事态发展他简直想也没想过。凶手有个女儿，女儿的丈夫是医生，他记得曾听佐山提过这些，但并没放在心上。

中原问里江："您要去见那些人？"

"我才不见呢，"她板着脸，似乎很不高兴，"让那种人给自己道歉又能有什么意义？"

"这些人的出现，会对判案产生什么影响吗？"中原问山部。

"他们有可能会作为参考证人出庭，请求酌量判刑。比如，他们可以主张今后会帮助被告重新做人，请求判罚时酌情考虑。"

"如果是这样的话……"中原抱起胳膊，"是不会判死刑的了。检方似乎也认可被告反省的态度，应该会判他无期徒刑吧。"

山部低头喝了一口咖啡，然后放下杯子。

"我跟您想的一样。除非有新的案件线索，否则检方也只能请求这样判决。我估计，辩方律师可能会请求判处二十五年左右的有期徒刑，不过，凶器是他提前准备好的，事先计划的成分并不低。所以，差不多跟您说的一样，最终的结果是判处无期徒刑。换句话说，这是一场还没开始就结局已定的官司。"

"所以你的意思是，打官司并没有意义了？"

"不是，正好相反，有很大的意义。这并非只是一场对罪犯量刑的审判，还是控诉他的罪行有多深重的审判。这是一场战斗，如果不能让凶手明白自己犯下的罪有多深，身为遗族就无法得到救赎。所以我才决定，将这些告诉小夜子女士的父母，请他们作为被害者家属出庭。"

山部的话，中原十分理解。爱美被杀的那件案子，他就没能让被告感受到自己心中的痛楚。中原点点头，转头看向里江。

"看起来将是件辛苦的事，请您加油。"

"我们会尽全力的，我老伴儿也是。难办的事情，我们决定都委托给山部先生。"

"包在我身上。"山部点头说道。

被害人遗族参与刑事审判时，可以委托律师处理很多事务，这些中原也听说过。

"情况我明白了。接下来我会好好关注案件的审判。另外，有没有什么我能帮得上忙的事？"

山部端正了下坐姿，再次直视中原。

"我在想，或许可以请中原先生站上证人席。"

"我？可是，这次的事情我一点也不了解。"

"尽管如此，您一定比任何人都了解浜冈小夜子。正因为有过痛苦的经历，她才坚持参与了支援遗族的活动。她这样辛苦，却遭遇了这样的事。我希望您能告诉那些审判员，小夜子女士究竟是一位怎样的女性，只说您所了解的就可以。就算是为了让凶手明白自己的罪孽有多深，为了向审判员们控诉这样的罪行有多么残忍，也希望您能这样做。"

中原听着山部的话，心里想的却是完全不同的事情。自己比任何人都了解小夜子？他在想，事实当真如此吗？的确，他们曾共同面对悲伤和痛苦，可自己不是直到最后一刻都没能理解她吗？他们的分开，不正是因为这个吗？

"道正先生，"里江对中原说，"我们决定作为遗族参与庭审，除了山部先生的那些话之外，还有别的原因。"

"什么原因呢？"

"就是——"里江的目光严肃起来，继续说道，"我们想让他被判处死刑。"

中原一惊，瞬间不知说什么好。他看着里江那满是皱纹的脸。

她的嘴唇忽地松弛下来。

"可能您认为我是在胡说吧。就算您那样想，我们想要的也仍然是死刑。山部先生对我们讲解被害者参与制度的时候，我们得知了一个很重要的事实。那就是除了检方之外，我们也可以求刑。按现在的情况，检方的求刑似乎就是无期徒刑了，但我们可以要求死刑，是不是，山部先生？如果我们希望他被判处死刑，山部先生作为被委托方是无法拒绝的，对吧？"

山部点点头。"您说的没错。"

"我们就是想听，"里江面朝向中原，"就是想听'请求判处被告死刑'这句话。哪怕无法实现，我们仍然希望有人在法庭上念出死刑这两个字。我们的心情，您一定能理解吧？"

她的眼睛开始充血。见她那样，中原也感觉某种东西在心头翻腾。死刑——这是中原和小夜子曾追求的目标。

"律师先生，"里江转向山部，"我想把那东西给道正先生看，可以吧？"

山部缓缓眨了眨眼，然后点了点头。"我觉得没问题。"

里江从放在身旁的手提包里取出一沓 A4 大小的材料。一个较大的夹子夹在材料的一头，看上去不止十几二十页。

"您还记得日山女士吗？她是小夜子念女子大学时的朋友。"

"您说日山千鹤子女士吗？我当然记得。"

这个名字在今天出现真是巧。中原提到了今天早上寄来的杂志。

"还有那样的杂志？那我回去的路上得去书店里瞧瞧。其实，守夜那晚我也跟日山女士聊过，不过我听她说起的不是杂志而是书。"

"书？"

"单行本。听日山女士说，小夜子有一些想拿去出版的稿子，说是就快写完了。日山女士说，如果我希望这本书出版，她可以提供帮助。她这样说很难得，可这样关键的稿子我却没找到。当时小夜子一直在用的电脑被警方拿走了，所以电脑一还回来，我就查了查，然后就找到了这个。"

中原接过那沓材料。第一页上写了标题，看见它，中原心中一惊，标题是"以死刑废止论之名的暴力"。

"我想日山女士所说的稿子应该就是这个。"

"看起来是一部很有分量的稿子。我可以读一读吗？"

"嗯，当然。"

中原翻开第一页。文字横向排列着，上方写有"序章"字样。

开头是这样的——

"让一个孩子成为死刑废止论者并不难,只要这样告诉他即可——杀人是法律禁止的行为,而实施死刑就是由国家执行杀人,运营国家的也是人,所以说死刑制度是自相矛盾的。大部分孩子听完都会接受这个逻辑。"

文章继续写道:"我也希望自己永远是个因此就选择接受这一逻辑的孩子。"

中原抬起头。

"原来她一直在写这样的东西。"

里江眨了眨眼睛。

"小夜子的房间里堆了很多书和材料,都是与死刑、量刑相关的。估计她下了很大功夫。"

中原又看了一眼标题——"以死刑废止论之名的暴力"。

"我想您读过后,就会更理解我们的心情。"

"稿子可以由我保管吗?"

"我带来就是想这样做。请您好好看看。"

"这稿子,我打算在庭审时作为证据交上去,"山部说道,"我想您读了就会明白为什么了。几位经历过的官司也写在里头了。可能出于保护隐私的考虑,一些地方用了化名。如果您觉得有什么疑问的话请跟我说。"

"明白了,那么请先让我读一读。"

中原将稿子收进自己的公文包里。"对了,"他看着二人说道,

"道歉信是凶手的女婿写来的是吧？"

"是的。是丈夫和妻子的联名信，但看行文，写信的应该是丈夫。"山部答道。

"嗯——"中原沉吟。

"这是常有的事情吗？就是……加害人一方的家属向遗族寄道歉信这种事情。"

"并不罕见。只是——"山部停了下来，表现出些许疑惑，"这样的信通常是被告的父母写得比较多。可能因为父母觉得应该对子女的罪行负责吧。很少见到由子女来写的。"

"而且这次还是被告人的女婿……"

山部沉吟道："我是没听说过这样的事。"

"我听说他是个医生？"

山部瞪圆了眼睛。"您知道得很清楚啊。是的，他是医生。"

"到我这里来的警察对我说起过。既然他是医生，金钱方面应该挺宽裕吧？"

"应该是的。嗯，对了，据警方有关人员透露——"山部从包里掏出一个小小的记事本，"他在庆明大学医学部附属医院上班，老家好像在静冈县富士宫市，家里比较富裕。他妻子跟被告一样，老家在富山县。结婚前她在神奈川县一家公司上班。听说她跟被告有段时间完全没见过面，再次重逢是在大约两年前。信里也提到两人关系似乎不大好，之所以没有在经济上帮助岳父，可能背后还有许多隐情。这方面的事情，或许可以在法庭上弄清楚。"

听了山部的话，中原对案件的看法产生了些许改变。一直以来，他并没怎么考虑过加害人一方的家人。蛭川好像有个弟弟，但在法院从来没露过面，也没有作为参考证人出过庭。

后来，双方喝着已变得温热的咖啡，互相聊了聊近况。听说小夜子的父亲宗一最近身体不太好，所以今天没能一同前来。

"小夜子出事之后，他好像一下子就变老了。好像瘦了有五公斤呢。"

"这样可不行。哪怕是为了打完这场官司，也得先保重身体。"

"唉，是呀。回去我就把您这句话转告给他。"

中原将咖啡杯凑到嘴边，想起当初打爱美那场官司时，自己和小夜子也瘦了许多。

跟里江等人分别后，中原打算在回家前顺道去常去的那家小饭馆吃晚饭。小夜子被杀害的那晚，正因为刚巧在那家店里，中原才有了不在场证明。案子发生后他有段时间没在那儿吃饭，大约两周前才又重新开始去了。店员都对中原很熟悉，见到他后也没说什么。或许刑警并没来过。

他在一张四人座的桌前坐下，点了一份今日套餐。点这个，就可以每天吃到不同口味。今晚的主菜是炸竹荚鱼。

中原将小夜子的稿子放在桌子的一角，边吃边看了起来。不过刚读了个开头，他就停住了，因为他觉得那里面的内容并非儿戏，不是那种可以在吃饭时顺便一看的东西。他感觉得到，小夜子在文字里倾注了相当大的决心，对这一问题的领悟很深。

死刑废止论者眼里看不见在罪行中受害的人们——他回味着刚才读到的这句话。

"遗族要求判处死刑并非只为了复仇。请诸位想象一下，被害人的亲人为了接受这一事实得承受多大的痛苦。凶手死了当然不意味着被害人就能复活。可还能要求什么呢？被害人的亲人需要得到什么才能获得救赎？要求判死刑，正是因为除此之外他们找不到任何救赎之路。我倒是想问，如果废除死刑，又为我们准备了什么替代办法呢？"

中原吃完晚餐后便往家里走去，今晚的炸竹荚鱼，他并没吃出什么味道。

到家后换了身衣服，他赶紧继续看稿子。小夜子的文章他是第一次看，更何况分量还这么重。文笔好不好他不懂，但看得出来小夜子很熟悉写作。中原觉得，身为撰稿人的小夜子是能够独当一面的，虽然这些跟稿件的内容也没什么关系。

回到内容——

中原心中有所感触。小夜子也和他一样，没有摆脱来自案件的诅咒和束缚。

"即便给出了死刑判决，对于死者家属来说也算不上胜利，甚至什么都算不上。他们没有得到任何东西，只不过是完成了必须做的事，结束了理所应当的手续而已。死刑的执行也是同样的道理。深爱的亲人被夺走的事实没有改变，心中的伤口也不会愈合。或许有人要说，若是如此，不判死刑不也是可以的吗？这话并不对。'为什么凶手还活着？凶手有生存的权利吗？'如果凶手活着，这样的疑问将会进一步啃噬遗族的心。也有人给出建议说，废除死刑，导入终身徒刑，这是完全不理解遗族的感情。终身徒刑，意味着凶手还活着。就在这世上的某个角落，他们还是每天吃着饭，跟什么人聊着天，甚至可能还培养了某种兴趣爱好。想象那样的情景，对遗族来说就像死一样痛苦。或许听上去有些啰唆，但我还要再重复一遍，加害人被判处死刑，绝不意味着遗族能够获得什么救赎。对于遗族来说，凶手的死是应该的。我们常说'以死相抵'，可站在遗族的立场上，凶手的死什么都不是，更算不上什么补偿。它只是为了将悲伤遗忘的一个路口。而且，即便跨过了它，也不意味着就能找到将来的路。他们仍然一无所知，不知道自己还应该翻越什么，朝向何方，才能最终抵达幸福。如果连这仅有的路口都被剥夺了，作为遗族究竟还能怎样去面对？这，才是废除死刑的真相。"

读完文章，中原觉得，是啊，小夜子和自己想的一样。因为写在眼前的东西，完美地表述了他自己的想法。反过来说，在读完这些文字之前，他一直无法准确地将那些心绪转化为语言。

死刑判决只是一个路口——

是啊。中原点点头。开庭审理期间，他以为那就是目标。当他不得不承认事实并非如此时，他感觉自己坠入了更深的黑暗里。

中原继续看起了稿子。小夜子没有只顾着讲述自己的论点，而是举出了一些实例，还引用了相关人员的话。当然，爱美被杀害的案子她也提及了，并且里面还出现了一个令人出乎意料的名字，那就是蛭川的辩护律师平井肇。

她连敌人的话都去问了。

中原心里明白，对方的辩护律师并非恶人，可对中原他们来说，站在凶残的凶手那一边的就是敌人，其他什么都不是。听见他表情严肃地将蛭川那番有些愚弄人的道歉说成是"真诚的反省"，中原甚至起了杀心。平井稍有些斜视，也不知在想些什么，但让人感觉很不舒服。

稿子里有一部分提到了小夜子跟平井肇之间的来往。中原本以为小夜子是带着满腔仇恨去向对方问罪了，但他读了读才发现并不是这样。相反，他们更像是在平和的气氛中，重新回顾了那场官司。

小夜子问平井，对于他们执拗地要求判死刑一事怎么看。平井对于这一问题的回答是，我觉得那是应当的。

"在我的记忆里，亲人遭到杀害的家属，没有哪个不希望罪犯被判死刑。作为律师，甚至可以说已经把起点定在了那里。被告已经被置于悬崖的边缘，前方无路可走。在这种情况下，站在被告的立场上，我只能替他们摸索后退的道路，哪怕只有一丁点儿可能，只要还有退后一步的空间，我也要尽一切可能让他们站到那里。律师就是这样一种职业。"

小夜子还问了关于死刑制度的问题。平井的意见是，如果可以废除还是废除的好。

"死刑废止论里，最为强势的意见是有可能因为错判而杀死无辜的人，但我的意见有些不同。我之所以质疑死刑的正当性，是因为我觉得它无法解决任何问题。发生了 A 案子，凶手被判了死刑。发生了 B 案子，凶手也被判了死刑。两个案子之间毫无关联，遗族也是完全不同的人，可结论却都落在了死刑这两个字上。我认为，每一个案子，都应该找到最合适的解决方式。"

读到这一部分，中原陷入了沉思，因为他觉得，平井的话有一定的道理。

每一个案子，都应该找到最合适的解决方式——

正是如此。中原他们就是因为找不到解决的方式，才如此痛苦。可是，除此之外还能怎样解决呢？如果引入一部分死刑废止论者提倡的终身徒刑，又会有什么不同？这个疑问，小夜子也提出了。平井回答说"这我就不知道了"。

文章就此告一段落，空出了大约五行，接着转入了下一章节。中原大致看了看后面，和平井律师之间的谈话没有再出现了。

中原又翻回之前空行的地方。他一边重读小夜子和平井的谈话，一边思考着这里为什么没有继续写下去。

或许，小夜子的内心也产生了某种犹豫。可能她自己还没有想好要在这里写些什么。

他合上稿子，躺到旁边的床上，看着天花板。阿道，每次看见你的脸我都会很难过——中原忘不了小夜子说出这番话时的眼神。

中原觉得，小夜子是在拼命寻找着答案。我们应该做些什么？如何才能获得救赎？她不顾一切地四处奔走，听人们说话，试图抵达真理。

中原又起身看了看钟。时间还不算太晚。

他从上衣口袋里掏出刚才收到的名片看了看，然后拿起了手机。

8

那栋楼就在距离麻布十番站步行大约几分钟的地方，跟小餐馆众多的区域稍稍隔开一段距离，周围有许多办公楼。

中原走了进去，看了看挂在墙上的牌子。平井律师事务所在四楼。到了四楼，走出电梯，他很快就找到了事务所的门。

前台有一名年轻女性。中原报上姓名，她就微笑着伸出左手指路道："请您在三号房间稍等一会儿。"似乎已经有人提前跟她交代过。

中原的面前有一条走廊，走廊两边排列着几个房间。写有号码的门牌就挂在门上。

中原遵从指示在三号房间等候。这里大约五平方米，有一张桌子，两边摆着椅子，除此之外什么摆设都没有，十分简朴。

这种地方他是头一次来。看来人们是来这里做法律咨询的。

得知小夜子来找平井律师谈过，中原感觉释怀了许多。因为他从来没想过去做这件事。对于中原来说，平井肇一直是个让人憎恨的敌人。哪怕宣判死刑之后，这种看法也没有改变。他知道向最高法院上诉是平井的意思，于是就更恨他了。

然而小夜子却不同。当她思考那场官司对他们来说究竟意味着什么的时候，想到了去了解被告辩护律师的想法。只带着单方面的观点去想问题，任何事情都无法把握真相。自己竟然连如此简单的道理都没想到，这让中原感到羞耻。

他打算追随小夜子的足迹继续走下去。他觉得，若能了解小夜子试图解决这一切的方法，自己也就可以看到路标了。

他思考着小夜子是如何跟平井取得联系的，进而想到了山部。再打电话给山部一问，果然如此。他说，小夜子曾找他商量这件事，于是他就把平井介绍给了她。

中原问他是否也可以将自己介绍给平井，山部痛快地答应了。

"我早就想过，如果您看了稿子，一定也会有同样的想法。我知道了。我联系一下试试。"

对方很快就有了回应，平井也十分想与中原见面。于是今天，中原来到了这家律师事务所。

敲门声传来。"请进。"中原应声后，门开了。身着灰色西服的平井走了进来。他还是老样子，留着寸头，只是白发多了不少，眼睛也还是像从前一样有些斜视。

"您久等了，"平井说着在椅子上坐下，又郑重地问候道，"好久不见。"

"很抱歉，我这次的请求有些强人所难。"中原低头行礼。

"哪里，"平井轻轻摆了摆手，"我也有些担心您，怕您受不了。毕竟连您的前妻都走得那样令人无奈。"

"小夜子遇害的事情，您也知道？"

"警视厅的办案人员来过我这儿了。看样子他们是在查这次的犯罪嫌疑人跟浜冈小夜子女士之间是否有关系。他们向我出示了嫌疑人的照片，我告诉他们对这个人完全没印象。"

"听说那好像只是一起单纯的抢劫杀人案。"

平井点了点头，表情没有任何变化。他那斜视的眼睛究竟看向了哪里中原并不知道，打官司时，这令中原感到厌恶，但现在又感觉那眼神很真诚。

"我想您时间也不多，我就直入主题了，"中原说道，"小夜子本打算出本书。内容是对死刑废止论的批判。她好像也来找平井先生您谈过，可否请您告诉我，当时你们都谈了些什么？"

中原还跟平井确认了一下小夜子稿件里提到的谈话内容。

"我确实是那样说过。一个案子的背后有许多故事。案子不同，故事也不同，可如果最后的结果都只是凶手被判了死刑，这样是否真的好呢？我觉得，这样无法替任何人解决问题。可是，您若问除此之外还能有什么解决办法，那我只有沉默。找不到这个答案，主张废除死刑也会不了了之。"

"遗族也得不到救赎。"

"您说得是。"

"那么您是出于辩护律师的身份才上诉的吗？"

见平井歪着头似乎有些不解，中原又补充道："我是说我们当初的案子。"

"二审给出死刑判决之后，辩护方上诉，我听说是您的意思。是因为您是辩护律师，不能什么也不做就退让，所以才上诉的吗？"

平井长长地呼了口气，朝斜上方看了一眼，然后抱起胳膊撑在桌子上，将脸凑了上去。

"上诉被撤下来了。理由您知道吗？"

"知道，我是从报社记者那里听来的。是蛭川放弃了。他说对此已经厌烦了。"

"是的。听了那些，您怎么想？"

"怎么想……"中原耸耸肩，"心情很复杂。最终被判死刑虽是好事，可我们对那场官司那么执着，结果却像是受到了愚弄，感觉没被放在眼里……"

平井嗯了两声，也点了两下头。

"我想也是。您妻子也说过同样的话。不过，蛭川口中的厌烦，并非只是针对官司。还有一层意思是，他对活下去本身也烦了。我不知道你们是怎么想的，但是在我看来，在漫长的审判过程中，蛭川的内心确实产生了变化。起初，他还执着于活下去，所以才会说出向遗族致歉的话，并在细节上推翻了之前的证词。

可是，一次次的开庭，听着死刑和极刑之类的词在法庭上被反复提及，他心里也开始有了放弃的意思。二审判决出来之前，他曾对我说，律师先生，我觉得死刑也不错。"

中原不禁坐直了身子。他有种手足无措的感觉。

"我问他什么意思，是觉得自己的所作所为应该被判死刑吗？结果他说，那些他不知道，随便法官去判就好。他说，觉得死刑也不错，是因为人反正要死，既然有人要替自己决定哪天去死，他觉得那也没什么不好。听了这番话，您怎么想？"

中原感觉到某种沉重的东西在心中郁结。他搜寻着可以表述此时内心感觉的词。

"怎么说呢，有种……虚无的感觉。应该是无法释怀吧。"

"我想也是，"平井叹息道，"蛭川已经没把死刑看作是刑罚了。他觉得那是降临在自己头上的命运。他通过审判看到的，只不过是自身命运的去向，所以其他人怎么样他才觉得无所谓。他撤回上诉，是因为觉得既然命运有了决断，推倒重来很费事而已。他被判死刑之后，我仍然通过写信和探视的方式和他保持着联系，因为我希望他能正视自己的罪行。可对他来说，那件案子已经成为过去。他所关心的，只有自身的命运。死刑已经执行了，这您知道吗？"

"知道。报社给我打电话了。"

当时，距给出死刑判决大约已过去了两年。对方希望他评论一下，他拒绝了。关于死刑的执行，法院和相关机构从未联系过他。如果没有报社的电话，或许他至今都还不知情。

"得知死刑已经执行，您感觉有什么变化吗？"

"没有，"中原当即回答，"什么……什么也没改变。我只是觉得……哦，是吗？"

"我想也是。而蛭川呢，最终也没能完成真正意义上的反省。死刑判决让他不会再做出改变。"平井以稍有些斜视的眼睛盯着中原。"死刑，是无能的。"

中原还是在老地方吃完晚饭，回到家后就翻开了小夜子的稿件。

死刑，是无能的——这句话仍盘旋在他的脑海中。

关于对平井的采访，小夜子写到一半后突兀地中断了。至于原因，中原也大约明白了。她恐怕是无法接受平井的看法。死刑是无能的，这样的结论她断然无法认可。

可是，她一定也跟中原一样，在听到蛭川生前的情况之后，也强烈地感觉到了那场旷日持久的官司是多么没有意义。蛭川没把死刑当作刑罚，只认为那是强加给自己的命运，所以没有抗争，但也没有反省，没有向遗族谢罪的打算，只是等着死刑被执行的那一天到来。

中原觉得，这些话还不如不听。他一直以为，那个人是否后悔或反省都无所谓，可内心深处的角落里，他其实还是希望凶手能萌生出弥补罪过的念头。得知凶手根本没有想过这些，他受到了深深的伤害。他又一次意识到，身为遗族，将一次又一次地受到各种形式的伤害。

关于和平井之间的对话，小夜子没有给出任何结论，稿子很快就进入了下一个章节。内容是关于再犯的。是啊，中原这才恍然大悟，蛭川是在保释期间犯的案。换句话说，他是再犯。

小夜子首先指出，服刑人员从监狱释放出来之后，五年之内又再次进监狱的概率接近百分之五十。并且，如果只看杀人案的数据，有四成以上的凶手都有其他刑事案件的前科。

仅仅将罪犯送入监狱，无法使其改过自新——这就是这一章的主旨。

小夜子试着对近几年发生的几起杀人案进行了追踪。这几个案子的共通之处就在于，凶手过去都曾因故意杀人罪坐过牢。只是他们跟蛭川不同，并非假释出来，而是刑满释放的。换句话说，他们都被判过有期徒刑。一直到二〇〇四年，有期徒刑的上限都是二十年。如果只犯了杀人罪则只会被判十五年。一些人哪怕出狱后还很年轻，仍有再次犯下杀人罪的能力。

至于再犯的动机，据说几乎都是因为金钱。而此类罪犯似乎又有许多在初犯时就是出于同一动机。关于这一点，小夜子给出了强烈的警告，她提出，监狱的劳改系统没有任何效果，再犯的问题今后有可能不断发生，因为刑满释放的服刑人员几乎无一例外将面临经济上的困境。据统计，他们当中约有七成以上都找不到工作。

小夜子写道，如今有期徒刑的上限虽然从二十年调整到了三十年，但这并无太大意义。日本人的平均寿命有了飞跃性的增长，假设某人在二十岁时杀人，五十岁出狱，之后的情况仍将使人担忧。

说到底，长期在监狱服刑就意味着改过自新吗？为了解答这一疑问，小夜子选择了一个案例进行论述，而当中原读到那里时，不禁心头一紧。因为，蛭川和男这个名字突然跃入了眼帘。她这样写道：

"前文已重复过许多遍，杀害我女儿的凶手蛭川和男当时是假释出狱的服刑者。他已在千叶监狱服刑二十六年，直到案发半年前才假释出狱。至于他因为什么罪而被判了无期徒刑，那已是大约四十年前的事，相关人员中有很多已经过世。我找到了仅剩的几位死者家属，和他们聊了聊，这才掌握了案件的整体情况。"

读到这里，中原屏住了呼吸。小夜子调查了蛭川最初犯下的那个案子。而关于那个案子，他们只在当初庭审时听到过大概。

中原也觉得，那件案子的确引人关注。他聚精会神地继续看了下去。小夜子是这样描述案情的。

当时，蛭川在江户川区某汽车保养工厂工作。他自那时起就好赌，工作以外的时间全花在打麻将赌钱上。起初和熟人打交道倒还好，但很快他就开始混迹于棋牌室，跟那些素未谋面的人坐一桌。那些人里就有一些走邪门歪道的人。待他回过神时，早已欠下了巨额赌债。

正好那段时间，工厂里出现了一辆高级进口汽车。当时进口车还属罕见。车的主人是一位衣着高档的老人。小夜子在稿子里称他为 A 先生。他在当地拥有大片土地，经营着停车场，还收着楼房的租金。对于工厂来说，他是贵客，老板也敬他三分。

保养完毕的汽车要开上门送还给 A 先生，被叫去干这个活儿的就是蛭川。于是蛭川开着车去了 A 先生的家。

A 先生听到门铃响就走出玄关，要求将车停到一旁的车库里。一个很宽敞的带顶棚的车库紧挨着他的宅邸。蛭川按照要求停好了车。

后来，他被带去了会客室。蛭川对保养项目做了一番说明，并告知了金额。A 先生让他稍等片刻，随后离开了会客室。

蛭川在等 A 先生的空当环顾了室内。无论是家具还是装饰的壁画，都让人感觉主人的生活很是富裕。蛭川猜测，这个家里的存款肯定也有不少。

很快 A 先生就回来了。蛭川接过钱，把发票给了对方。A 先生心情不错。车不仅保养了还洗过了，这好像让他很开心。

蛭川说车是他洗的。A 先生问是不是老板让他洗的，他答说不是，他说他觉得既然要送车上门，还是洗干净好。

A 先生更开心了，夸赞他说，如今像他这样的年轻人已经不多了。他甚至对蛭川说，有他这样的年轻人在，日本的将来也就安宁了。

听对方这样夸赞自己，蛭川开始有了借机利用对方的心思。他心想，既然 A 先生这么欣赏自己，求一求他或许他还会借钱给自己。于是，他就告诉对方，其实自己正为钱发愁，能不能帮自己一把。他还一五一十地说出了欠钱的理由。

Ａ先生一下子变了脸，开始指责蛭川。他说，若是穷学生也就算了，一个被赌博迷了心窍的人，他一分钱也不借，活成这样的人最没用，这样的人保养过的车子他也不想开。他甚至还说，要把那辆车处理掉。这里小夜子谨慎地写道：此处毕竟都是蛭川个人的供述，或许有夸张的可能。

总之，Ａ先生的话惹恼了蛭川。他拿起放在桌上的巨大的水晶烟灰缸，朝对方砸去。尸检报告称，死者是受到了正面打击。之后，蛭川骑在倒地的Ａ先生身上，掐住了他的脖子。

就在此时，Ａ先生的妻子Ｂ夫人端茶进来了。蛭川本以为家里只有Ａ先生一人，但其实他妻子就在里屋。她见蛭川袭击Ａ先生，手里拿着的托盘和上面两个茶杯都掉在了地上。蛭川撇下Ａ先生，转而攻击他妻子。Ｂ夫人逃至走廊，他便追上去将其扑倒在地，用手扼住她的脖子掐死了她。

蛭川擦掉烟灰缸上的指纹，打量了一下室内，但并没找到什么像样的东西。他觉得不宜太过磨蹭，万一被谁发现就麻烦了，于是从放在客厅的女式提包里找到钱包，从中抽出面值几万日元的钞票后逃走了。

尽管作案手法如此拙劣，蛭川似乎也没想到自己会被抓。翌日，他仍正常上班。

他行凶两天过后，事情才被人察觉。Ａ先生的朋友——一对夫妇登门拜访，发现了面目全非的夫妻俩，然后马上报了警。

　　逮捕蛭川并没花多长时间。办案人员很快就去了工厂。蛭川坚持说，他是见过A先生，但收了对方的费用后就立刻回来了。他或许是觉得烟灰缸上的指纹已经擦掉，可以放心。但他太大意了，好像并没想到钱包上也附有指纹。也可能他以为皮革制品上不会留下指纹。当警方指出指纹一致，他立刻就坦白了。

　　法庭上，是否有杀人意图成了争论的焦点之一。关于B夫人，蛭川显然是带着杀心追上她并掐死了她，这一点已成定论。不过，辩方提出的关于A先生属于打击致死的主张也得到了认可，因为A先生死亡的直接原因是颅内出血。换句话说，蛭川恼羞成怒后的那第一次打击，导致了A先生的死亡。而砸那一下时，可以说蛭川还没有杀意。

　　只杀了一个人，对另一个人并无杀意——在大约四十年前，这与对两人都怀有杀意的差别是很大的。杀人预谋不足，也让检方对是否请求判处死刑有所犹豫。

　　就这样，蛭川和男被判处了无期徒刑。

　　小夜子在稿件里提到，告诉她这些情况的是A先生夫妇的一位外甥女。夫妇二人有一个儿子，但十年前已因癌症去世。而他的妻子，似乎没有听丈夫提过那件案子。

　　A先生的这位外甥女，是A先生妹妹的女儿。她当时大概二十几岁，对这件案子记得很清楚。但关于官司，她却说几乎没有记忆。判决结果好像是她父母告诉她的，但她父母知道得并不详细，也是事后从别人那里听来的。

小夜子这样写道：

"杀害了 A 夫妇的凶手将被处以何种刑罚，以及整个事件将怎样发展，没有一名遗族及时获得了这些问题的消息。亲戚们自不必说，就连他们唯一的儿子也未被告知任何消息。

"他们的儿子和亲人都希望凶手被判死刑。当然，他们也相信结果必将如此，没有任何怀疑。但不知出于什么缘由，死刑判决遭到了否定。也是在宣判很久之后，他们才得知谋杀罪最终变成了意外伤害致死罪。

"面对报社记者陈述感想的要求，A 夫妇儿子的回应是'强烈希望凶手通过监狱生活深刻反省，不再犯下同样的过错'。

"当时蛭川并未写信向他们赔罪，之后也没有。"

小夜子似乎还试图调查蛭川在千叶监狱的表现。只是，身为一个没什么渠道也没有名气的自由撰稿人，她的能力毕竟有限。她写道："我试图找当时的监狱警官询问情况，但非常遗憾，并没能找到。"

于是她决定查一查能够获得假释出狱的无期徒刑犯人究竟都是些什么样的人。刑法第二十八条规定："（前略）有改过自新的表现，（中略）无期徒刑犯人可在十年后，（中略）获得假释出狱。"这里的"改过自新"，意味着犯人已深刻反省，不必担心再犯——她试图进一步弄清楚，这一判断又是如何做出的。

小夜子去见的是一名僧人。他曾在千叶监狱里任教诲员。所谓教诲其实是一场仪式，每月举行一次，内容是服刑人员为当月被害的死者祈求冥福。用来举行仪式的教诲室铺有榻榻米，只能容纳大约三十人，常常人满为患。

按僧人的话说，看得出大多数服刑人员都态度真诚，但也不排除其中有为获假释而假装悔过的人。

另外，小夜子还找曾在千叶监狱工作过的人谈过。那人不记得蛭川，但他说："既然能获得假释，那应该是在监狱里表现出了反省的态度，而且在由地方更生保护委员会主办的决定是否能够获准假释的面试中，给面试委员留下了改过自新的印象。"

小夜子也试着去找过地方更生保护委员会的人，为的是查清楚他们究竟基于何种标准来批准假释。但她并没有成功。她刚解释完目的，对方就拒绝了采访。她转而以写信的方式咨询，但也是石沉大海。

对此，小夜子十分愤怒。

"在杀害了我们的女儿后，蛭川在这一案件的法庭上也说了一番谢罪和反省的话。但那只是逢场作戏。不光是我们，在场所有人都明白这一点，因为他的演技十分拙劣。可能蛭川在监狱服刑期间没有惹事，也出席了教诲仪式，但哪怕稍微细心一些，也必定能发现他只不过是藏起了自己的獠牙。这样的人却被送出了监狱，这只能说明地方更生保护委员会的委员们有眼无珠。归根结底，所谓的假释出狱只不过是一种不负责任的行为，它之所以被执行，只是因为监狱已经人满为患。

"如果蛭川在第一次行凶后就被判死刑，我们的女儿也就不会被杀死。将魔爪伸向我们女儿的人是蛭川，可让他活下来并允许他再次回归社会的是国家。所以换句话说，我女儿是被国家杀死的。一个杀了人的人，不管有没有预谋，是不是冲动杀人，都仍有可能再杀人。事实如此，但在这个国家，杀人犯被判有期徒刑的结果仍然屡见不鲜。究竟又有谁能向谁保证，'只要在监狱里待满××年，就能成为一个真正的人'？

"再犯率如此之高，显然已证明了徒刑刑罚的效果堪忧。正因为没有一个完美的方法去判断一个人是否已经改过自新，所以刑罚更应该以罪犯无法改过自新为前提重新考虑。"

于是，小夜子给出了如下结论。

"杀人就判死刑——这样规定的最大好处，就是凶手再也不能去杀害其他任何人。"

9

星期六下午两点，新横滨站。

车站内人来人往。年轻人的数量似乎居多，或许横滨体育馆在举办什么活动？

由美再次确认时间，朝新干线检票口看去。看来列车已经到站了，乘客正接连从那里出来。

妙子的身影出现在其中。她穿着灰色西装，如果只是来见由美，她应该会穿得更休闲一些。那身着装，让人感觉到身为母亲的真挚和决心。

妙子似乎也发现了由美，带着严肃的神情径直朝她走来。

"麻烦你专程来，不好意思了，"妙子说道，"你难得休息。"

由美耸耸肩。

"不要紧。这事我也不能撒手不管。不过电话里我已经说过了，在去见哥之前，东西能不能先给我看看？"

"行啊。我们找个地方坐下吧？"

直通车站的商场大楼里有一家自助咖啡店，最里面还有空位，二人买了饮品面对面坐下。

妙子将大号提包放在膝上，从中取出一个文件夹。文件夹里是一沓 A4 大小的材料。"给。"她说着将其递给由美。

由美舒了口气，伸手接过来。她能感觉到自己很紧张。

她取出材料，低下头看着。第一页上印有私家侦探社的名称。

"这个侦探是怎么找到的？从网上？"由美问。

"你爸的公司以前常找他们。他有时想从别家公司挖人，就托他们替他去查那人的品行。你爸说了，一个人就算做事有能力，但如果私生活不检点或者喜欢赌博，那也不能用。"

"是吗？他还找人查过这些呢！"

"你爸是个慎重的人。他那股劲儿，我觉得史也身上也有。"妙子咧开嘴角，手伸向咖啡杯。

由美翻开材料。文字密密麻麻地排列着，旁边还附有照片。照片里的建筑物看上去像是某个工厂。

"哦，原来花惠嫂子以前在工厂的生产线上工作呀。我一直以为她是个普通白领呢。"

"她哪能干得了文职工作？她连字都认不全。"妙子不屑地说道。

这份报告一共有三页，记录得很是详细，但重点只有一个。大致内容由美事先已听妙子说过，所以并不感到意外。由美看完材料后把它放回文件夹，然后将其还给了妙子。"原来是这么回事。"

"你怎么看？"

由美喝了一口拿铁，皱起眉头。"我觉得很难。"

"什么意思？"

"意思是，我很难相信小翔是哥哥的孩子。这上面写的事，也太过分了吧？"

"是吧？"妙子将文件夹收回包里，"如果这些能让史也清醒过来就好了。"

"嗯——"由美歪了歪头，"这可不好说。"

"你怎么这样说？"

"小翔不是亲生的这件事，我感觉我哥呀，其实多多少少有所察觉。正常人谁看不出来？"

"那他怎么不跟她离婚？"妙子不满地说道。

"这还用说吗？这证明他很喜欢花惠嫂子呀。"

妙子的眉梢一挑："为什么？那种女人哪里好了？"

"你别问我呀，我哪儿知道。"

妙子的肩膀耷拉下去，叹了口气。"昨天，白石先生打电话来了。"

"白石叔叔？真是好久没联系了。"

此人是由美父亲的心腹，为公司效力多年，很疼爱史也和由美。

"他听说史也被牵扯进一桩刑事案件里了，问有没有什么能帮忙的。这事儿，果然已经四下传开了。"

"被牵扯进……唉，确实也是。"

"他那个口气，虽然没有直说，但我感觉事情经过他是知道的。因为他还对我说，仁科太太，长子肩负着守护家族名誉的义务，这一点一定得让史也明白，你说是不是？他这也是在让我劝他俩离婚呢。"

"妈，那你是怎么回答的？"

"我说是，我知道，我会跟史也说的。难道这样说不对吗？"

"有什么不对的。你别老针对我呀！"

妙子喝完咖啡，放下杯子。"我无论如何也要说服他。由美，你也要帮我。"她瞪着由美。

"唉，我试试吧。但我心里可没底。"

"别老说这种泄气话。"

二人走出咖啡店，坐上了 JR 地铁横滨线，她们要在菊名站换乘。离史也家最近的站，是东急东横线的都立大学站。

"我说，你知不知道官司的具体情况？"妙子抓着吊环拉手问道。

"我怎么会知道？出什么事儿了吗？"

妙子摇了摇头。"我就是在想最后会怎么判。"

由美只能表示无奈，因为她也无法预测。"你很在意这件事？"

"那是当然，"妙子看了一眼四周，凑到由美耳边继续说道，"如果史也不离婚，那人出狱之后，他还得负责照顾。光想想这事儿我就心慌。"

母亲这番话让由美的呼吸急促起来。听起来的确是这样。

"能那么快就出来吗？他可是杀人犯。"

"这谁知道呢？凭史也那脾气，一定会替他找个好律师。如果那律师想方设法为他减轻了判罚，你觉得会怎么样？估计他坐牢的时间，能一下子减掉不少吧？"

由美也觉得这事完全有可能发生。打官司她完全是外行，但她感觉是有这个可能性的。

"我呀，"妙子把声音压得更低了，"我在想，有没有可能给他判个死刑？就算史也离婚了，那老头子说不定到时候还会去纠缠史也。他要是死了就好了。"

由美沉默了，她不知该如何回应。可是在内心深处，她有着和母亲同样的担忧。如果花惠一开始就没那样的父亲就好了。

二人在都立大学站下车，走上了一条店铺林立的繁华街道。由美这是第二次去史也家，第一次也是跟妙子一起去的。妙子嘴上说什么"儿子好不容易买栋房子，我至少得去看看什么样"，心里一定是为儿子有出息自豪不已。由美也纯粹只觉得哥哥很了不起。那时候她们不知道花惠还有个父亲。

穿过商业街，拐了几个弯，街道的氛围一下子又不一样了。这是片绿化很好的住宅区，设计美观的民宅也多了起来。

她们很快走到了史也家，那是一栋雅致的白色小楼。由美按下门铃，里面很快传来花惠怯懦的应门声。

"我是由美。"

"哦，请……请进吧。"

今天的登门，她们事先有过联系。由美看向妙子，轻轻点了点头，随即推开院门。

玄关的门开了，花惠迎了出来。她的双手放在小腹上，深深鞠了个躬。

"妈，由美小妹，好久不见。"

确实，她们上次见面已是很久以前了。花惠看上去明显很疲惫，皮肤没有光泽，妆化得也不自然。那本就普通的脸蛋，看上去更暗淡了。

"你还好吧？一定因为你爸的事情很劳神吧？"妙子问道。话虽如此，她的眼里却没有一点温柔。

然而花惠还是一次又一次地低头赔礼。"谢谢。让您操心了，真的对不起。"

由美等人进了屋。小翔就站在门厅，穿着白衬衫和红色短裤，手上拿着机器人玩具。

"小翔，你好呀。你又长大了。"妙子唤他。

但男孩没有回应。他的神情有些木讷，来回看着妙子和由美。

"小翔，打招呼没有？"花惠催促道。

小翔轻声说了句"你好"，就小跑着去了走廊另一头。他拉开一扇门侧身挤进去，啪的一声将门关上了。

"看来他不大喜欢我，"妙子的声音里有讥讽的味道，"没办法，本来就没见过几次嘛。"

"对不起。"花惠畏畏缩缩地说道。

孩子是敏感而率真的，由美心想。在知道对方不喜欢自己的情况下，他不可能还敞开心扉。

同时她又一次感觉到，小翔长得的确不像史也。也可能是因为看过那份材料，这种感觉更强烈了。

小翔刚刚进去的那间房靠外些还有一间房，花惠将二人带到了那里。那是一间客厅。客厅和餐厅相邻，由拉门隔开。此时小翔应该就在隔壁。

史也坐在桌子边上的一把藤椅上，膝盖上放着平板电脑，好像在忙着处理什么。见由美等人进屋，他抬起了头。他脸上没有笑容，几乎可以说是狠狠地瞪着众人。

"抱歉，打扰你啦。"妙子面朝他坐下。

史也撇了撇嘴，将平板电脑放到一旁的架子上。"你哪会觉得抱歉。"

"我也不想我们闹得母子不和。"

"那就别谈你那些事，直接回去。你看怎么样？"

"我做不到。"

妙子神情毅然，没有让步的意思。她抬头看了一眼花惠，视线随即又转到儿子身上。

"如果可以的话，我想先和你单独谈谈。"

史也目不转睛地盯着母亲。"你的意思是，谈话内容不能让花惠听见？"

"我觉得还是那样比较好。哦，花惠，你不用泡茶了，事情说完我就走。你弄那些还不如去看看小翔，他正一个人在隔壁屋吧？那可不行。万一他乱拿刀子什么的多危险。得有人陪着他。"

花惠困惑地呆立在原地。一直盯着母亲的史也转而看向花惠说道："你去隔壁屋。"

花惠似乎想要说些什么，却又咽了回去，只点点头说"那我就失陪了"，然后走出了房间。

史也深呼吸了一下，向母亲投去锐利的目光。

"反正你到最后还是要自己找上门来，当初直接这样不就好了？还省得让由美做些吃力不讨好的事。"

"我有我的顾虑。当初我以为，如果是由美来劝，你多少还能听进去一些。"

"还有顾虑呢？"史也不快地歪头看向由美，"你也别傻愣着了，坐吧。"

由美"嗯"地应了一声，坐到了妙子旁边。

"我们的想法，由美已经原原本本地告诉你了。"妙子说道，"你得跟花惠离婚。我想，对你来说，这是最好的办法。"

"不是对我来说，是对你来说吧妈？"

一阵短暂的沉默后，妙子才面不改色地回答了句"是"。"对我来说是最好的选择。对由美也一样。此外，还有许多人希望你这样做。"

"我的回答，已经告知给由美了。你不知道吗？"史也语气生硬地说道。

妙子端正了坐姿，似是在忍耐着什么。

"史也，你听我说。你的态度或许是对的。你是觉得，哪怕你的岳父犯罪了，但他毕竟是你爱的女人的父亲，你应该好好地担起责任——站在道德的层面，这或许是正确的行为。在你看来，此时跟她离婚，或许是一种不负责任的行为。"

史也抱着胳膊，脸偏向一旁，沉默不语。他的表情似乎在问对方，你究竟想说什么？

妙子从包里取出那个文件夹，放在史也面前。

"你的正义感让我感动，可起码得以人与人的关系公平真诚为前提。如果只是你单方面坚信着所谓的家庭和夫妇间的情感维系，那可就是天大的笑话了。"

史也的视线落在文件夹上。"这是什么东西？"

"你看了就知道了。"

史也不耐烦地从文件夹里取出材料阅读起来。他的目光忽地冷峻起来。他再次望向妙子。"你这是干什么？真是自作主张。"

"母亲调查儿媳妇的过往，难道还得征得别人同意？别光顾着发牢骚，你先看看。这样你就明白自己有多傻了。还是说，你不敢看？"

面对妙子的言辞挑衅，史也怒目以对，随后再次读起了报告材料。由美则屏息注视着他的一举一动。

报告材料里写的，是花惠婚前的人际关系。她曾在相模原某电子配件工厂上班。私家侦探找到了她当时的同事和她宿舍的舍友，详细调查了她的交友情况，由此得到了花惠曾与某男子交往过的事实。一名同宿舍的女工跟花惠关系亲密，她对侦探说，撮合二人相识的正是她自己。她说她安排了一场男女联谊会，那男的她还记得，"是一个在IT企业上班的员工，应该是姓田端"。为避免出错，私家侦探还给她看了史也的照片，但她说根本不是同一个人。

关于花惠的交往对象是一名在IT企业上班的员工这件事，她的上司也记得。这名上司当时是班长，他说，是花惠亲口告诉自己这件事的。重要的是，花惠告诉他的时机，正是她向他报告说因为要结婚所以打算辞职的时候。并且在同一时间，她还坦白说自己已经怀孕了。私家侦探在报告材料里这样写道："据上司叙述，同时得知她结婚和怀孕的事，他很是意外，但见到花惠本人开心的模样，他觉得这真是件大好事。"

从时间上考虑，花惠当时肚子里的孩子就是小翔，不会有错。

而且，那时候，花惠显然是打算跟那个田端结婚的。可为什么她最终跟史也走到了一起？关于这一点，侦探也没查明白，只写了"不明"。

史也抬起头，似是已经读完了材料。可他的脸上没有任何表情。在由美看来，那模样不像是吃惊，也并非恍惚。

"怎么样？"妙子问，"这下清醒了吧？"

史也摇了摇头。"没那回事。"

"为什么？这意味着小翔并不是你的孩子啊。"

"小翔是我的孩子，"史也语气平淡地说道，"是我和花惠的孩子。"

"你说什么呢！那些你没看到？是那个叫田端的——"

妙子话说到一半就停了下来，因为史也将材料撕掉了。"你们给我回去。"

"史也，你……究竟在想什么呢！"

史也将撕烂的材料砸到桌上。"我让你走。"

妙子重重地喘了一口气，站起身来。但她并没有朝着门的方向走，而是往隔开客厅和餐厅的那扇门走去。

"你想干什么？"史也怒吼道。

然而妙子并未理会他的话，猛地拉开了拉门。一声轻微的惊呼响起。坐在桌前的花惠，神情惊恐地抬头看着妙子。小翔跑到她身边紧紧抱住了妈妈。

"我跟史也说不清楚，还是直接问你吧。花惠，我们的话你也都听见了吧？你告诉我。小翔他——"

史也一把抓住妙子的肩膀。"住嘴！你想说什么？小翔就在这儿呢。"

这话似乎也令妙子意识到了不妥，她停顿了一下。

"那好，我这么问吧。花惠，啊？你回答我。为什么你当初辞职的时候，跟你的上司说结婚对象是个公司职员？为什么你没告诉他是个医生？"

"你不用回答。"史也扯开妙子，关上拉门，"快给我走。由美，把妈带走。"

直觉告诉由美事情并不简单。史也在隐瞒着什么更重大的事情。而且那件事情不能轻易触碰。

"妈，"由美喊道，"我们走吧。"

妙子紧咬嘴唇瞪着儿子，但还是不情不愿地退了回去，她抓起手提包，径直朝门口走去。她粗鲁地拉开门，走出了客厅。

由美看向史也。二人视线相对。

"对不起。"他语气平静地说道，"妈就交给你了。"

虽然哥哥这样对自己说了，可她也不知道究竟该怎么办才好。不过由美还是不作声地点点头，然后就赶紧追妙子去了。她只知道，哥哥一定也很不好过。

由美来到走廊上，妙子已经打开了玄关处的门。她也赶忙穿好鞋子。

二人走出屋外，下了台阶。穿过院门之后，妙子忽然停住脚步，回头看着这栋房子。

"这到底是怎么回事？那孩子难道傻了吗？"

"可能是有什么隐情吧。"

"能有什么隐情？"

"这我就不知道了……"

妙子露出失望的神情，缓缓摇了摇头。

"孙子是别人的种，儿媳妇的爹是杀人犯，为什么会变成这样？往后我的日子该怎么过？"

她在手提包里摸索了半天才掏出手帕，泪水却早已滴落在地。

10

"妈妈，出什么事了？"

这句话让花惠回过神来。她这才发现，自己正把小翔紧紧抱在怀里。

"哦，对不起。"她将手从儿子身上拿开，挤出笑容看着他。

小翔愣愣地问道："奶奶为什么生气？"

"这……"

花惠正思索着要如何解释，身旁的拉门就开了。

"奶奶没生气。"史也说道。

"你骗人。奶奶生气了。"

"没生气。就算生气了，也跟小翔没关系。跟妈妈和爸爸也没关系。"

"跟我们没关系吗？"小翔看向花惠。

"嗯。"花惠只能点头。年幼的儿子还是一副迷惑不解的模样。

"要不要看动画片？"史也问。

"我可以看了吗？"小翔问花惠。之前花惠告诉他家里要来客人，所以暂时不可以看动画片的 DVD 了。而电视只有客厅里有。

"可以啦。"花惠答道。"太好啦。"小翔喊着跑向客厅。花惠看着他离去的背影，然后看向丈夫，史也也看着她。

"对不起。"史也说道。

花惠摇了摇头。"我觉得妈说的一点儿也没错。"

他板起了脸。"没想到她居然去雇私家侦探。"

"只不过是时间问题而已。就算没这个事，我想迟早也要露馅儿的。"

"别人家的事，她们就不能不插手吗？"

"那是不可能的。这不是别人家的事。孙子不是儿子亲生的，儿媳妇的爸爸又杀了人——我觉得正常人在这种时候都会想着劝离婚。"

史也面色苦闷，挠起头来。

"我说，"花惠说道，"你真不打算离婚吗？"

他停下动作，眉头紧皱。"你说什么呢！"

"我觉得，我带着小翔离开才是最好的办法……"

史也的手在面前狠狠地一挥。"别说傻话。"

"可是……"

"这事没得谈。不是早就说好不提这个吗？"史也丢下这句话便拉开门大步走出了房间。花惠听见他穿过走廊上楼去了。

花惠瞧了瞧客厅。小翔正坐在电视机前。

桌子上满是被撕烂的材料，她上前收拾起来。史也只是将它们从中间撕成了两半，并不影响阅读。看到田端这两个字的瞬间，她心里忽然忐忑起来。她又一次不得不承认，心中的伤口一直存在，它只是变得陈旧了，但绝不会有愈合的一天。

花惠坐到椅子上，从头开始往下看。材料中所写的全都是事实，她却觉得自己似乎在阅读另一个人的过往。或许是因为她不愿意承认这是自己的过去。

听说工作地点在神奈川县，她首先联想到的是像横滨那样讲究的地方，实际去看了才知道那是一片充斥着各式大小工厂的工业区。女子宿舍位于距离工厂步行二十多分钟的地方。里面的房间很狭小，沿着走廊排成一行，厕所和洗漱间都是公用的。就这样，她仍然为能够独立生活而感到高兴。

和当初想象的一样，工作本身并没什么意思。她被分配到往小型马达上卷电线的流水线上，最开始的工作内容是检查卷好的线圈是否有问题。这很伤神，眼睛也会很累。听别人说，年轻女孩子才适合干这个工作。班长曾告诉她："一旦上了年纪，眼神就不好了，心思也难以集中，于是就会被解雇。"

不过，跟同事以及舍友们共度的时光是快乐的。她一直对自己的相貌没什么信心，也没谈过对象。她们会跟男子宿舍合办联欢会。随着她参加的次数变多，也开始有人向她表白，表示想和她交往。她的第一次给了交往过的第二个男人。他在总部上班，是高级技术人员。她也曾期待跟对方结婚，可惜二人关系并不长久。他单方面与她断绝了往来。很久之后，她才知道对方一直脚踏两只船。

二十四岁那年，她离开了宿舍。虽然明文规定三十岁之前都可以住在宿舍里，但也不知为什么，事实上过了二十四她们就得搬出宿舍。估计是想强迫她们在那之前赶紧结婚吧。

她在公司附近租了个便宜的房子。将户籍住址从宿舍转出的时候，她顺便也把自己在富山的户口迁了出来。这下终于和父亲断绝关系了。当然，离家之后，她一次也没见过作造，对方也没联系过她。作造应该也没想过找她，因为只要他想，就可以从高中的学校那里问出花惠的就职去向。

这样平凡的日子一天天过去，毫无波澜。每一天，她都重复着同样的生活。她老早就放弃了某天能够转成文职的奢望。与此同时，她也完全适应了卷线圈的活儿。这是个加工试制产品的工厂，有时候会来特殊订单。但不管对电线的要求多么精细，她也照样能卷好，从不打结。只可惜，这个技术在别的工作中完全没用。

有时候她也感到不安，不知道这样的生活得持续到什么时候。

身边的朋友一个个都结婚辞职了。厂里还开始裁员，这也让她焦虑不已。这里工资不高，但她也没有什么像样的证书和技能，很难再换工作。

跟田端祐二相识，是在她二十八岁生日那天。她正为一个人过生日而发愁的时候，曾经与她同宿舍的一个与她关系要好的朋友打来电话，想要约她去喝酒。她不知该怎样拒绝，就答应了。到了约好的酒馆，她发现除了朋友之外还有两名男子。其中一个是她朋友当时交往的对象，另一个是她对象带来的。也就是说，这是一场安排好的男女联谊会。她就这样认识了田端祐二。

田端三十五岁左右，单身。他说自己在做 IT 相关的工作。仅凭这一点，花惠就觉得他们不是一个世界的人。电脑什么的她完全不懂。厂里是有电脑，但她只会一些最初级的操作。遇到不懂的，她总是交给后辈们处理。

他相貌端正，是花惠喜欢的类型。他个子很高，手指细长，这些也让她觉得很有魅力。他很会说话，明明没什么实质内容她却听得很入神。总之，花惠是对他一见钟情了。

"好，那为了给花惠庆祝生日，我请大家喝香槟。"田端这样说时，花惠的眼睛里已经只看得见他了。

两人交换了联系方式，没过多久田端就打来了电话。他告诉她，自己还想与她见面。花惠毫不迟疑地答应了。她已经有点忘乎所以了。第二次约会过后，他们去了酒店。他对花惠很温柔。这让花惠觉得，或许这次能有个好结果。

与田端约会过几次之后，花惠正好有了跟当初安排二人见面的朋友聊天的机会。花惠提到了田端，对方则略显惊讶。

"你俩发展成那种关系了？呀，这我可没想到。"

她说，她对田端这个人并不熟悉。

"他不是你男朋友的朋友吗？"

花惠的问题让朋友面露难色。

"他呀，跟田端好像也没那么熟。听说他俩是在酒馆里认识的。"

"哎？是吗？"

花惠觉得这也无所谓。真举办婚礼的时候，也不是非得请这个朋友不可。

她跟田端大约一个月见一到两次面。地点多在横滨。有时候他也直接去花惠的住处过夜，但相反的情况并没有过，因为他说他跟母亲住在一起。

"很多人怀疑我是不是有恋母癖，"田端苦着脸说道，"可我爸去世了，我总不能让我妈一个人过吧？虽然不方便，但也没办法。"

听到这些话，花惠很是理解。这说明他很重视自己的母亲。

问题是，他好像没有带自己去见他母亲的打算，花惠也不好主动催他。结婚的事，两人也从没聊过。

直到跟田端认识大约半年过后，才有过一次与之相关的谈话。是他先问花惠，手头有多少可以马上动用的钱。

"其实呀，我们公司要开发新业务，正在招募投资人。这个新业务是一定能成功的，所以我也投资了。最后，我们肯定会独立出来成立公司，运气好的话说不定我还能成为董事呢。现在就是孤注一掷的时候。我想尽量多找一些投资人，提升一下我在公司的存在感。所以我就在想，能不能也找你帮帮忙。"

对于花惠来说，这完全是预料之外的事情。投资项目什么的她想也没想过，也不懂得其中的规则。

"不用担心，你只要把钱交给我，烦琐的事情我全包了。"田端热诚地说道。他还加了这么一句："每个公司员工能够投资的金额是有上限的。那些结了婚的还能借用老婆的名义，挺占便宜。"

这句话让花惠动了心思。这是她第一次听他说出结婚这个词。

她问对方大概需要多少钱。他歪了歪脑袋，伸出两根手指。

"二十万？"

听了她的回答，田端身子直往后仰。"怎么可能呢？是两百万。"

花惠吓了一跳。她从没买过这样昂贵的东西。

"这不是买东西，只不过是把现金换成证券。总有一天还能再换回钱。"田端很是无所谓地说道，"如果有困难的话，出一半，一百万也行。剩下的一百万，我可以再找别人。"

"别人？"

"我可以求其他人帮忙呀。该求人时就得求人，这也是工作的一部分。"

关于田端的工作内容，花惠仍和当初一样一无所知。但一想到他低头求人的模样，她就感到心痛。花惠当然想尽可能帮他。

她工作十年了，虽然工资微薄，但她过日子并不奢侈，还是有一些存款的。

花惠虽然没什么兴趣，却还是表示愿意投资。田端很高兴。他说这样一来他在公司就有面子了。看着他欢快的表情，花惠也跟着开心起来。

"但是，这事你不要告诉其他人。因为这是机密消息。"田端如此嘱咐道。

可是，这件事情并没有就此结束。没过多久，田端又提出还需要些钱。

"还是差一点儿。再有个一百万就行了。能不能想想办法？"

面对这样的请求，花惠困惑了。再有个一百万就行——他说得轻松，可这对花惠来说却是笔大钱。

"这钱，什么时候才能还回来？"她直截了当地问道。

"那得等业务投入运营，开始盈利之后了……"田端歪着脑袋说道，"如果你希望早点还钱，那我只能先慢慢拿自己的钱一点点填上了。"

"倒也不必这样。"

这时，田端仿佛突然想到了什么妙招，开口说道："要不，从我将来的零花钱里扣吧。怎么样？"

"零花钱……这，什么意思？"

他两手摊开，做了个鬼脸。

"就是这个意思咯。哎？难道我将来连零花钱都没有？那也太过分了吧。"

花惠感觉到自己脸红了。他说那些话，都是以两人结婚为前提的。明白了这一点，她觉得钱的事情根本无所谓了。最终，她答应再投资一些。

后来，她又给了田端好几次钱。他的理由有很多，但每次都隐约提到了结婚。一听到那些，花惠就像被施了魔法一样，什么话也说不出来。

花惠的身体起了变化，是在和田端相识快两年的时候。那个月，她的月经没有来，这让她心里一惊。她马上用验孕棒测了测，结果是阳性。

她约田端见了面，战战兢兢地告诉了他这件事。结果，就在咖啡厅里，他一下站了起来，握住了她的手。

"真的？太好了。谢谢你。真的谢谢你。"他的脸闪烁着光芒。

"我能生下来吗？"

"当然要生下来。这可是我们的孩子。你这说的什么话？"

他握住花惠的手，盯着她的眼睛对她说："我们结婚吧。"

花惠满心感激，几乎要哭出来。因为她一直在想，如果对方不愿意，自己该怎么办。

"等一下，我算下孩子大约什么时候出生。"看田端的表情，他像是忽然想到了什么。"嗯，哎呀，这时机稍微有点棘手。"

"时机？"

"嗯。其实呀——"

他说，下个月他就要去纽约。新业务的据点在那边，他说他得亲自监督业务走上正轨。

"老总说非得我去。其他人他不放心。"

"那你得在那边干到什么时候？"

"短则半个月，长则半年吧。"

那还赶得上在孩子出生前回来。花惠稍微放心了些。于是她告诉他，那也是没办法的事。

"对不起，在这么关键的时候……你一定要好好保重身体，不可以太勉强自己。"

"嗯，我知道。"花惠抚摸着自己的小腹。她的心里满是幸福。

她又去了趟医院，果然是怀孕了。拿着超声波照片回家的时候，她不禁哼起了歌。

没过多久，她就向厂里递交了辞职信。说明缘由之后，上司和同事们都真心替她高兴。一向说话难听的班长说道："这下子残次品总算是处理掉了。"

田端很少露面。他说他很忙，去纽约前有许多事务得处理。花惠想找他商量婚礼的事情，也想见他母亲，却没能说出口。

就在动身前一天，他突然上门来找花惠。当时还是上午。

"我干了件傻事。我把银行卡和存折放在行李箱里，全寄去美国了。直到我打算取钱时才发现。"

"那可麻烦了。你需要多少钱？"花惠问道。她已经打算替他垫上了。

"不好说，也不知道在那边会出什么情况，总之越多越好吧。"

"知道了。"

花惠决定动用最后的手段。她取出克枝留下的存折和印章，跟田端一起去了银行。她取出了整整一百万，交到他手上。

"谢谢。你真是帮了我一个大忙。到那边安顿下来后，我马上给你寄钱。"

田端不让花惠去送他。他说一想到得让她一个孕妇只身从机场回家，他就坐立难安。

"你可真是瞎操心。不过我理解你。那我就在家好好待着。"

"嗯，你好好的。那我出发前再联系你。"田端说完就走了。

那是花惠见他的最后一面。不过，她是在很久之后才意识到这一点的。

田端会不时发来邮件。内容大抵跟工作相关，总在强调自己很忙。

花惠一个人的时候，就读读育儿杂志，看电视打发时间。除此之外，就是茫然畅想着将来的生活。她满脑子只有幸福的画面，每一天都开心得不行。

要说还有什么值得担心的事，那就是经济问题了。她是拿到了退职金，但并没有多少。像现在这样零收入地过日子，存款当然是越来越吃紧了。

田端说很快给她寄钱，但去美国都两个月了却还没有动静。一开始，他发的邮件还会就此表示歉意，可渐渐地连道歉也没有了。

花惠觉得或许他忘记了，就绕着弯子发了一封催促的信。但对方却迟迟不回。好不容易来了邮件，却根本没提寄钱的事。

花惠没办法，就直截了当地写道："生活费越来越吃紧了。"可他老不回信，她就紧接着又发了一封："可以的话希望你尽快寄钱回来。"

结果——

田端的邮件再也没有来过。日子一天天过去，始终不见他的回信。花惠每天都发邮件。即便这样对方也没有回应。

她开始担心了。该不会是纽约那边出什么事了吧？

她只能通过邮件和他联系。她愁了半天，最后终于找出了当初见面时他给自己的名片。名片上写了他办公室的内线号码，不过花惠还是决定打公司号码。

可是，电话里传来的，却是此号码是空号的声音。花惠完全摸不着头脑了。难道是公司换号码了？

她试着打电话公司的号码查询台查了一下。可等来的回复却是，并没有相应的地址和公司。花惠觉得这是不可能的事，再三确认，但对方还是说绝不会有错。

花惠将手机攥在手里，脑袋一片空白。她完全搞不清楚究竟是怎么回事了。

她觉得或许是公司搬走了。有可能公司名称也跟着换了。说不定是田端忘记把这事告诉花惠了。

家里没有电脑，花惠就去了网吧，让店员教自己如何上网搜索。结果，找到的却是令她意想不到的报道。

田端的公司过去曾经存在过，但是已经倒闭两年多了，也没有被别的公司收购。事情就发生在花惠认识他后不久。

花惠的脑子一团乱。那么，田端一直挂在嘴边的公司究竟是什么？新业务、投资、纽约——各种说辞在花惠脑海里翻飞，她完全理不清头绪了。

她想不出一点应对的办法，这才意识到，自己对田端根本一无所知。他们俩共同的熟人，也只有当初安排他们相识的那个朋友。可就算问她，她恐怕也什么都不知道。

花惠只有不停地给田端发邮件。可突然从某一天开始，连邮件也发不过去了。可能是邮件地址换掉了？

花惠不知如何是好，只有看着时间白白流逝。花惠挺着一天天大起来的肚子，越发心里没底了。她已经怀孕六个月，存款也快见底了。

这时，有人打来了电话。是不认识的号码。

花惠接了电话，对方直接就问："是町村花惠女士？"是一名女子的声音。

"我是。你是？"

"我姓铃木。田端祐二你认识吧？"女子问话的语速很快。她提到了田端，这让花惠心头一紧。

"我认识……"

自称铃木的女子停顿了一下。"那他死了的事呢？"她继续问道，"你知道他卧轨自杀了吗？"

对方说得那样轻松自然，花惠一时间连她话中的意思都没能理解。过了好一会儿，她才发出一声惊讶的"啊"。

"看来你还不知道。"

"这是怎么回事？什么时候？"花惠惨叫着问道。

"大概两个星期前吧。在中央线上，让地铁给撞死的。"

"中央线？不可能。他不是在纽约……"

"纽约。呵，他是那么骗你的呀？"

"骗……"

"町村女士，我这样告诉你吧，你可能会受打击，不过你听好了，你呀，让人给骗了。那男的从你那里拿了多少？"

"什么？"

"钱呀，你给他钱了吧？我给了他五十万。真是被他的花言巧语骗得团团转。"

对方的每一句话，都如同在花惠脑子里放了炸弹。她连田端的死都无法相信，更别提那些话了。

"喂？你在听吗？你没给他钱吗？"

"是借了些钱给他，不过……"

"到底还是有啊。那男的，是个彻头彻尾的大骗子。他骗过许多女人，每个人都被他搜刮了不少钱财。我想你还不知道吧，他可是有老婆孩子的。"

花惠浑身的血液一下子都翻腾起来。"怎么可能……"

自称铃木的女子继续快速说着话。她得知了田端钻进道口卧轨自杀的事情后，通过报社的熟人查出了他家的住址，这才扒出了他的真面目。他骗她说自己是经营顾问公司的老板，可那就是家根本不存在的公司。她说她很恼火，这才决定彻查田端的私人物品，找一找是否还有别的人受害。

"我说町村女士，我们一起成立一个受害者互助会吧？可不能这么只顾着后悔吃哑巴亏。先别管多少，钱还是能要回一点是一点，你说是不是？"

受害者互助会、吃哑巴亏——这一切都让她无法理解。她无法接受这就是事实。

"对不起，那些事情，我就不参加了。"

"为什么？你不是也被他骗了钱吗？"

"钱对我来说已经……算了。对不起。我就不参加了。"

对方还在说些什么，但花惠只是一个劲儿道歉，然后挂断了电话。随后，她的视线落在了已微微隆起的肚子上。

她觉得不可能有这种事。刚才那个女人一定是个疯子。田端曾因为她怀上了孩子而高兴。他曾为此对她说谢谢。他还说要和她结婚。那些话听起来不像是在骗人。

花惠又去了网吧。这次是为了查新闻。是为了确定，"不存在"田端在两周前自杀这种事。

但是，输入了几个关键字后她就找到了相关新闻，这将她推入了绝望的深渊。

田端祐二死了。就像那个女人说的一样，在道口卧轨自杀了。关于自杀动机，报道上只写了是"经济问题"。

花惠感觉有什么东西正从身体里消失。她连坐都坐不稳，从椅子上瘫了下去。在意识逐渐模糊的时候，她听见了有人朝她跑来的脚步声。

11

许久未见浜冈家庭院的篱笆了，和以前相比似乎有些疏于打理。或许现在也顾不上修剪枝叶了吧。中原想。

刚按下门铃，还没听见应门声，玄关的门就直接开了。里江站在门内，身着淡紫色开衫毛衣，面带笑容地说道："欢迎。"

中原点头回礼，随后推开院门走了进去。

他被带到了一间有茶室的会客厅。正中央摆着一张矮桌，佛坛设在角落里。小夜子的遗像就摆在那儿。

里江让了个蒲团给中原坐，但他决定先上香。之后，他又对曾经的岳母说道："不好意思，打扰您了。"

"哪儿的话，"她挥手说道，"我和我先生还说呢，我们都很感激您。难为您到现在还把小夜子放在心上。我先生今天本来也想见见您来着，但是他担任顾问的那家公司好像有急事，他必须过去。他让我跟道正先生问好。"

"伯父的身体怎么样？"

"算是勉强还行吧。唉，毕竟上年纪了。"

里江开始往放在一旁的茶壶里倒热水，一阵日本茶的清香随之升起。里江端起托盘里的茶盏放到桌上，说了声"请"。

中原道了谢，往桌边挪了挪，将茶盏端到了手上。

"电话里我也说了，小夜子的稿子让我很受触动。我觉得自己好像从没想过那么深。"

"我们也很吃惊，所以才对山部律师说，一定要设法把她的信念反映到法庭上。"

"我非常理解。开庭时间定了吗？"

"山部律师说差不多快了。"

"希望打官司的时间不要拖太久才好。"

"听说现在和以前不一样了，时间缩短了许多。尤其因为这次凶手全都自己承认了，律师说估计到宣判花不了几天时间。"

"是吗。陪审员制度我不是很熟悉。具体怎么进行？"

"山部律师说，陪审员都是普通人，主要就是看他们对案子抱有什么样的印象。检方会强调罪行有多么残忍，辩方估计会打感情牌。"

"感情牌？怎么打？"

"这一次，看样子对方是一定会要求法官关注罪犯主动自首这件事了。对了，律师还说，他们可能还会请求考虑凶手的年龄问题。"

"年龄？他多大岁数来着？"

"六十八。所以就算判的是二十五年有期徒刑，等出狱时他也九十三了。他们会主张这个量刑几乎等同于判了无期。唉，不过这话也没错。我听到这些后也觉得，哪怕没判他死刑，判成这样也就可以了。"

中原啜了口茶，发出了一声叹息。"也就是说，估计是判不了死刑了？"

"说是没希望。"里江垂下眼帘。

即便这样，他们还是选择参与这场官司，为的就是让法庭上的人都听到这一句话——请求判处被告人死刑。

"你说的那些东西，都摆在那边了。"里江的视线转向隔壁客厅。

客厅和他们所在的这间房隔着纸拉门，现在拉门是敞开的。客厅的地上放着三个纸箱。

"可以让我看看吗？"

"嗯，当然。"

中原来到客厅，在纸箱旁弯下腰来。箱子里装的是书籍、文件、笔记之类的东西，还有数码相机和电子书阅读器。

这些都曾是小夜子房里的物品。昨天，中原给里江打了电话，问她是否可以让自己看看小夜子工作时使用过的物品。因为读完那些稿件后，他还想更多地了解一下前妻究竟是在怎样的情况下写出那些文字的。

"那孩子的屋里还有许多书和资料，我就先整理了一些看起来跟稿子相关的出来。照相机什么的可能没什么关联，反正我先放那儿了。"

"明白了。很抱歉麻烦您了。"

"没事儿。保存着那些稿子的电脑就是那一台。"里江指着沙发前的桌子说道。那张桌子上放了一台笔记本电脑。

中原坐到了沙发上。"我看一下。"

电脑开机需要密码。中原问里江，对方告诉他是"SAYOKO"①，说是警方收走电脑后重新设置的。

电脑里存有许多文件。较多的还是各式各样的文档文件。最新的一个文件，是那篇关于盗窃成瘾症的报道。

"这些东西我也大致看过，她似乎是做过许多采访。我这才感觉到，自由撰稿人原来是一项这么辛苦的工作。"

"她一直都比我有干劲。"

"道正先生已经很了不起了。经历了那种事，您还能重新站起来，从事新的工作。举行葬礼时，我们大家都很敬佩您。"

"哪里，"中原苦笑着歪歪脑袋，"我只不过是继承了舅舅的事业而已，没有一点值得骄傲的。"

"我就在二楼，有什么需要你就叫我。"

"那就不好意思了。谢谢。"

---

① 即"小夜子"。

中原目送里江离开房间，随后目光再次回到电脑上。这样看来，小夜子果然是搜集了大量关于死刑和刑罚的资料。他还找到了一个文件夹，里面都是相关的新闻报道和判罚实例。

中原粗略看完电脑里的东西，这才转向了那些纸箱。那里面也装了许多关于死刑制度、判罚、量刑方面的书籍和资料。还有一些书籍是关于被害者参与制度的。中原的心情变得复杂起来。小夜子恐怕从来没想过，她的父母竟然会利用这一制度，参与自己被害一案的案件审判。

中原心想，或许她会在书的留白处留下什么笔记，于是一本本翻了起来。正翻着，就有什么东西落在了脚边。那是一张被折叠起来的 B5 大小的纸，最上面有"儿童医疗咨询室开放日程通知"的字样，下面列有一些日期。看样子是每月举办一次。

那看起来只是一张普通的宣传单，中原正打算折起来，却又停下了动作。因为在最下面，出现了"庆明大学医学部附属医院"的字样。

这几个字他最近在什么地方见过。他思考了一会儿。是从山部律师那里听来的。被告人的女婿，就在庆明大学医学部附属医院工作。

不，不会的——中原耸耸肩，将纸折起来。他将其按原样塞回原先那本翻开了的书里。无论怎么想，这也只可能是单纯的巧合。这张宣传单，一定是她为了别的什么采访找来的。庆明大学医学部太有名了。小夜子选择去那里采访完全没什么稀奇。而且说到底，那里也跟死刑什么的没有半点关系。当中原拿起下一份资料时，已将刚才那张宣传单忘得干干净净。

看完纸箱里的所有物品后，天色已有点暗了。里江下楼来，替中原冲了杯咖啡。

"怎么样？"里江问道。

中原沉吟道："我彻底明白了小夜子在和我分开后有多认真地面对这个问题。她这么做，只是希望那些凶残的犯罪变少一些，哪怕只有一点点。我深深地感受到了她这份心情。我打心底里佩服她。"

这并非客套话。仅仅是浏览小夜子搜集来的那些书和资料的标题，他也能够感受到她那份执着。

"若是这样，那我还真得好好考虑一下那件事。"里江露出若有所思的表情。

"那件事？"

"我说过吧？出版社的日山女士曾跟我说过，她愿意帮忙出版小夜子的书。"

"哦，这样啊，"中原深深地点了点头，"我觉得挺好的。我十分赞成。"

"那等官司告一段落了，我去找她商量商量。不过，也不知什么时候能成。眼下不得不做的事情太多了。"

"要不然我去联系日山女士吧？守夜的时候我们见过面，我也想好好跟她聊聊。"

"是吗？既然这样，就拜托您了。道正先生愿意操办这事，小夜子在那边一定也能放心了。"

"谈不上什么操办，我应该帮不上什么忙。"

中原从纸箱里取出数码相机。正如里江所说，这里面的东西或许跟死刑问题没什么关联，但他还是想看看小夜子出去采访时都拍过些什么。

他按下开关键，最先显示在液晶显示屏上的画面有些令人意外。他原以为会看到某监狱内部的影像，结果显示出来的却是郁郁葱葱的树木。画面中并没有人。

中原看了一下前面的照片。连续好几张都是满屏的树木。那不像什么庭院，完全就是森林，也没有纪念碑之类的东西。他看了看拍摄日期，是小夜子被杀十天前。

"道正先生，您怎么了？"里江似乎感觉到他的神情不对，便这样问道。

"没事，哦，我在想这照片是在哪里拍的。"他将数码相机的液晶屏朝向里江。

里江也讶异地摇摇头。"我不知道。会是哪里呢？"

"看日期像是案发前不久。小夜子有没有去什么地方旅行过？"

"这……没听说呀。"

"是吗？"

中原的视线落在相机上，心里总感觉有什么地方不对劲。一边是因反对死刑废止论而撰写那些言辞激烈的书稿的小夜子，一边是那些被树木填满的照片，在中原的脑海里，这二者似乎完全没有联系起来的理由。

12

为了见日山千鹤子，中原少有地请了假。她上班的出版社位于赤坂，在一条跟外堀大道相接的支路上，是一座新盖的办公楼。

中原跟前台报上了姓名。在大厅等了一会儿后，身着休闲西装的日山千鹤子就出现了。她比守夜那晚看起来年轻一些，手上提着一个纸袋。

"久等了。这边请。"日山千鹤子笑眯眯地说着，朝旁边的入口指了指。那里应该是会客区，里面摆着桌椅。

她在一台自动贩卖机前站定，问道："您喝什么？"

"就咖啡吧……哦，别，我自己来买。"

"您别客气，也不是什么值钱的东西。"

"呵，那就麻烦您破费了。"

日山千鹤子选了咖啡。两人端着纸杯，在一张空桌前坐下。

"抱歉，这次来请您帮忙实在有些唐突。"中原再次道谢。

"没什么。您能联系我真是太好了。其实我也一直惦记着小夜子的稿子最后到底怎么样了。"

"那么您读过了吗？"

"嗯。"日山千鹤子点了点头，从纸袋里掏出一沓稿子。

"写得太好了，我一口气全读完了。"

稿子是中原三天前寄的。他之前联系了日山千鹤子，表示在见面之前希望她先看一遍。考虑到她的立场，这也是理所当然的。

"能不能达到出版的水平？"

"稿件质量我觉得没问题。不难读，内容也不晦涩。她的观点很明确：废除死刑绝对不合理，相反，应当将所有杀人犯都判处死刑。挺好的。只是，要说问题也不是没有。"

"是哪里有问题？"中原看着那沓稿子，上面贴了许多粉红色的便笺纸，或许是她留意过的地方。

"为了写得客观，小夜子确实下了很大功夫。可是，也有一些个人情绪比较重的部分。那倒也无所谓。像这类书籍，作者明确表达出情绪来才更有说服力。问题在于，稿子里的情绪给人一种摇摆不定的印象。"

"您是指……"

日山千鹤子喝了一口咖啡，稍微歪了下头。

"杀人就要被判死刑——这样是否就能解决所有问题呢？关于这个问题，我觉得小夜子她自己似乎没能找到一个明确的答案。"

"哦，这您说得或许没错，"中原看着这位女编辑的脸说道，"佩服，不愧是职业的读书人。"

"为什么这样说？"

中原复述了从平井律师那里听来的那番话。蛭川是被判了死刑，却也因此导致他到最后也没能悔过。

日山千鹤子带着理解的表情不住点头。

"死刑是无能的……这真是一句沉重的话。"

"听完平井律师的话，小夜子可能也产生了一些疑惑。毕竟她一直是从能够防止再犯的角度强调死刑的好处。我觉得您说的问题，或许正反映了她内心的迷茫。"

"这的确很有可能，"日山千鹤子忽然瞪大了眼睛，"您是否可以写一写跟那位律师的谈话？"

"啊？我？"

"书里还有一些值得商榷的地方，不过如果能再添上中原先生的意见，我觉得就是一本很好的读物了。到时候就以小夜子女士和中原先生为共同作者的形式出版，您看怎么样？"

"嗐，别，我写文章不行……"

日山千鹤子摇摇头。

"不需要写得多好。您怎么想的就怎么写。我也会给您提供帮助。咱们一起努力吧。这书一定能成为热点。小夜子亲手写的稿子，如果就这样石沉大海，不就太可惜了吗？"

看起来，她的意思是现在这个稿子很难直接出版。中原不知该如何是好。他做梦也没想到事情会变成这样。但是，他的确有意让小夜子的稿子出版成书。

见中原低头沉思，日山千鹤子俯身从下往上地瞧着他，然后问道："怎么样？"

"可以让我考虑考虑吗？主要是我没什么自信。"

她的脸上露出笑意。

"我理解。不着急，您慢慢考虑。那这个，我就先还给您。"她将稿子塞回纸袋里，推到中原面前。

"这我可真没想到，"中原接过纸袋，摇了摇头，"多了我那蹩脚的文章，小夜子在那边恐怕要生气的。"

"我不是说了嘛，这您不必担心。而且，小夜子刚开始的时候写得也没那么好哟。"

"是吗？"

"是呀。但是她做过文案工作，词汇算丰富的了。"

"嗯，"中原有些意外，视线随即落到纸袋上，"这我实在没想到。"

"文章这东西，是越写越好的。我想小夜子也是通过一次次的写作锻炼出来的。"

"对了，"中原忽然坐直了身子，"杂志的事情我都忘记道谢了。谢谢您专门给我寄了一本。"

"是那篇关于盗窃的文章吧？您觉得怎么样？"

"很吸引人。我都不知道，竟有人受着那样的困扰。"

"那个企划是以前我和小夜子一起想出来的。我们去了一个专门治疗酒精成瘾症的地方，就是在那儿，我们听说他们还有矫正盗窃成瘾症的项目，这让我们很感兴趣。为了从在那儿接受治疗的患者中找出愿意接受采访的，我们可是没少吃苦头。"日山千鹤子一阵苦笑。

"虽说都是盗窃成瘾，不同的人却有着不同的原因。"

"没错。不过，我其实也是头一回听说这种病。我只负责到安排采访这一环节，剩下的就交给小夜子了。中原先生对哪一位的案例印象最深刻？"

"嗯——"中原思索了一番。

"我觉得每个人的问题都很深刻，某种意义上说也很可怜。进食障碍最终居然发展为盗窃成瘾，只能说是一场悲剧。"

"我也这样认为。"

"不过，要说印象最深刻的，那就是第四位了。文章里提到过一名总在自责的女子，是吧？"

"哦——"日山千鹤子点了点头。"是那个认为自己活着没有价值，于是就只吃偷来的东西，觉得自己只配那样生活的女子？"

"是的。我在想，她为什么要那样自责呢？"

"或许她是有什么苦衷吧。中原先生，那名女子您其实见过，给小夜子守夜的那晚她也去了。"

"哦，果然是她，"中原点点头，"读文章的时候，我就觉得应该是她。她好像是姓……井口？"

"是。井口纱织女士。小夜子好像也对她最上心。其余几位她只采访过一次，但她说采访了井口女士好几次。"

"那晚您好像也提过这事。您说她本人也受了小夜子很多照顾。具体都是什么样的照顾？"

"这……具体细节我也不知道。我一直不知道她们两人的关系有那么近。直到小夜子遇害，井口女士打电话给我时我才知道。她说在新闻上看到浜冈女士出大事了，问我有没有守夜或者葬礼的消息。所以当天我才带她一起去的。"

"哦，原来是这么一回事。"

可能在写那篇报道的时候，小夜子担任了类似心理咨询师的角色。中原这样想着。因为他觉得，除非对方已经向小夜子敞开了心扉，否则不可能对她说得那样详细。

"仔细看，她其实算得上是美女。跟我们在一起时，她的表现十分正常。"日山千鹤子的视线投向远方。"可是一见到摆有商品的货架，她好像就忍不住。手也发抖啊什么的。"

"是吗，看来她症状相当严重。"

"不过，她还是一点点地有了改变。第一次见她是在她家里，我也一起去了。当时我总感觉气氛怪怪的。"日山千鹤子皱起眉头，身子稍稍前倾了一些。

"怎么个怪法？"

"第一个感觉是香薰的气味太重。适量的香薰有助于放松，但她用的量显然太多了。然后是色彩。不管家具也好电器也好，红色的都太多了。连窗帘和地毯都是红色。冰箱也是。"

"那她的品位可真不算普通，"中原光是想想就觉得心慌，"可能她很喜欢红色吧。"

"但事实上并不是。我也问过她是不是喜欢红色，但她说也没有多喜欢，只不过事后才发现，自己常常下意识就选了红色。"

"哦……"心理学家对此或许能给出一些评价，但中原则什么也说不上来。

"最怪的是树海的照片。"

"树海？"中原又问道，"树海，是指有很多树的那个树海？"

"是的。她把树海的照片跟花一起摆在客厅柜子上。我问她那是哪里的树林，她说是青木原树海。"

"那照片，是明信片之类的东西？"

"不是，我看那就是一张很普通的照片，放在相框里。"

"只有树海？没有人？"

日山千鹤子摇头。"没有人。"

"或许是她很中意的照片吧。"

"可能吧。不过，那照片看上去也没什么艺术感。"日山千鹤子答得心不在焉，随即喝完了纸杯里的咖啡。

小夜子数码相机里那几张照片出现在了中原的脑海里。那也只是将茂密的树木收进了镜头里。

"她是姓井口吧？字怎么写呢？"

见中原询问，日山千鹤子就把"井口纱织"这几个字告诉了他。

"她做什么工作？"

日山千鹤子没说话，一副若有所思的样子，随后她拿手掩嘴说道："应该是个小姐。"

"是吗……"

"我也没问过她本人，不过听小夜子提起过大概。"

"明白了。"

据报道上写，她进过两次监狱。中原也觉得她恐怕很难找到正经工作。

离开出版社之后，中原在路边打了个电话。电话很快接通了，对方是里江。中原先就前些日子的事情道了谢，然后切入了主题。

"小夜子的数码相机中，最新的照片文件里应该有一张与树有关的照片，也说不上是森林还是树林，总之就是有许多树。我想请您用邮件把照片发给我，可以吗？"

"啊？用邮件发照片？请您等一下……"

话筒里传来里江和身边什么人对话的声音。估计对方是宗一。

"喂，道正吗？是我，"果然是宗一的声音，"很遗憾前几天没见着你。"

"您不在家时我上门打扰了，很抱歉。"

"没事。下次有时间再来。那些先不说了，数码相机里的照片，用邮件发给你就行了吧？小意思，我知道了。你别看我老了，电脑我可是用得很顺。"

"那就麻烦您了，不好意思。"中原报上了自己电脑的邮箱地址。他的手机是老式的，如果图片文件太大有可能收不到。

宗一复述了一遍，随后说了句"知道了"。

"对了，您身体怎么样了？"中原问道，"听说您有段时间身体不大好。"

“已经没事了。还要打官司呢，身体怎么能不养好？”

“需要我做什么您尽管开口，我会尽力帮忙。”

“嗯，谢了。对了道正，里江他们尽说些丧气话，但我可是没放弃。”

“您的意思是……”

宗一干咳了一声，又继续说了下去。

“就是死刑啊。什么只杀了一个人就不会被判死刑，这一点也不合理。不论付出多少代价，我都一定要说服那些陪审员。所以啊，道正，还要请你多帮忙。”

这位曾经的岳父如今已上了年纪，他的这番话让中原心头一热。

“好。我们一起努力。”

“嗯。努力。那邮件的事就交给我了。”

“拜托您。”

通话结束，中原将手机放回了口袋。宗一沙哑的声音还回响在耳边。他应该已经七十多了。中原有些担心，不知道他是否能承受住官司带来的压力。

中原在便利店买了便当做晚饭，然后就回到了家。草草换完衣服，他赶紧检查邮件，图片文件居然已经发来了。看来宗一的电脑果然用得很顺。

中原回信道了谢，然后就在网上搜索起了青木原树海。一搜才发现网上有许多照片，但大多数都是将其作为灵异地点进行介绍的。

不过，单纯当成景点拍摄的照片也不少。中原将那些照片和小夜子数码相机里的进行了比对。

果然没错。他心想。小夜子所拍摄的，的确是青木原树海。那一排排树木的纤细的枝干、仿佛覆盖了整个大地的树林——小夜子的照片和网上树海的照片十分相似。

为什么小夜子要拍这样的照片？

这和井口纱织恐怕不无关系。难道小夜子作为倾听者，自己也想起拍树海的照片来了？

中原决定继续在网上查一查青木原树海的相关资料。如今想来，自己对那里几乎没有任何了解。他唯一知道的就是松本清张在小说里提到过那是一处有名的自杀之地。

他甚至连那里的准确位置都不清楚，还用谷歌地图搜索了一下。

啊，原来就是这么一个地方——

它位于富士五湖之一的精进湖的南面。中原调整着地图的比例，想查一查从东京应该怎么去，最近的地铁站是哪一站。

下一个瞬间，他感觉到心中一阵慌乱。至于原因，就连他自己也没有立刻弄明白。不过他有种感觉，自己似乎发现了什么重要的东西。

中原的目光在地图上游移着。不一会儿，他注意到了那个地名。

这是怎么一回事？是偶然？还是——

与其瞎想还不如动动手。他拿起手机，给刚分别不久的日山千鹤子打了电话。

"喂？我是日山，怎么了？"她有些担忧地问道。

"我想问您一件事情。是关于之前您提到的井口纱织女士。"

"什么事情？"

"她是哪里人？我记得文章里写过，她在老家的高中毕业后，因为想当美发师来了东京。也就是说，她老家并不在东京。"

"是的。不在。她是静冈县人。"

"静冈……静冈的哪里？"中原握紧了电话。

"应该是……"日山千鹤子继续说道，"我想应该是富士宫。"

"不会错吧？"

"啊……嗯。应该没错，我当时还想起她老家的炒面很有名。这……有什么问题吗？"

"没什么。很抱歉打扰了。"

中原挂断电话，再次看向电脑。他的视线顺着青木原径直往下。他看到了富士宫市。井口纱织就来自那里。

还有另外一个人也来自那里——

13

"调查别人的过去的办法？嗯——办法应该还是不少的吧？"神田亮子一边检查九谷烧①的骨灰坛一边说道。她面前的台子上摆

___

① 烧制于石川县南部的金泽市、小松市、加贺市、能美市的彩绘陶器。

了大约二十几个箱子，是今早刚送来的。制造厂家换了，东西和他们之前用过的质感不同，所以他们决定选出那些感觉不太好卖的退回去。

"比如说有什么办法？"中原坐在椅子上，边看她做事边问道。今天并没有人预约葬礼。

"要说最快捷的方法，那还是去找私家侦探吧？哎，你看这种，你觉得怎么样？"神田亮子拿起一个骨灰坛给中原看。坛子是六角棱柱形，金箔底色上配有花纹。她之所以表现出不满，恐怕是因为那不符合她自己的喜好。

"有点花哨。"

"这种根本不值得推荐，我拿去退货可以吧？"

"嗯，你决定吧。私家侦探……从来没打过交道啊。就没有更简单的办法吗？"

"对方是什么样的人？姓名、地址之类的，你总该知道吧？"

"那些都知道，还知道他是大学附属医院的医生。我想查的是过去的事情，比如说在老家的人际关系什么的。"

"那种事情，外行人去做恐怕有难度。我觉得还是找私家侦探最保险。哎，这个不错。像这种的怎么不多送些来呢？"神田亮子抱在手里的是一个以红色为基调的骨灰坛。那红色也不是很鲜艳，或许说是暗淡的朱红色更合适。上面还绘有图案，感觉像是树林和雪山。

中原想起了井口纱织家里全是红色物品的那番话。虽然他只见过这名女子一次，但他总觉得对方内心深处一定埋着无尽的烦恼。

她来自静冈县富士宫市。听到这些，中原脑子里出现了一个男人，那就是町村作造——杀害小夜子的凶手——的女婿。据山部说，他给滨冈家写了一封道歉信。中原记得，那个人的老家就在富士宫。他给山部打了电话，确认无误。此人名叫仁科史也，在庆明大学医学部附属医院担任儿科医师。

听到儿科这两个字，中原的脑细胞又起了反应。他想起了夹在小夜子书里的那张宣传单。那上面写有"儿童医疗咨询室开放日程通知"的字样。从字面上可以判断，应该是跟儿科有关。

中原又给滨冈家打了电话。他请里江帮他找出那张宣传单，对方也顺利找到了，于是中原就询问起了细节内容。

"内容……也就是罗列了一些日期而已。"

"那些就足够了。"

中原记下了里江读给他的日期。其中一个日期引起了他的注意，那是小夜子被杀害的三天前。

里江问他这张宣传单有什么问题。他说没什么特别的，糊弄过去就挂断了电话。

中原在网上查到了庆明大学医学部附属医院的主页。他觉得上面或许会有"儿童医疗咨询室"的相关信息。结果也正如他所料。儿科的页面上出现了这个咨询室的相关介绍。上面所写的内容比宣传单上要更详细些。有标记了地点的地图、预约方法和手续，以及当天的负责人——

不同日期的负责人也不同。中原查到了案发三天前的负责人。他愣住了，是仁科史也。

这一事实，他无法轻易放过。

小夜子密切接触过的访谈者井口纱织是富士宫人，仁科史也的老家同样在富士宫。小夜子手里有仁科史也所在医院的宣传单，并且咨询室的开放时间就在案发三天前。还有，小夜子在案发十天前去拍了树海，而井口纱织的家里就摆有树海的照片。

当然，也可能一切皆为偶然。富士宫市有数十万人，估计每年也有许多人来到东京，很有可能这两个人不过碰巧都来自富士宫，彼此并无任何关系。可当这一切事情和人际关系都围绕着小夜子铺展开来，无论是时间上还是空间上竟都如此紧密相关，又如何能仅用一句偶然概括？

"您刚才说要等了解各种价格之后，这话是指……哦，原来是这样。您想比较各家报价之后再做决定是吧……嗯，当然，这当然没问题。"中原回过神来，发现神田亮子正在接电话。对方应该是去世宠物的饲主。看来是想跟别家比较一下价格。

神田亮子讲着电话，面色开始暗淡下来。

"您是说，他们会上门去取遗体，然后火葬结束后再给您把骨灰送回去，是这么操作的吧？这……可能我这样讲不合适，不过我还是建议您至少先去看看他们那里有没有自家专门的火葬炉，您看怎么样……是，我这样说，是因为出现过很多次这种事：他们从饲主手里把珍贵的遗体取走，却扔进了山里，然后再去宠物公墓，把在那个公司火葬的完全不相干的动物的骨灰拿回来，分成小份交还给饲主……是的。黑心公司很多的。当然了，您说的那个公司究竟是什么样的我可不清楚……对。所以，我觉得您最好先自己亲眼看一下他们有没有火葬炉。如果不可以的话，哪怕问一下火葬炉的位置在哪儿也行。如果对方撒谎，我想从态度上也能判断出来……您没必要担心那些，因为，毕竟对您来说那是很重要的猫……是。那当然，我们公司有自己的火葬炉。您过来看一看就知道……好，那么请多关照。"

打完电话后，神田亮子苦笑着望向中原。

"说是开车上门拿猫的遗体，三天后连骨灰坛一起送回去。收费三万。"

"太可疑了。饲主是什么人？"

"是个老太太。她还担心问他们有没有自己的火葬炉会刺激到对方。"

中原板起了脸。"真离谱。日本的老年人可真是好心肠。"

"要是心里没鬼，人家问什么也不会怕的。"神田亮子又继续说道。"老板，你刚才的问题，不也可以这样解决吗？"

"哦？这话什么意思？"

"就这个意思啊。"神田亮子莞尔一笑。

"你想知道那人的过往经历，就直接去问本人好了。没做过亏心事，人家肯定会坦诚回答你。"

中原抱起胳膊，望着面前这位工作经验丰富的女员工。"原来是这样……"

"如果对方在隐瞒什么，可能态度也会变得十分尴尬。"神田亮子又继续选骨灰坛去了。

原来还有这个办法——

没必要担心什么气氛尴尬，因为本就是针锋相对的立场。

14

到了约定见面的日子，却下起了雨。中原顺着地铁站的台阶往上走，出了站便撑起伞往约定地点走去。那是位于日比谷的某高级酒店的大厅休息区。中原本打算去他单位找他，可他说那样很过意不去，让中原另安排地点。中原也不大想在天使小船的办公室跟对方谈，于是就选择了现在的酒店大厅。当初干广告代理的时候，遇到需要郑重对待的客户，他常常去那里。

酒店正门处很热闹。出租车停停走走，总会下来一些商务人士，看起来身价不菲的男男女女红光满面地往里走。门童的动作也很优雅。

中原穿过玻璃自动门朝大厅走去。他体会着脚下地毯的柔软，将手中的雨伞收好，视线很快被左边的休息区吸引了，那是一块开放区域，很宽敞，可供大约上百人同时入座而不拥挤。

入口处站着一名身着黑衣的男子。他开口说道，欢迎光临。

"我姓中原。"

男子点头会意。"恭候多时。您的朋友已经先一步到了。"

黑衣男子迈开步子，中原便跟在他身后。位子是中原自己预约的。双方都不认识对方，中原觉得还是这样比较好。现在是晚上七点，这个时间段接受订座。

中原订的座位比较靠里，周围环境并不嘈杂，看来可以安心说话。

一名男子站起身，似乎是看见中原来了。他体格很结实，肤色有点黑。年龄大概三十五岁左右，看上去应该很爱运动。他穿着西服，打了一条颜色素雅的领带。

"是仁科先生吧？"

中原问完，对方便回答说是，双手直直地贴在身体两侧站定。

"谢谢您联系我。"他恭敬地鞠躬行礼，并递上了名片。

中原接过名片，也递上了自己的。"我们先坐下吧。"

桌上只摆了玻璃杯，里面是白水。想是对方觉得自己先点饮品不礼貌。

中原叫来服务员，点了咖啡。仁科也点了一样的。

"冒昧地联系您，很抱歉。"

听到中原这句话，仁科连忙摆手说完全没有。

"我很意外，您能给我跟您谈话的机会，我真的十分感激。"随后，他将双手放在膝盖上，再次深深地低下了头。"我们家的人做出了那样严重的事，真的万分抱歉。刑事责任由他本人承担，但是我也想尽可能地表达我们的诚意。"

"请您把头抬起来吧。我联系您，并不是想听您道歉。您的心意，我通过那封信已经十分清楚了。若不是有诚心，也写不出那样的信。不，应该说，根本就想不起给死者家属写那样的信。"

仁科缓缓抬起头，直直地看向中原。他的嘴唇紧紧地抿成了一条线，神色里有一丝苦楚。

他真的是一个实诚人，中原心想。这样的情绪，怕是演不出来的。在电话里，中原也感觉到他很真诚，见面后这种感觉更强烈了。

仁科的信，中原昨天才好好读了一遍。他在电话里问里江能否让自己看看，对方爽快地答应了，把信用传真发给了他。读过后，他又打电话给里江，问自己可不可以跟仁科见面。当然，她很惊讶，问他为什么要这么做。

中原回答说，他想看看对方究竟是个什么样的人。

"现在，我算不上小夜子的家属了，所以我想我能够以第三方的立场去看待他。当然，我也做不到完全客观地审视，不过我觉得事先了解对手没什么坏处。"

对于他的解释，里江和宗一商量过后表示，这样的说法他们能接受。

后来，他给仁科打电话约定了见面的事。那封信里就有仁科的电话号码。面对被害人前夫的联络，仁科似乎有些困惑，中原告诉他是受了家属委托，他便立刻理解了。

中原给里江他们的解释并非谎言。读完那封信后，他确实产生了好奇，想知道写信的究竟是个怎样的人。不过在此之前，中原就已经想着无论如何要见仁科一面了。富士宫、井口纱织、儿童医疗咨询室——这些真的只是偶然吗？

"但我还是感觉很难理解，"中原说，"刚才，您用了家里人这个词，可实际上您和他只是女婿和岳父的关系。只要您愿意，我想您随时都可以与他断绝关系。但您并没有那样做，而是选择像亲生儿子一样参与这件事。我觉得您是一个了不起的人。但是又太过完美了，甚至让我感到有些不自然。"

仁科摇了摇头。

"其实根本不存在您说的什么完美。岳父做出那样的事来也有我的责任。所以我无法做出断绝关系这种不负责任的事情。"

"我所说的太过完美就是这个意思。本来您对他也没有赡养义务，不是吗？"

"就算我没有我妻子也有。如果妻子没有那个经济能力，那么丈夫来承担也是理所当然。"

"但是您妻子不是已经断绝了对她父亲的经济援助吗？看上去您并没有任何过失，也没有责任。就算您真的拒绝跟这件事情扯上关系，也不会有人多说什么。"

"我妻子是替我着想，才违心做出了那样的决定。这很难说跟我没有关系。"仁科的视线越来越低，最终垂下了头。

咖啡送来了。中原加了牛奶，开始拿勺子搅拌，而仁科仍低垂着头。

"您还是喝点咖啡吧，否则连我都不好下嘴了。"

"啊，好。"仁科抬起头，什么也没放就喝了一口。

"您家里怎么看？"

中原的提问让仁科抬起了头。

"我不是问您妻子跟孩子的看法，是您父母或兄弟姐妹的态度。关于这次的事，他们有什么意见？"

"那当然是觉得给他们找了大麻烦……"

"他们没让您跟妻子离婚？"

仁科没回答，痛苦地撇撇嘴。这一反应，中原看在了眼里。

"看来他们还是这样跟您说了。"

仁科长长地呼了口气。

"大家都有自己的社会立场，他们说的我理解。"

"但您并不打算离婚。是因为您觉得妻子对您更重要？"

"我……必须负起这个责任。我不能逃避。"仁科还是一副痛苦的表情，但说得很坚定。他的视线低垂，但里面似乎暗藏着无可动摇的决心。究竟是什么让他的道德观念如此稳固？中原心想。又或者支撑着他的并非单纯的道德？

"您老家好像是在富士宫吧？"中原切入主题。

仁科怔了一下，仿佛被问了个措手不及。他眨了眨眼，说道："是的。您为什么问这个呢？"

"您父母也在富士宫？"

"母亲在，父亲几年前去世了。"

"您老家大概在什么位置？"

"在一个叫富士见丘的地方……"

"富士见丘？"中原从上衣内袋里掏出圆珠笔，并抽了一张餐巾纸，在上面写下了"富士见丘"几个字。"是这样写吗？"

"嗯。"

"是吗。其实我也认识一个富士宫出身的人。岁数也感觉跟您差不多。您就读的高中叫什么？"

仁科面带困惑，而他回答的高中跟中原预料的是同一个，在当地，那是一所数一数二的重点高中。不过他真正想知道的并非高中的名字。

"了不起呀。顺带问一句，初中呢？"

仁科讶异地皱起眉头。"即便说了您可能也不知道。"

"您先告诉我可以吗？我想去问问我认识的那个人。"

仁科踌躇了一会儿回答说："富士宫第五中学。"他的声音好像比之前更加低沉了。

"那是一所公立初中吧？"

"是的。"

中原在刚才那张餐巾纸上写下高中和初中的校名，然后将其叠起来和圆珠笔一起收回了内袋。

"那儿离富士山很近吧。真羡慕。您常常去爬山吗？"

"没有，我没那么……"仁科此时的神色似乎在询问对方为何要打听这些。

"说起这富士山，那附近还有树海吧。您去过吗？"

瞬间，仁科眼神里的光似乎有所动摇。他的视线在半空中游离了一阵，然后他再次看向中原的眼睛。

"小学的时候，因为郊游还是什么的去过。不过，应该也就只是那时候去过。那里有什么问题吗？"

"嗯，其实……"中原从身旁的公文包里取出三张照片，放到仁科面前。这三张照片是从数码相机里打印出来的。"案发十天前，小夜子去拍了这些照片。这是青木原树海吧？"

看着照片，仁科歪了歪头。

"这……我不知道。刚才我也说过，小学之后我就没去过了。"

中原试图仔细观察对方任何一点表情的变化，但他看不出仁科是否有所动摇。只不过，他的语气好像稍微僵硬了一些。

"是吗？"中原点了点头，将照片收回包里，然后又取出一张纸，眼睛的余光则观察着端起玻璃杯喝水的仁科。那张纸，正是里江传真过来的儿童医疗咨询室的宣传单。

这下子仁科的表情明显有了变化。他瞪大了眼睛，似乎很吃惊。

"这是……"

"您肯定是知道的吧？这可是您单位办的活动。"

仁科伸了伸脖子，仿佛要咽下什么一样。"对。"

"这上面有一些日期，我上网查过，这一天的负责人是您，"中原指着其中一个日期说道，"没错吧？"

仁科舔了下嘴唇，点了点头。"是。"

"您仔细看看。这可是小夜子被害三天前。您怎么想？"

"……这，嗯，就算是吧，可……"仁科喝了口咖啡，"我不明白，您现在为什么要提这些？这张宣传单……儿童医疗咨询室的活动有什么问题吗？"

中原将宣传单拿到手里。

"这是一份传真。原件是从小夜子的遗物里找出来的。她又没有孩子，之所以有这个东西，我想肯定是有什么原因。她的职业是自由撰稿人，最合理的解释应该就是为了采访拿的这张单子。所以我想问问您，小夜子有没有去过这个儿童医疗咨询室的活动？"

仁科紧紧地盯着那张宣传单，缓缓眨了几下眼睛，视线又回到中原身上。在中原看来，他的这些表现仿佛是在斩断什么。

"不，没来过。"

"确定？"

"是。"

"明白了。"中原将宣传单放回包里。

"中原先生，"仁科唤了中原一声，"您联系我，就是为了问这些吗？"

"是的，"中原回答，"不可以吗？冒犯到您了？"

"怎么会，"仁科摇摇头，"什么冒犯不冒犯的，我根本没有说那些话的资格。只不过，我们并没有逃避什么，也没有隐瞒什么。如果您有什么想说的，请别顾虑太多，还是直说为好。"

"我想说的？"

中原刚说完这句话就想到了一件事。那是他在这样和仁科对峙之前没有想过的。

中原回了一声"好的"，微微挺了挺胸膛。仁科似乎也受到了他的影响，端正了一下坐姿。

"爸妈……小夜子的父母希望判处罪犯死刑。"

仁科的睫毛微微颤动了一下。"嗯。"他轻声应道。

"但凶手是初犯，被害人也只有一个，而且凶手还自首了。考虑到这些情况，死刑应该是不可能的。只不过抢劫杀人罪的量刑可以到死刑或者无期徒刑，不判死刑也是判无期。即便从轻判罚，也有个二十五年或者三十年。对于高龄的罪犯来说，这也算十分严酷的判罚了。"

"但是——"中原继续说道。

"如果这并非单纯的抢劫杀人，而是存在另外的从轻判罚的动机，那么刑期就有可能大大缩短。比如说，他是为别人做了这件事情。"

仁科的面颊抽搐着，脸也一下子红了。那是他第一次显现出明显的表情变化。中原有了正中靶心的感觉。

果然没错。这个人跟案子有关。所以他才不跟妻子离婚，而是选择跟凶手一起背负惩罚。

可仁科的表情瞬间又恢复了平静。

"我不大清楚您话里的意思。"

中原默默地盯着对方的眼睛。仁科也直视着回应。眼神中并没有闪烁之色。

"是吗？那对不起，我说了些废话。我想说的就这些了。那么今天的事情，我会如实转告小夜子的父母。"

"拜托您了。请您转告他们，我真心感到抱歉。"

"明白了。"

中原的手伸向账单，仁科却抢先拿走了。"别，这个我来。"

"让您破费了。"中原抱着包站起身，看着仁科，"有一件事情，我忘记问了。"

"什么事？"

"刚才我说我认识一个老家在富士宫的人。她是位女士，名叫井口纱织。您是不是认识？"

仁科倒吸了一口气，中原瞬间明白了什么。

"不，我不认识。"

中原点点头。"那太可惜了。"

中原转身向出口走去。他脑子里在想着什么时候请假。当然，是为了去富士宫。

15

电视画面里，坏蛋又在像往常一样胡作非为。这时候，正义使者总会登场。作恶之人终将受到惩罚——这是他的经典台词。坏蛋会抵抗，但最后都将败在正义使者的手下。皆大欢喜。

小翔拍着手，在床上直蹦跶。"我能再看一集吗？"他回头看着花惠问。"只能再看一集哦。"花惠这样回答。他开心地按起了遥控器。他的动作很熟练，花惠却觉得很难理解，同样的动画片，看那么多次有什么意思？

花惠看了一眼摆在电视机旁边的时钟。已过了晚上八点半了。也不知他跟对方谈得怎么样了？她脑子里全是这件事，这一天什么也做不了。

史也昨天晚上告诉她，浜冈小夜子的家属联系他了，那人是小夜子的前夫，严格意义上说算不上家属。不过他好像是受了对方父母的委托，也算一回事。

听说是那个叫中原的人主动打电话来说想与史也见面。史也当然也答应了。他们约定今晚在市内某酒店见面。

是为了什么，对方在电话里没有说。

不管对方怎么骂，我都得忍着，提出的要求再无理，我也不打算拒绝——这是今天早上史也出门时说过的话。

他话里的意思她很明白。他们没有任何谈条件的资格。只是，一想到史也默不作声低头认错的模样，她心里就阵阵绞痛。

这样的日子究竟要持续到什么时候？她这样想着。在附近走动时，她总感觉别人在拿白眼看她。今天小翔也请假没去幼儿园。估计接下来得另找其他幼儿园了。可人家会不会收呢？心中的不安若是细数起来，简直没个头。

"呀，"小翔喊了一声，朝门口望去，"是爸爸！"

他应该是听见了玄关处的开门声。即便沉迷于动画片，小孩子也不会错过自认为重要的动静。

小翔往走廊上去了。"你回来啦！"他的声音劲头十足。"我回来啦。"史也回应他。花惠不自觉地握紧了手。

小翔回到屋里。随后史也也进了屋。"回来啦。"花惠说道。她能感觉到自己的神情很僵硬。

他点点头，关上了门，但并未进客厅，应该是去二楼换衣服了。

花惠将小翔留在客厅，自己走了出来。她上楼打开卧室的门。史也正在松领带。

"怎么样？"花惠对着丈夫的背影问道。

史也缓缓转过身。看见他的脸，花惠不禁一惊。因为那表情太过阴郁。

"说你什么了？"

他叹了口气。"没被说什么，被问了话。"

"被问了话？问什么？"

"许多事。"史也脱掉外套扔到床上。他看着花惠的脸继续说道："可能，一切都完了。"

花惠一愣。"……什么意思？"

史也坐到床边，头无力地低垂下去，然后缓缓摇了摇头。

"那位叫中原的注意到了，这不是一次简单的抢劫杀人。"

"啊？"

史也抬头看着花惠。眼神暗淡。

"他给我看了树海的照片。照片好像是浜冈小夜子照的。他还问我说，既然我是富士宫人，应该也去过那里吧。"

树海这两个字，沉沉地压在了花惠的心头。"如果只是这些，也不用……"

"不只是这些。"

史也将他跟中原交谈的内容一点点复述出来。每一个字都像用刀慢慢地扎进了花惠的心里。

"中原先生似乎还没有察觉到事情的真相。但我想那也只是时间问题。我们还是做好心理准备吧。"

"怎么会……"

花惠的视线落在了脚边。她觉得自己马上就要随之坠落。

"妈妈——"她听到了喊声。是小翔在喊她。"妈妈——"

"你去带他，"史也说道，"快去。"

花惠朝门口走去。出门前，她回头看了一眼丈夫，视线与之相对。

"对不起了，都怪我。"

她摇摇头。"你一点错也没有。"

史也淡淡一笑，低下了头。见他那样，花惠很难过，然后她走出了房间。

下楼时，她感到一阵晕眩，赶忙伸手扶住墙壁。这一瞬间展现在她眼底的，是白雪铺满大地的树海。

五年前的二月——

得知田端祐二自杀身亡、自己被骗的那一刻，花惠体会到了失魂落魄的感觉。

在网吧昏倒之后的那几天，花惠完全没有记忆。她似乎只昏厥了那么几分钟，可后来她做了些什么，怎么度过的，她全然不记得。

但有一件事是肯定的，就是那时候她决定去死。花惠带上极少的行李就离开了家。她把所有的钱都装进了钱包里。她不想给任何人带去困扰，打算找一个可以不那么痛苦地死去的地方，在那里结束生命。

其实她老早就想好了一个地方，所以她才穿上球鞋，用双肩包带上随身行李，而没用手提包。她觉得那里应该很冷，于是围了围巾，还戴了手套。

她在书店查了路线就朝着目的地出发了。换了几次地铁后，她最后来到了河口湖站。从那里开始要坐公交。公交车是那种引擎盖前凸的怀旧设计。可能因为二月份是淡季，乘客很少。

一路颠簸了三十分钟，她在西湖蝙蝠洞站下了车，因为那里是书上推荐的徒步游览路线的起点。在宽敞的停车场一角有一块硕大的牌子，上面画有徒步游览的路线。

关于青木原树海，她是从母亲克枝那里听来的。据说这里曾出现在某部小说里，也因此成了著名的自杀之地。听说一旦在里面迷路就绝对走不出来了，就连指南针也不起作用。换句话说，自杀的决心在那里不会受到动摇。

花惠摸了摸围在脖子上的围巾。到时候就随便把它拴在某棵树上，上吊就好了。为了不被人找到，有必要尽可能地离徒步路远一些。

就在她边寻思这些边看地图时，身旁有人搭话："您一个人吗？"一名身穿黑色羽绒服、三十出头的男子正站在身旁。

"是的……"花惠戒备地答道。

"您打算进山里散步？"

"嗯……"

男子点点头，看了看花惠的脚下。"这鞋能行吗？"

她低头看了看自己的球鞋。"不行吗？"

"路上还有积雪。要多加小心，别滑倒了。"

"哦，好。谢谢。"花惠向男子低头道谢便赶紧走开了。如果再多说两句，他可能就会明白自己要干什么了。

正如男子所说，徒步路上覆满了白雪。不过积雪并不太深，鞋子没有被埋住。花惠觉得，富山乡下的积雪路才更难走。

没走多久，她就被苍郁的树木包围了。虽然地上有很多落叶，但大部分树上都还留着葱绿的叶子。她这才明白，原来青木原的名字是这么来的。

走了大约十分钟，她停了下来。前方已没有人影。她又缓缓回头。后面也没有人。

一个深呼吸，吐出来的气都化作白雾消散了。

她走出山路，向林间走去。雪踩在脚下嘎吱作响。这时风声也更大了。她感觉自己的耳朵正因为严寒而微微作痛。

究竟走了多久？因为脚下越发难走，她一直低头前行，也感觉不出距离。她抬起头环视四周。

她愕然了。无论看向哪边，景色居然都出奇地相像。地面一片雪白，树木密集得使人不禁内心发毛。

神秘的气息仿佛一点点从地面升腾而起。

哦，我就要死在这里了。她想。花惠打算回想一下自己的人生，可脑子里出现的却尽是田端。自己为什么摊上了这么个男人呢？如果没遇见他，自己的人生一定会好上许多。

仔细想想，自己就跟母亲一样。克枝也是被作造骗了。不，克枝和作造起码结婚了，她可能还比自己好些。

事已至此，她才感觉自己深陷在哀伤之中。花惠蹲下去，用双手捂住了脸。她从未如此刻般深切地感觉到活着的艰难。

母亲的面庞忽而出现在脑海中。克枝面带笑容，向自己伸出了手。她仿佛在说：到这里来。

嗯。我这就去——

可就在那时，有什么东西触碰了她的肩膀。花惠惊恐地仰起脸。不知是谁正站在她身旁。"没事吧？"那人问。

定睛一看，原来是刚才那名男子。他正担忧地盯着她的脸。

"是不是身体不舒服？"

她完全糊涂了。为什么这名男子会出现在这里？

花惠站起身，摇了摇头。"我没什么事。"

"这里距离徒步路已经很远了，我们往回走吧。"

"哦……您先走吧。"

"一起走吧。请跟我来。"他措辞谦恭，语气却很强硬。

"我还想再、再在这里多待一会儿……"

"不行，"男子坚定地说，"您的身子应该不允许吧？"

花惠讶异地望向男子，对方则嘴角上扬，从口袋里掏出一张卡片递给她。"我是干这行的。"

那是庆明大学医学部附属医院的通行证。上面写了"仁科史也"几个字。

"刚才见到您时我就明白了，您应该是怀孕了。如果我说错了，那么抱歉。"

花惠低头抚摸着自己的小腹。"没有，您说对了。"

"是吧。我多少有些担心，就试着找您，结果在森林里隐约看到了您的背影。我心想不好，这才追着脚印跟到这里来。好了，回去吧。我不能把一名孕妇丢在这里不管。如果您不回去，那我也留在这儿。您看怎么办？"

他的话里有着不容分说的意味。花惠点点头，回答说明白了。

回到徒步路上，两个人都没有特意说些什么。他们往刚才的停车场走去。仁科一直默不作声地走着。

"您……是来这儿旅行的吗？"花惠问。

"说旅行倒是有点不准确。我老家就在富士宫，是回东京路上顺道来的，"说完仁科又微微歪着脑袋说道，"算是……扫墓吧。"

"哦。"花惠不禁叹了一声。她这才想明白缘由。恐怕，他认识的某个人在这里自杀了。

"您从哪儿来？"

"我……从相模原。"

花惠本以为对方会问自己为什么来这里，可他却没再说什么。

他们回到了停车场。仁科并未停下脚步，而是继续向前走着。

"那……"花惠在他背后开口说道，"我就到这儿吧……"

他终于停下来，转过了身。

"我送您到河口湖站吧。公交一时半会儿也来不了。"

"不，不用了。我自己等。"

他大踏步地靠近她。

"我送您。您还是早点找个暖和的地方好。会伤身体的。"

"没关系。您别管我了。"花惠低下头。

她感觉仁科又靠近了一些。

"死在树海里，可是一点好处都没有。"

花惠吃了一惊，抬起头。二人目光相对，她又再次低下头。

"我听说过一些不好的传闻，并不是说被树海包围了，就能死得轻松，还要被野生动物随意啃食，最后只会留下一具不堪入目的尸骸。对了，指南针不起作用也是骗人的。"他拍了一下花惠的肩膀，"走吧。"

看起来只能作罢了，花惠想，还是另找别处去死吧。确实也不必非死在这树海里。

仁科的车停在停车场的一角。他为花惠拉开副驾驶的门，于是花惠卸下背包钻了进去。

他脱掉羽绒服，坐到驾驶席上后问道："您家里还有什么人吗？"

"没有，我一个人住。"

"您先生呢？"

"……我没结婚。"

"哦……"

花惠的头低垂着，却能感觉到仁科正望着自己的小腹。她以为他就要问自己，那孩子的父亲呢？

"您父母呢？"他稍作停顿后却问了这样一句，"或者有没有兄弟姐妹能联系上？"

花惠摇摇头。"我没兄弟姐妹，父母也死了。"

"那有没有平时跟您关系近的人？比如工作单位里总该有什么熟人吧？"

"没有。工作我辞掉了。"

仁科沉默了。能感觉到他正在犯愁。

他一定在想，这下子惹上麻烦了。或许还在后悔找自己说了话吧。管他呢。花惠想。他就不该管。

花惠听到一声叹息。仁科系上安全带，发动了引擎。

"明白了。那您把住址告诉我。刚刚您说是在相模原对吧？"他开始设置起导航。

"您打算干什么？"

"总之我先送您回家。之后该怎么办，我再边开车边想。"

"这……不必了。您让我在河口湖站下车。"

"那不行。我担心您之后还会做傻事。好了，快说地址吧。"

花惠不作声。他又叹了口气。

"如果您不告诉我地址，那么我只能给警察打电话了。"

"警察……"花惠盯着仁科的脸。

他一脸无可奈何地点了点头。

"我在树海里发现了一名企图自杀的女子，当然有义务报警。"他从口袋里掏出手机，"怎么样？"

她轻轻挥了挥手。"别打电话。我不自杀了。"

"那么告诉我地址吧。"

看来仁科是不打算让步了。花惠小声说出地址。他随即设置了导航。

"如果不是太不舒服的话，可不可以系上安全带？"

"哦，好。"花惠只得听他的，系上了安全带。

车里，仁科没有询问花惠寻死的理由，而是说了一些他工作的医院的话题。他说他是儿科医生，现在手上正有几个被疑难杂症折磨的孩子。还有的孩子，生下来就靠插管活着。

"不过——"仁科继续说道。

"他们没有一个人后悔被生出来。他们的父母也不后悔生他们。无论患有怎样的疾病，生命的轻重都没有分别。我觉得这一点绝对不能忘记。"

他想说什么已经很明显了。大概就是要她珍视生命吧。那种事谁都明白。可是，如果活着更痛苦，又该怎么办呢？

似乎是察觉到了花惠心中所想，他又继续说道："或许您觉得，命是自己的，想怎么样都可以。可那并不对。您的命不是您自己一个人的，也是您父母的，就算他们已经去世了，也是您身边所有人的，哪怕你们并不熟悉。唉，现在也算是我的了。因为如果您死了，我肯定也会伤心。"

花惠惊讶地望向仁科的侧脸。还是第一次有人这样对她说话，就连田端都没这样说过。

"而且您还忘了一件重要的事。您所拥有的生命不是只有一个。现在不是还有另外一个吗？但那却并不是您自己的命。我说的没错吧？"

花惠将手放在了小腹上。这些她都明白。可她又能怎么办呢？这孩子没有父亲，甚至根本就不算爱的结晶，是一个男人在诈骗时顺带弄出来的孩子。

车在半路上停进了休息区。仁科提议吃点东西。花惠也想不出拒绝的理由，就跟着一起进了餐厅。

她这几天一直没想过吃的事情，可盯着橱柜里的东西，却激起了她的食欲。回想起来，自己已经好几天没正经吃过东西了。

"吃什么？"仁科在卖餐券的地方问道。他的手上拿着钱包。

"哦，我自己付。"

"别客气。想吃什么？"

"那……"花惠看了一眼橱柜后答道，"鳗鱼饭……"

仁科露出有些惊讶的神色，又微笑着点了点头。"好主意，那我也来一份。"

花惠隔着桌子跟他面对面坐下，吃完了鳗鱼饭。东西很好吃，几乎要使她落下泪来。她仔仔细细地吃掉了最后一粒米。仁科问她好不好吃，她回答说好吃，他便满意地笑了。

"太好了，终于见到您笑了。"

被他这样一说，花惠才意识到自己跟着他笑了。

回到住处时已过了晚上八点。仁科把她送到了门口。

"今天非常感谢您。"花惠低头行礼。

"您自己没问题吧？"仁科问道。花惠回答说没事。

进屋后，她开了灯。空气冰冷。明明今早才离开，她却感觉很久没回来过了。

她坐了下来，拿起毯子披在背后。她抱着双膝，回想起今天一整天的经历。真是奇妙的一天。在树海中受到的死亡召唤。和仁科的相识。还有令人感动的美味的鳗鱼饭。

仁科的话一字一句地在她脑海里重现。

"因为如果您死了，我肯定也会伤心。"

回想起他的话语，花惠感觉内心似乎涌出了一丝勇气。

可是——

这种感觉只持续了一小会儿。光是想想明天该怎么活下去，她就又陷入了绝望。没有钱。没有工作。现在这个身体，就连去陪酒都不行。这样拖下去孩子就要出生了。估计，堕胎已经来不及了。

没办法了。她想。有了勇气的想法只是错觉。

花惠抱着胳膊，脸深深地埋了进去。身在树海时的感觉又回来了。她的脑海中又浮现出母亲的面庞。我终究还是想去那边——

就在这时，来电铃声响了。花惠慢慢抬起头，从包里取出手机。上一次有人打来电话是什么时候的事？显示出的号码她并不认识。

她犹豫地接起电话。"我是仁科，"对方报上姓名，"还好吧？"

花惠想起来，下车前他要了自己的手机号码。

花惠没有作答，对方就焦急地询问道："喂？町村女士，喂？听得见吗？"

"哦……嗯。听得见。"

"太好了。您还好吧？"

花惠又沉默了，她不知该如何回答。结果对方又"喂"了好几声。

"我……仁科先生……"

"哎。"

"对不起。我……我一点也不好。我……我还是没办法……对

214

不起。"

一阵短暂的沉默过后，仁科说道："我现在过去。"说完就挂断了电话。

大约一个小时后，他到了，手里还拎着一个白色塑料袋，装着从便利店买来的热饮和三明治。

花惠喝着热柠檬茶，感觉一直暖到了心里。

"医院里有一个我一直放心不下的小孩，"仁科说道，"那孩子天生心脏就不好，经常心律不齐，看情况随时都可能死亡。所以哪怕是休息日，我也会尽可能抽时间去医院看看。今晚我也去了，那孩子特别精神，还对我这样讲——医生，我没事，今晚您去关心一下其他人吧。我还在想这是乱说些什么呢，可那一瞬间，我就想起了您。我忽然又感觉放心不下，这才给您打了电话。"他露出了洁白的牙齿，"看来，这电话是打对了。"

一股热流涌上花惠心头。她还是头一次听到这样温柔的话语。眼泪止不住地流了出来，她赶忙接过仁科递过来的纸巾放在眼睛下面。

"仁科先生，为什么您不问我想死的原因？"

他有些尴尬地挠了挠头。

"因为我想那不是轻易就能跟只见过一次面的人说出口的事。一个人想死绝不会是有什么轻率的原因。"

他是个诚恳的人。花惠心想。估计比自己迄今为止见过的任何一个人都诚实，都更严格地要求着自己。

花惠盯着仁科的眼睛。"那您愿不愿意听我说说？"

他端正地跪坐着，腰挺得笔直。"如果可以的话。"

就这样，花惠将漫长的故事告诉了这个刚认识不久的人。她不懂得如何取舍，就从儿时开始说起。她觉得自己的话很混乱，就连自己都不大听得懂，但仁科还是耐心地倾听着。

她说完后，他沉默地盯着墙壁看了许久。那眼神很锐利，花惠也不敢轻易唤他的名字。她完全不明白，是什么让他这样严肃。

过了一会儿，仁科重重地叹了口气，面朝向花惠。

"您真的经历了许多痛苦，"他露出温暖的笑容，"但是，还请您先把寻死的想法放一放。"

"……您觉得我究竟应该怎么办？"

仁科却将视线投向洗碗池。"您是自己做饭吧。饭做得怎么样？"

这是个意料之外的问题，花惠的回答慢了半拍。

"算不上好，但一些简单的都会。"

"是吗。"仁科说着就从口袋里掏出了钱包，从里面抽出一张一万日元的钞票放在花惠面前。她看着他，不明白这是什么意思。

"我们明天再谈吧，就在这里边吃边说。"

"啊？"

"我平常都在医院食堂吃晚饭，可那儿一直不怎么换菜单，我都有点吃腻了。所以我想拜托您做。这算是食材费和劳务费。"

这些出乎意料的话让花惠不知所措。

"吃我做的饭菜？"

"是，"他微笑着点头，"我大概晚上八点左右来。能否请您到时候准备好饭菜？"

"我做的菜真的可以吗？我可不会做什么新奇的东西。"

"普通的饭菜就行。我没什么不吃的。就拜托您了可以吗？"

花惠盯着摆在面前的一万日元钞票，随后抬起头。

"明白了。我试试。不过味道还请您别太期待。"

"那怎么行，我特别期待。谢谢您答应我。"说着仁科就站了起来，"那么明天见。"

"哦，好的。"

花惠起身时，他已经穿好了鞋。"晚安。"他说完就出了屋子。

花惠完全摸不着头脑了。仁科为什么要对自己说那些话？

她将钱放进钱包里，同时思考着究竟要做什么菜好。他是位医生，肯定早已吃惯了高级菜。想跟那些东西比实在是不可能。

想着想着，她感觉肚子又饿了。冰箱里还有没有什么吃的？正琢磨着，她的目光就落在了便利店的塑料袋上。那里面装着三明治。

那我就吃了——她在心里对仁科说着，手伸进塑料袋拿起三明治。

第二天，她带着许久未见的好心情醒来。自从知道田端的死之后，这还是她头一次睡了个好觉。

她回想起昨天的事情，感觉一切都像一场梦。可三明治的塑料包装就在垃圾桶里，这证明了一切都是真的。

花惠从床上坐起身。现在可不是磨蹭的时候。天黑前得把饭菜做好。

她思考着菜单，将要买的食材记在了纸上。虽然会的不多，但她还是有几道拿手菜的。她打算就做那些。

菜单定好后，她就去超市买了菜。回来的路上还去麦当劳吃了汉堡。自从昨晚吃完鳗鱼饭后，她好像又有了食欲。

回家后她就赶紧开始备菜。正式使用这些锅碗瓢盆，似乎已是很久以前的事了。

晚上刚过八点，仁科就来了。花惠感觉自己就像一个向老师交答卷的学生，将菜摆上了饭桌。筑前煮、炸鸡块、麻婆豆腐、鸡蛋汤——这几个菜组合在一起完全不像一餐。可他吃着那些菜，仍对她说很好吃。

仁科一边吃饭一边聊着来医院治病的孩子们。话题并不全是消沉的，也有欢快的东西。听到有个小男孩因为不想错失郊游的机会而在体温计上作假，花惠也笑了。

仁科不只是自说自话，还试着让花惠也说说自己的事。兴趣爱好、喜欢的音乐、喜欢的艺人、常去玩的地方等等。花惠还是第一次对别人说这么多自己的事情，跟田端她都没说过。

"吃饱啦。找你真是找对了。我好久没吃别人亲手做的家常饭菜了。"饭后，仁科亲近地说道。

"希望合您胃口。"

"非常好吃。所以我想跟你商量商量，明天可不可以还拜托你做？"

"啊？明天也做？"

"是。可以的话，后天、大后天，每天都做。"仁科轻快地说道。

"每天……"花惠不停地眨着眼睛。

"不行吗？"

"不，也不是不行……"

"那就拜托了。这些你先拿着。"仁科从钱包里拿出钱放在桌上，一共有五万日元。"不够了再告诉我。"

花惠目瞪口呆，不知说什么好。仁科说他吃饱了，明天再见，然后就走了。

花惠一边洗着餐具，一边盘算着明天去趟书店。她要去买菜谱。她觉得菜品得再丰盛些。

那之后，仁科每天都来家里。花惠每天有一大半时间都花在为他做吃的上。她一点也不为此感到厌烦，反倒很上心。她打心底里觉得，能为别人真心诚意地付出，是十分幸福的事。

让她开心的不只是做菜，她还真切地盼望着仁科的到来。只要对方迟到哪怕一小会儿，她就会担心是不是有急诊患者耽误了。

日子就这样过去了十天。十天后的那天晚上，他吃完饭后，面色稍有些凝重地告诉她，有很重要的事要谈。

"关于你和你肚子里孩子的将来，我试着自己考虑了一下。"他坐得笔直，紧盯着花惠的眼睛。

她则将双手放到膝盖上。"嗯。"

"我觉得，或许可以去申领生活补助，女人一个人养育孩子也不是不可能的事情。可是，孩子还是有父亲在身边才好，别的不说，如果将来无法对孩子解释父亲的事情，该怎么办？所以我提议，由我来做他的父亲，怎么样？"

他一口气说完，内容却完全令人意想不到。花惠一时说不出话来。

"哦，唉，也就是说……"仁科挠了挠头说道，"提出这个建议的同时，也算是求婚吧，请你做我妻子。"

她仍沉默不语，他则以眼神试探——不行吗？

花惠伸出右手按压在自己的胸口上。因为心脏跳得太快，她已经感觉有些痛苦了。她咽了口唾沫，调整呼吸后开口说道："这该不会是……开玩笑吧？"

仁科的表情严肃起来，收紧了下巴。"这种话，是不能骗人和拿来开玩笑的。"

"可是这样不好。同情一个人就跟她结婚，这说不过去。"

"这不是什么同情。是我也考虑了自己的人生后得出的结论。这十天来，我吃了很多你亲手做的饭菜，也知道了很多你的事情。这才跟你提出这件事。当然，如果你不愿意，那我只好放弃了。"

仁科的话流向了花惠的内心深处，仿佛水流进了干涸的土地。这种像梦一样的事情真的可能发生在自己身上吗？这简直是奇迹。

花惠低下了头。她的身体止不住地颤抖。

"怎么了？"仁科问，"是我说了什么不该说的话吗？"

她摇摇头。"是我不敢相信……"只是这一句话就已经耗尽了全力。她的泪水涌了出来。究竟多久没有因为欢喜而流泪了？

她感觉到仁科站起了身。他站到花惠身边，用双臂揽住了她的头。"今后请多关照。"

灼热而巨大的波涛涌上花惠心头。她的手也伸向了仁科的后背。

如果是为了这个人，就算是命也可以给。她想。

16

通话结束，红色的智能手机被扔到了床上。毛毯是红色的。枕套也是红色的。

电磁炉上的红色热水壶开始冒出蒸汽。井口纱织关掉开关，拿起水壶。开水缓缓流入已放好茶包的茶杯里。茶杯当然也是红色的。

她坐到椅子上，将头痛药塞进嘴里，然后喝了口红茶。头从早上开始就晕乎乎的，恐怕是要变天了。每到那时她都会这样。

叼起烟，点着火。正如她所料，连烟抽着也没味了。就算是这样，她也无法停止吞吐烟雾。

刚才那名男性员工对她吼的那些话，还回响在耳边。

"又请假？我告诉你，趁着还能瞒得住年龄，最好赶紧多赚点吧。"

纱织鼻子里发出哼的一声。要你多管闲事。到了那个时候，也就是换家店的事。如今这年头，也有人就喜欢年纪大的。而且这一副脸色苍白、无精打采的样子，就算去替客人口交，人家能开心吗？

纱织紧皱眉头，正拿指尖按摩自己的太阳穴，床上又传来了来电铃声。会不会是店长？

她起身把烟摁灭在烟灰缸里，然后拿起了手机。来电显示是"日山"，一个她不能不理的人。

"喂？"她接起电话。

"喂？井口女士。我是日山，现在方便说话吗？"

"可以的。"

"是这样。有个人来我这里说想要井口女士的联系方式。不过这人也不算是完全不认识。井口女士也见过的。就是浜冈小夜子女士的前夫。那位姓中原的先生。"

"是守夜的时候……"

"嗯，对对。就是那位。您看怎么样？"

"他为什么想要我的联系方式？"

"说是想跟您谈谈小夜子的事情。我想说不能随便给他，所以才给您打了电话。"

"具体为了什么事，您也不知道是吗？"

"是，他没告诉我。中原先生说他想直接跟您谈。我可以告诉他吗？"

如果回答说不行，纱织会觉得有些尴尬。而且她很在意对方找她究竟是为了什么。那可是浜冈小夜子的前夫。

"明白了。"她答道。

"那我就告诉他了？"

"好的。"

"好，那就这么办。对了，那之后您过得怎么样？身体还好吧？"

"嗯，马马虎虎吧。"

日山千鹤子说了一些关心纱织身体的话，然后以一句"那么再联系"结束了通话。

纱织将手机放到桌上，端起红茶放到嘴边。浜冈小夜子的前夫。她试图回想这个叫中原的人的长相，但没怎么想起来。守夜那晚，或许自己并没仔细看。

喝完红茶，刚把红色茶杯放进洗碗池，手机铃声又响了起来。来电显示是一个从没见过的号码。

纱织做了一次深呼吸，然后接起了电话。"喂？"她说。

"喂？请问是井口女士吗？"手机里传来男性的声音，听起来挺真诚。

"是的。"纱织回答，她想这应该就是中原了。

对方报上了姓名，果然是他。

"其实，我有急事想找您聊聊。能约个地方见面吗？"

"可以是可以，请问是什么事？"

"那些等见面再说吧。您什么时候方便？我希望能尽快跟您见面。毕竟官司快开始了。"

"官司？"

"当然是小夜子谋杀案的官司。"

纱织心头一紧。"您要谈的事跟这场官司有关？"

"还不清楚。也有可能没关系。不过，我还是想先听听您怎么说。"

"这个案子跟我可是没有关系。"

"可能吧，所以我只是想单纯地确认一下。我也不想把事情闹大。"

"你说的把事情闹大是什么意思？"

我不是说了吗——对方停顿了一会儿又继续说道。

"我觉得这些都只是无关紧要的小事，不想去惊动警察。所以我想还是直接跟您见面比较好。因为我觉得，如果是被警察揪住问这问那，井口女士恐怕也不好过。"

语气虽然委婉，但也等同于威胁——如果不见面就让警察接手。纱织心中顿时乌云密布。该怎么办才好？她不知道。

"喂？井口女士。喂？"由于她的沉默，中原开始追问，"听得见吗？"

"嗯。"纱织回答，"听得见……"

"怎么样？我不会花您太长时间。可否见一面？"

中原的言语并不十分严厉，却压得人抬不起头。纱织意识到，之所以会这样，原因在她自己。

她的视线投向柜子。看着摆在那里的照片，她下定了决心。

"知道了，"她答道，"可以。"

"是吗，那您什么时候方便？"

"什么时候都行……今天我请假没上班，今天也行。"

"那就今天吧？时间和地点您来定好了，不管是哪里我都可以。"中原显得劲头十足。

什么时候都可以，不知道选什么地点。面对纱织的这番回答，中原就问她大概住在什么位置。她回答说，吉祥寺。

中原先挂断了电话，说等会儿再打给她。他应该是打算找找适合见面的店。

纱织边抽烟边等他的电话。她不经意地瞟了一眼香烟的包装盒。吸烟会给您的身体——她看到以此开头的警告语，生出一股无名之火。她十几岁就开始抽烟，常常一天抽两包。许多客人都投诉说与她接吻时一嘴烟味。可就算这样，她的身体也没有一点不正常。不正常的就只有脑子。如果说香烟能使人折寿，她希望它赶紧把这条命拿去。

虽然觉得香烟不好抽，纱织手里的香烟还是很快就变成了灰。她又从盒子里抽出一根，就在这时，手机显示又有电话打来了。是中原。

纱织接起电话，他提议说下午六点见面，地点就在吉祥寺车站附近的一家居酒屋。那家店纱织也知道。

"明白了。"说完她就挂断了电话。

那家店在一栋商住两用楼的二楼。纱织向入口处的女服务员报上中原的名字，对方便给她带了路。她被领到了一个雅座里，那里已有一名身着西服的男子在等着了。那人体型较瘦，脸也很瘦长。他剃了一头短发，给人的感觉很清爽。哦，对了，纱织想起来了，那天见到的就是他。

见纱织进来，中原站了起来。"抱歉百忙之中打扰您。"

"没关系。"纱织简短地回答。看对方仍然站着，她也不好坐下。似乎是意识到了这一点，中原说了一声"哦，请坐"，然后便坐了下去。纱织坐在了他对面。

"您喝什么？像这种地方，我想一般都是先点生啤什么的。"中原问道。

"哦……我就点那个吧。"

"好，那就先这么办。"

中原按了一下手边的呼叫按钮。不一会儿女服务员就来了，他点了啤酒和毛豆。

服务员离开后，他便问道："您和小夜子一起喝过酒吗？"

"酒的话，没有……"

"哦，是吗？嗜，她其实挺能喝的。"

或许中原是想制造轻松的气氛。可纱织的身体仍然不听使唤地变得僵硬起来。跟官司有关的事情究竟是什么呢？

"我可以抽烟吗？"她斜眼看着烟灰缸说道。

"哦，当然，您请。"

纱织刚给香烟点上火，生啤和毛豆就被端上来了。

中原喝了一口啤酒，用手背蹭了蹭嘴角，表情稍稍变得严肃了些，他望向纱织。"您和小夜子，都谈过些什么？"

"谈什么……您读过杂志了，我想这您应该知道。"

"您指盗窃的事情？"

"是。"她点点头，朝着下方吐出嘴里的烟。

"另外还谈过什么？"

纱织把烟灰弹到烟灰缸里，用另一只手抓起啤酒杯。

"谈各种事情。兴趣爱好之类的。"

"哦，这样啊。那您的兴趣爱好是什么？"

"算是……电影吧。"

"是吗，喜欢电影很久了吗？"

"是的。这有什么问题吗？"

"没什么。我是在想，当初您还在老家的时候，都会和什么样的人去看电影呢？跟朋友吗？"

"……老家？"

"嗯。您好像是富士宫人吧。我听日山女士说过。"

她不知道对方接下来要说什么，但心里已经有了不祥的预感。纱织喝了口啤酒，打算继续吸烟，却发现香烟已经快烧到过滤嘴了。她赶忙在烟灰缸里将其摁掉。

"您有跟小夜子谈过在富士宫的生活吗？"

中原的眼睛似乎亮了一下。纱织觉得接下来该进入核心问题了。

"还真不好说，有可能谈过，不太记得了。"

中原歪了歪脑袋，反问说："是吗？"他紧接着说道："我觉得您不可能不记得。"

"为什么？"

"小夜子之所以跟您相识，是因为盗窃成瘾症对吧？那么她当然想弄明白您究竟为什么会变成这样。这种情况下，她怎么会不谈及您的过往呢？据那个报道里所写，您十几岁时曾好几次试图自杀对吧？也就是说，在来东京之前，您身上已经发生过什么大事。我觉得这样去理解才比较合理。"

纱织听着中原层层递进的话语，开始后悔了。她不该来这里。她不该见这个人。

"井口女士，"他身体前倾，"可否请您告诉我，您都跟小夜子说了些什么？"

"我……什么都没说。"

"那怎么可能呢？能否请您再坦白一些？"

纱织正打算抽出香烟，却停住了手头的动作。她将烟盒收回包里，站了起来。"我得走了。"

"电话里我也说过了，"中原说道，"如果我从您这里什么都问不出来，那我只好去找警察。在警察那里，我会把我在富士宫得知的一切都说出来。这样您也无所谓吗？"

纱织刚朝着门口转过身去，又停下了脚步。"您去过……富士宫？"

"去过了。在您家以前的房子附近走了走，见了好几个您的初中同学。他们有很多还留在当地，这倒是帮了我大忙。"

纱织低头看着脚尖。她完全失了方寸。

"我看您还是先坐下怎么样？啤酒都还没喝完呢。"

显然，就算她现在逃走，接下来也不知会变成什么样。纱织又坐了回去。

"富士宫第五中学——"中原的语气像在宣布什么东西，"那是您的母校吧？"

"是。"

中原点点头。

"跟那位先生一样。这所学校的名字，我也是从他那里听来的。那位先生，您觉得是谁？"

见纱织不说话，中原又说道："就是仁科史也先生啊。"就这样，她还是什么也没说。于是中原继续说道："您果然一点都不感到意外。因为这名字对您来说不算陌生，甚至再熟悉不过了。"

"我根本不知道您在说什么……"

"是吗？可是您和高自己一级的仁科史也交往的事情，您的同学可都记得很清楚。"

纱织的心跳瞬间变快了。

他嘴里的同学究竟是谁？和史也的交往，她并没有过分声张。不过，他们在街上的确碰巧被人碰见过，她也被别人问起过。

"小夜子是因为采访跟您结识的，却没过多久就在路边遇害。凶手就是您曾经交往过的对象的岳父。我无法把这看成是纯粹的偶然。不，不光是我。不管什么人听到这些都会觉得可疑。所以，井口女士，如果您知道些什么，能不能请您告诉我？"

"我什么都……"她试图取出一根烟，烟却直接掉到了地上，她想赶紧捡起来，却发现指尖正不住地颤抖。她勉强将烟拿到手里，回答说："我什么都不知道。"她的声音也在颤抖。

"那么我告诉警察您也无所谓了？听了我这些话，警察不可能坐视不管。我想，警察侦查起这件事来，您可能就没有现在这样轻松了。"

纱织没有回答，而是试图去点燃嘴里的香烟，可她却怎么也打不燃火，因为她的手在不停地抖。每当紧张的时候，她总会这样，所以她才没能成为美发师。

"井口女士，"中原唤她，"在树海究竟发生过什么？"

"嗯？"纱织不禁仰起了脸。跟中原视线相对之后，她又立刻低下头去。

"我听日山女士说了，听说您家里还摆着树海的照片。而且小夜子也去拍了树海。这件事情我也不得不跟警察报告了。这也无所谓？"

香烟终于被点着了。纱织猛吸了几口，但根本感觉不出什么味道。夹着香烟的手指还在微微颤抖。

"小夜子的死，您是什么时候得知的？"纱织没想到中原忽然又问起了别的事情。"听日山女士说，案发后，是您先给她打的电话。听说您是在新闻上看到了案情的报道。那是什么时候，是哪个节目？"

"那个，是……距案发时间很近……我印象中是。"

"新闻上是说，一名叫作浜冈小夜子的女性被人拿刀杀死了？"

"是的。所以我很震惊才……"

"那就怪了，"中原歪着脖子说道，"我问过小夜子的父母，他们说从来没有人是通过新闻知道这件事后联系的他们。我觉得奇怪，就上网查了媒体当时究竟是如何报道此事的。相关新闻虽然找到了，可里面只说发现一名女子流血倒在路边，送到医院时就已被确认死亡。关于这名女子的姓名则没有任何报道。我猜送到医院之后，她的身份还没能确定，因为驾照或手机之类的能确定她身份的东西都被抢走了。警方或许通过在现场附近进行盘问和搜查，最终确定了她的身份，但并未对外公开。在警察上门找我之前，我对此事并不知情。小夜子的父母和日山女士据说也是一样。所以我才觉得奇怪，为什么您看的那则新闻里，就出现了小夜子的姓名？"

纱织又一次想要逃走了。她险些脱口说出"想跟警察告状还是想干吗随便你"。可是，一想到被一群面容狰狞的警察围住问这问那，她又感到害怕。

"井口女士，按现在这个情况，我是没脸去见小夜子了。"中原的语气沉重起来，"可能您也知道，我跟小夜子有过非常悲惨的经历。因为那件事，我们还离婚了。打那之后，我活到现在心里只想着一件事，就是摆脱那份痛苦的记忆。可小夜子不一样。她非但没有逃避，甚至还坦诚地去面对，为了阻止同样的悲剧再次发生，她一直在战斗。我不禁在想，其实这次的案子，也是因为她的斗争导致的。所以我一定要知道真相，一定要知道究竟发生过什么。拜托了，井口女士。即便您正在隐瞒的事情有违法律，我也决不对警察讲，决不对其他任何人说。我向您保证。所以，可不可以告诉我？求您了。"中原将双手撑在桌子上，深深地低下头。

见他这样，纱织感到无地自容。这个男人曾经历过怎样的痛苦，她听浜冈小夜子说过。现在，小夜子本人也不明不白地被杀害了。渴求真相是理所当然的。

她的耳边回响起浜冈小夜子的话语。

"不是说我就能做到什么。我也没有拯救你的自信。可是，如果你在寻找答案，而我的经历对于找到那个答案又能有一丝帮助，那我希望你能向我敞开心扉。"

如果自己没被这番话打动，这个男人就不会像现在这样痛苦。无论什么时候，自己都是个罪孽深重的人。我早该离开这个世界了——注视着仍低着头的中原，纱织这样想着。

17

由美的公司在饭田桥。那是面朝目白大道而建的一栋高层建筑。电梯有四部，但每一部都很拥挤，总是等不来。好不容易坐上了，中途还得停好多个楼层，到达想去的楼层要花上很长时间。刚下班那段时间就更是这样，里面塞满了赶着回家的职员。

现在正是刚下班的时候。为什么就不能选个别的时间呢？由美在拥挤的电梯里想。

终于到了一楼。随人流出了电梯后，她却走向了跟那群回家的人相反的方向。那些人朝着员工出入口去了，由美则往正门方向走去。

巨大的前厅设计成天井，摆有一些沙发，史也正坐在沙发上等她。他穿着西服，却没打领带。见到由美，他轻轻摆了摆手。

见由美在对面坐定，史也便开口说道："比较突然，不好意思了。"他的神情似乎有些暗淡。

大约三十分钟前，史也打来了电话，问可不可以现在去她公司，说是有急事要谈。之前他从没去过由美的公司。

"最近都挺闲的，偏偏今天要加班。如果再晚一些，至少还能在外面边喝茶边聊。"

"不用，很不巧，其实我也没什么时间。今晚有人要上我家里来。七点之前我必须得回去。"史也看着手表说。

"哦？是我认识的人吗？"

"不，是你从来没见过的人。"

"是吗，"既然如此，由美便也没了兴趣，"那你说要谈的是什么事？"

"嗯——"史也的视线低了下去。他是真的没什么精神。

"我给你带来了很多麻烦，很抱歉。"他轻声说道。

由美叹了口气，摸了摸头发。"你既然知道，就早点直说啊。"见史也抬起头，她就盯着他的眼睛继续说道："你是不是有事情瞒着我？"

他闭上嘴巴，眨了眨眼睛，又点了点头。

"所以今天你来是打算说说这件事了？"

"不。"史也摇了摇头。

"说来话长。而且那些话也不可能在这里说。"他从上衣内侧口袋里掏出一个信封，"等会儿你看看这个。"

由美接过信封。那厚度超出了她的想象。看起来信纸的页数不少。

"现在不能看？"

"还是别看的好。我希望你等会儿找个没人的地方再看。"

"你这……究竟是干什么呢……"

由美的目光再次落到信封上，上面写着"由美亲启"几个字。不祥的预感在她心中蔓延。显然，这里面写的并不是什么值得开心的事。

"眼下你就没什么好说的？"

只见史也的胸口有了剧烈的起伏，之后，他也直直地望向她。

"我只想说一句话。希望你不要责怪花惠。她没有任何过错。"

"可是……"

"你们说的没错。小翔不是我的孩子，但我并没被花惠骗。当初认识她时，我就知道她已经怀孕了。"

"你就那么喜欢她，连这种事情都可以不管不顾？"

这句话使他的表情放松了一些。

"如果我能毫不犹豫地回答你说是该多好，不过非常遗憾，不只是那样。关于理由，我想你看完信之后就会明白。"

"都写在里头了？"

"没有写得很直接，不过我想你会明白的。"

由美攥着信封的手更用力了。这里面究竟写了些什么，她完全无法想象。

"由美。"史也开口说道。

"家里人就拜托你照顾了。花惠和小翔，还有妈，只能靠你了。"史也低下了头。

由美瞪大眼睛看着哥哥。

"你这是干什么？什么意思？什么靠我了？哥，你这是要出远门？"

史也神情尴尬地避开了她的目光，然后视线又再次落到了她身上。

"是啊，我想差不多可以这么说吧。"

"要去哪儿？你说清楚。"

但史也没有回答，看了看表就站了起来。"哥——"由美唤了他一句。她感觉到周围有几个人在朝这边看，但她顾不上了。

"你好好的。"史也留下这句话就大步离开了。

"你……你等等。"由美在他身后追着。就在正门处，她抓住了哥哥的手腕。"你怎么能这样呢？你说清楚——"

她没把话说完，因为她看到了史也的眼睛。他的眼睛通红，布满血丝，还含着眼泪。

"由美，真的对不起。"

"哥……"

史也将她的手从自己手腕上拿开。他缓缓点了点头，转身走了。

看着他的背影，由美突然想起了一件很久以前的事。

那时由美还是个小学生。

一个寒冷的早晨，哥哥偷偷从家里溜了出去。他没穿高中校服，也不知为何还背了个双肩包。由美隔着窗户注视着他远去的背影。

到了晚上，哥哥回来了。见到他的那一瞬间，她便知道哥哥与之前不是同一个人了。

其他人似乎都没发现，但由美知道，曾经开朗的哥哥，阳光温柔的哥哥，自那天起变成了另一个人。这事她没跟任何人说过。直觉告诉她，一定不可以说。

由美看着信封。她感觉这里所写的，一定就是那天的事。

18

下地铁后，中原看了看表。还要过一会儿才到晚上七点。

他缓步走出车站，眺望着街道的景色。今天是他头一次来柿木坂这个地方。一座座住宅都十分有韵味。新潮的建筑群里不时有些颇具历史感的房屋，使人为之惊奇，或许是些在空袭中幸免于难的房子吧。绿化也做得很棒。不光是步行路被各种树木环绕着，许多居民住宅的院子里栽种的绿植也是枝繁叶茂。

仁科史也的家在一处稍微有些曲折的小路深处。是一栋白色基调的现代建筑。铁院门上印着几何花纹，后面的台阶直通玄关处的房门。

中原抬头看了一眼房屋，深呼吸了一下之后按下了门铃。可以隐约听见屋内响起了门铃的声音。

玄关的门开了。身着黑衬衫的仁科史也走了出来。他低头向中原行礼。"请进。"

中原推开铁门，进入院内。他走上台阶，与仁科面对面站着。

"前些日子谢谢您了。这次又冒昧提出请求，非常抱歉。"

"没事。"仁科轻声说着，摇了摇头，然后伸出右手向屋内示意，似是在催他进屋。"打扰了。"仁科的妻子已经在前厅等着了。

通过他们寄来的信，中原已经得知她叫花惠。

"欢迎您来。"她这样说着，试图露出微笑，可表情明显很僵硬。她的年龄看起来比仁科小一些，跟昨天见到的井口纱织相比，气质稍逊几分。

"突然打扰，非常抱歉。"中原一边行礼一边说道。

他跟在仁科的身后，顺着走廊走了两步，到了靠左的房间里。那里有一张桌子，两边摆着藤椅。透过玻璃窗即可俯视小小的庭院。院子里放了一辆三轮车。

"家里还有孩子呀。"

"四岁了。是个男孩，调皮得有些叫人头痛了。"仁科回答。

"今天他去哪儿了？"

"送去幼儿园了。有个小孩子在家里跑来跑去，我想也没法安心说话——请坐吧。"

"失礼了。"中原坐了下来。仁科也坐到了他对面。

中原打量着屋内。书架上摆着实用工具书和小说，还夹杂着一些绘本。橱柜里则摆着好看的花瓶和玩具机器人。

这就是个普通人家。仁科史也和井口纱织不同，他花了很长的时间，构筑了一个平凡的家。

"您在这里生活了几年了？"

"差不多快三年了。"

"真是个好房子。"

"谢谢。买的二手房，自己装修了一下。本想找个更宽敞些的，预算不够。"

"哪里，您还这么年轻，现在这样已经很了不起了。"

"唉，也不能这么说。"仁科略微歪了歪头。

此刻他心中一定满是忐忑，中原心想。经过前些日子在酒店的交谈，他一定已经明白，中原掌握了一些与本案有关的关键线索。而这么一个人，如今又说有重要的事情要谈，想再与他见面，他自然会担心自己会被逼到什么境地。

正当中原打算切入正题时，有人敲了敲门。"请进。"仁科说道。门开了，花惠进了屋。手里的托盘上摆着咖啡杯。花惠的手看上去有些颤抖。"谢谢。"中原轻声说道。

花惠将咖啡放到丈夫面前，朝中原行了个礼就出了房间。中原稍稍松了口气。她不在场这话还好说一些。

中原往咖啡里加了牛奶，喝了一口后看向仁科。"那我就说正事了，行吗？"

仁科将膝盖并拢，坐直了身体。"好。"

中原从带来的公文包里取出杂志，粉色的便笺仍贴在里面。他将杂志放到桌上。"请您翻到贴了便笺的那一页。"

仁科带着有些讶异的表情拿起杂志。翻开那页后，他的脸色并无变化。

"盗窃成瘾症……这是？"

"小夜子……这是浜冈女士写的最后一篇报道。"

仁科瞪大了眼睛，随后无言地读起了文章，神情越发冷峻起来。看来，他已经明白了中原的意图。

仁科抬起头，应该是已经读完了整篇报道，他的神情有些恍惚。

"您觉得怎么样？"中原问。

仁科沉默无言，视线低了下去，能看得出他此刻内心很痛苦。

"这篇报道里出现了四名患有盗窃成瘾症的女性，"中原说，"其中一位，您应该是认识的。很久以前，您和她曾十分亲密。您知道是哪一位吗？"

仁科抱着胳膊，紧紧地闭上了眼睛。他看上去像是在冥想，又像是在跟心中的种种思绪做斗争。中原决定等他平复好心绪。他觉得眼前这个人其实已经下定了决心。

很快，仁科的眼睛睁开了。他将双手放在膝盖上，深深呼了一口气。

"是第四位吗？"

"没错。就是那位觉得自己活着没有价值的女士。您猜得很准。"

仁科似乎是咽了口唾沫。中原盯着他的脸说道："她名叫……井口纱织。"

"嗯，"仁科回答道，神色中并无动摇，"您见到她了？"

"昨天见到了。起初她一直不愿说真话。直到我告诉她，如果不跟我说实话，我就去通知警察，她才终于都说给我听了。"

"是吗？想必她也很痛苦。"

"二十一年来，她一直都很痛苦。从没开心过一次，也没有真心地笑过一次。她是这样说的。"

仁科低垂着头，嘴唇抿成了一条线。他的眉头紧皱着，脸上露出苦闷的神色。

中原拿过杂志。

"一开始，她对小夜子好像也没有说实话。不过，听着小夜子倾诉年幼的孩子被杀之后自己是如何痛苦地度过每一天的，她似乎感受到了隐瞒下去的痛苦。于是她决定只对小夜子坦白。"

仁科神情严肃地点了点头，说了句容我先失礼一下，然后站起身。他拉开了隔着另一间房的拉门。

"我希望你也一起来听。"仁科面朝隔壁房间站定，又回头看着中原，"可以吧？"

看来花惠就在隔壁的饭厅。两间房之间只隔了一扇拉门，说话也能听见。

"当然。"中原回答。她终归是要知道的。

花惠面带歉意地走了过来。仁科落座后，她便坐到了他旁边。

"刚才的话，您都听见了吧？"

面对中原的提问，她小声答了声"是"，脸色苍白。

"接下来的话，您听来可能会非常受折磨。"

但仁科却在一旁说了一句"不会"。他说："我妻子已经知道了。"

"是您告诉她的？"

"不是。个中原委我还有必要再解释一下。"

"是吗？得知您夫人已经听说过那些事情，我心里也稍微轻松了些。说实话，我不知道怎么开口才好，心里正犯愁呢。"

"听她……听纱织说了那些，您一定很震惊吧。"

"嗯，"中原重新看向仁科的眼睛，"还有些无法相信。"

"理解。"仁科也直直地盯着对方，"我老实告诉您，虽然纱织的话可能多多少少带有一些个人主观因素和记忆偏差，但整体来说……是真的。"

"也就是说，您……"

"是。"仁科没有回避他的视线，而是点了点头，"我和纱织，是杀人凶手。"

一旁的花惠忽地垂下头去。啪——眼泪落了下来。

19

纱织定下神来，发现自己正盯着货架上的罐头。图片里的螃蟹色泽鲜艳。她轻轻摇着头离开了。她想，自己明明没那么喜欢螃蟹。

她意识到，虽然天气并没那么凉，自己却穿了长袖，而且衣服的袖口还那么大。这样的衣服方便偷东西。她一只手伸向货架，抓起第一盒罐头就迅速放进袖子里，然后再将一盒罐头拿在手上。就在快将罐头放进购物篮时，她假装出一副犹豫的模样，又将其放回货架上。这样就算保安在看她，也意识不到袖子里还有罐头。

她凭借这种手法偷过各种东西。就算在大型药妆店也能用这招，以前她就从没花钱买过口红。

她来到卖便当和熟食的区域。这里有许多双眼睛盯着，想偷东西几乎不可能，所以她也乐得轻松。所有卖场都应该看得更严一些才行——她竟琢磨起跟自身行为相矛盾的事情来。

盯着那些食物看了几分钟，没一个想要的。这些东西都没有让人想花钱买来吃的欲望。她看天黑了，没多想就出了门，其实根本就没什么食欲。

纱织将空篮子放回去，走出了超市。这种时刻她总是不大安心。即便什么都没偷，她也会陷入恐慌，生怕保安过来拦住自己。

买完东西的主妇们正在往家赶。她们或许各有各的烦恼，但她们将要回去的地方，却一定是相对温馨的。这些终归是与自己无缘了。

纱织没精打采地走着，并没有什么要去的地方。她感觉自己就像一只迷了路的狗。

今天白天，中原道正打来了电话。他说，他今晚要去仁科史也家。"是吗？"她只是这样回了一句，除此之外她也不知道该说什么了。她无法阻止中原的行动。他只答应自己绝不对警察和其他人说。仁科史也不算"其他人"。

现在他们可能已经见面了。谈到哪里了呢？中原在劝他主动去找警察坦白吗？就像浜冈小夜子当初那样。

纱织回想起了昨晚的事情。在她坦白了那一段长长的过往之后，中原沉默了好一会儿。看起来他似乎对事情有一定程度的预想，但事实听起来仍然太过让人震惊。

您前妻可是在没有任何心理准备的情况下被突然告知了这些事情。纱织对中原说。听完后，中原似是悔恨地沉默了。可能他在想，如果小夜子没听纱织说这些，就不会遇害了。

没错。自己不应该对浜冈小夜子讲这些。自己就该一声不吭地把这一切带进坟墓，就像二十一年前在心里下的决定那样。

当初心理诊所说有人想做采访的时候，就应该拒绝。之前，院长来找她，说希望她的故事能让人更了解盗窃成瘾症的真相，她就接受了。在第二次服刑结束后，为她辩护过的律师给她介绍了这个心理诊所，所以她会定期过来。这里是医疗机构，对于酒精依赖症和药物依赖症都有不错的治疗成果。但纱织并不觉得对自己有效。之所以来，只不过是一种表态，为了向人们展示她有积极的改过自新的态度。

浜冈小夜子这个女人散发出奇妙的气场。她那好胜的目光里，有着深深的阴翳。被那双眼睛盯着，心中不知为何就起了涟漪。纱织感到不安，害怕对方看透自己的一切。

成长环境是什么样？一直以来过着怎样的生活？为什么开始偷东西？浜冈小夜子的问题涉及各个方面。每一个问题纱织都小心翼翼地回答了。她不想说谎，但也不能全说出来。

采访告一段落之后，浜冈小夜子露出一副并不满意的神情。然后她说了句："搞不懂。"

"我采访过好几位有盗窃成瘾症的女性，她们的心情我多少可以理解。说来说去，她们终归是为了自己而偷东西。不管是为了逃避，还是为了追求快感，她们都是看重自己的。但是你不一样。你看上去是在刻意折磨自己。这是为什么呢？"

为什么呢？纱织露出疑惑的表情。"我自己也不太明白。"她回答道。

于是浜冈小夜子就问起了关于将来的事。

"你三十六岁了吧？也不年轻了。结婚、生小孩之类的事，你就没想过吗？"

"结婚什么的就算了吧。孩子也……我这样的人，也做不了母亲。"

"为什么要这样想？"

纱织无法回答这个问题。她沉默地低下头。只要看着浜冈小夜子的眼睛，她就心慌意乱，无法变得平静。

当天就谈了那么多，之后，浜冈小夜子就回家去了。可是几天后她又联系纱织，说想和她再见一面。或许本该拒绝她，但纱织还是同意了。也许纱织也想和她见面。

浜冈小夜子问纱织能不能来她家，说有东西想给她看。纱织觉得自己没有理由拒绝。

"我总是担心你，根本放心不下，"小夜子在房间里对纱织说道，"这跟盗窃成瘾什么的没关系。那只是表面问题。我想你一定隐藏着什么更大的问题，那才是使你痛苦的原因。"

"是又怎么样？"纱织选择如此回应，"跟你有关系吗？"

"果然有。"

"那又怎么样？"

"能不能跟我说说？"

"凭什么？就因为你觉得自己可能会写出有意思的文章来？"

浜冈小夜子摇摇头。

"在谈偷东西的事情时，你说自己是一个没有生存价值的人。我问为什么会这样认为，你并没有给出明确的解释。但最后，听你说你觉得自己做不了母亲，我就在想会不会真相就隐藏在其中。之所以这么想，是因为我自己就是这样。我呢，也是一个做不了母亲的人。"

纱织不明白这番话的意思，就这样望着她的脸。于是浜冈小夜子就说了那段令她震惊的话。

她说十一年前，自己八岁的女儿被杀害了，还展示了当时报纸上的相关报道。

浜冈小夜子说得很平静，可案件的残酷、整个办案和审判过程中身为遗族所承受的痛苦，都深深地压在了纱织的心头。她觉得很不可思议，一个人经历了那些事情，如今再说起来怎么能这样心平气和？

结果对方说，自己并不是心平气和。

"无论我怎么去想那件事情，都没有任何可称之为感情的东西再涌现出来。我想，恐怕我的心已经死了。每次回过头去想这件事，我就只有一个想法：当时为什么要留下那孩子一个人？我没能保护好那孩子，我没有资格再成为母亲。我只有这一个想法。"

这句话尖锐地刺进了纱织的心里。它如此锋利，扎进了她的心底，触碰到了长年藏匿在其中的甚至连她自己都已无法触及的那个旧伤口。那种痛楚几乎使她感到晕眩。

"不是说我就能做到什么。我也没有拯救你的自信。可是，如果你在寻找答案，而我的经历对于找到那个答案又能有一丝帮助，那我希望你能向我敞开心扉。"

纱织感觉到了内心深处的滚烫火热。刚才的阵阵涟漪，变成了滚滚波涛。心脏的跳动变快了，呼吸也开始变得痛苦。

等她回过神时，眼泪已经溢出了眼眶。她想忍，但完全忍不住。纱织用双手捂住了脸。她不禁发出呜咽的声音，身体也止不住地颤抖。

浜冈小夜子来到她身旁，伸手抚摸她的背。她则一头扎进小夜子怀里。

史也上高中后仍和纱织保持着恋爱关系。很快他们就不在外面而是在纱织家里见面了，因为他们想单独相处。父亲洋介哪怕休息日也不在家。机会多得是。他第一次来家里时，两个人就接吻了。对于纱织来说，那是生下来从未有过的体验。他也说了同样的话。

史也的事情，纱织没有告诉洋介。史也总是在父亲回家前就回去了，他们从未碰到过。

　　一片无人侵扰的空间，一对相爱的男女独处，这种情况下能压抑欲望才不现实。而且他们正处在好奇心旺盛的时期。尤其是史也，他十分想触碰纱织的身体。她也不觉得讨厌。

　　有一次，二人躺在一起看电影。那是一部恋爱电影，情欲镜头也很多。女性的裸体一次次地出现在画面里。每一次，纱织都无法平静。她明白，身旁的史也情绪也很亢奋。

　　电影结束后，纱织关掉了屏幕。以往到了这个时候他们会交流感想，但那一次不一样。史也抱住纱织并亲吻了她。之后，他注视着纱织的眼睛，轻声说道："哎，我们要不要试试？"

　　对方在说什么，她一下子就明白了。她的心怦怦直跳，甚至感觉有些难受。

　　见她无法回答，他又问道："那就是不行咯？"他显得有些受伤，让她感觉挺过意不去的。

　　"我有点害怕。"纱织试探着说道。

　　史也露出沉思的模样，说道："就试一下，不行就算了。"

　　什么样叫不行呢？纱织心想。是她不喜欢的意思吗？还是说无法顺利进行下去呢？但她没能问出口。因为她喜欢史也，不想让他为难。她害怕自己因为这件事情而被对方讨厌。

　　"嗯。"她点点头说道。史也长长舒了一口气。

　　二人来到纱织的床上，赤裸着拥抱彼此。她完全不知道该怎么做。她觉得史也一定会替她处理好。那一天，史也身上还带了避孕套。他方方面面都考虑到了。

可就算是他，这种事情第一次也无法顺利。后来想想，或许也因为纱织当时身体僵硬，他用了蛮力，而她只感觉到疼。

就算如此，史也最终还是在纱织的身体里完成了一切。初次体验对她来说只有痛苦，但他似乎很满足，于是她也开心起来。他问她感觉怎么样，她这样回答："说不上来。"

那天过后，每次见面他们都会做爱。准确地说，应该是他们只在能做爱的日子见面。所谓能做爱的日子，也就是她的安全期。

史也当初拿来的避孕套，是网球队的学长给他的。那个已经用掉了，他们只得采取别的方式避孕。她很清楚他没有勇气去药店买避孕套，也不确定店员是否会卖给他。

纱织计算了生理日期，把危险的日子告诉了史也。他则避开那些日子来找她，然后二人就会做爱。他们相信这样就不会出问题。

纱织感觉到身体的异样，是在暑假开始之后。她总觉得胸口火烧火燎的，嘴里也总有胃液的酸味。她当时还想着是不是凉的东西吃太多了。

很快她就意识到了事情的严重性。月经已经迟来很久了。

不可能吧？她想。危险的日子应该全都避开了。不可能怀孕的。纱织看着日历，回忆起做爱的日子。

除非严格按规律测量体温，否则无法准确预测排卵日期，这种再平常不过的知识，当时的纱织并不知道。她的生理周期很规律。所以她以为只要是月经刚停的日子应该就没问题。

怀孕了怎么办——恐慌几乎要让她崩溃。

就在那时候，史也打来了电话。他去参加网球队的集训了，两人有一个星期没说过话。

他开心地说着集训时的事情。纱织附和着，但终归是心不在焉。

"怎么了？出什么事了？感觉你没什么精神。"终于，史也表达了自己的担心。

"没有啊，没什么事。感觉夏天来了有点不舒服。"

"那可不好。得注意。对了，接下来的日子怎么安排？月经已经结束了吧？"史也像平常那样问起了危险期。

或许应该告诉他，月经一直没有来。可纱织没说出口。如果告诉他自己可能怀孕了，他一定会很为难吧。

"嗯，结束了。"纱织最终还是这样回答道，"所以，嗯，明天或者后天应该就没事了。"

"哦？那就是说危险期已经过去了？"

"嗯。没问题。"

"OK！那要怎么安排呢？"

听着史也欢快的语调，纱织觉得至少跟他见面的时候不能想太多，要快乐地度过。而且，自己也不一定就是怀孕了。

可日子一天天过去，月经还是没有来。暑假快结束时，纱织确定自己是怀孕了。虽然如此，她仍不知该如何是好。她也并没能跟史也坦白。

"纱织，你是不是瘦了？"九月中旬，洋介这样问她。当时父亲还是像往常一样回来得很晚，正一个人吃着饭。饭菜是纱织做的，可她自己几乎什么也没吃。孕吐使她毫无食欲。

"没有呀。"她一边洗衣服一边回答。

"是吗？可我总感觉你看起来有点憔悴。复习备考有那么辛苦吗？别太勉强，弄坏了身体可就划不来了。"

父亲和蔼地对自己说着话，纱织却不敢正视父亲。要说辛苦，洋介的工作才辛苦呢，应该是她来担心父亲才对。纱织明白父亲是为了家，也就是为了她这个唯一的女儿才这么忙，正因为这样，她才心如刀绞。她觉得自己的行为是不可理喻的背叛。

她无论如何不能使父亲伤心。而且一旦知道了事情的真相，洋介一定会去责问史也。恐怕他会冲过去怒骂对方的父母。事情若发展成那样会是什么结果？父亲一定永远不会让自己再见史也了。

那又该怎么办呢？她无法得出答案，时间也就这样一天天过去。

她仍继续跟史也约会，只是不再叫他来家里。理由是父亲因为工作的关系有时会突然回家，史也对此并没有怀疑。

纱织还补充说："在我考上高中之前，还是忍着别做爱了。还得学习呢。"

史也觉得纱织说得有道理。"就这么办。"他说。

真正的原因，是她不想让他看见自己的身体。穿上衣服后虽不太明显，但体态已有了些变化。看见她的裸体，他眼珠子都得掉下来。

不过在史也面前，她终究没能一直欺骗下去。他并非是通过外表的变化而是从她的态度中察觉到了异样。某一天，他突然发火了。

"你究竟在瞒着什么？纱织，你这段时间一直都不对劲。如果有什么想说的你就说。现在这样算怎么回事？我们的关系难道就只是这样？"

"不是的，不是你想的那样……"

"那是哪样？你给我说清楚。"

"这……这……"

已经是极限了。纱织忍不住哭了起来，发出呜咽的声音。泪水止不住地往外涌。

史也慌了，打算把她带到没人的地方。可他一时间也想不出什么合适的场所。于是纱织对他说："送我回家。"

"可以吗？"史也有些意外地盯着她的脸说道。

"嗯。"纱织点点头。她已下定决心，要将一切说清楚。

进了家门，与他四目相对，纱织的心情竟出奇的平静下来。眼泪也不流了。

她望着史也的双眼，告诉了他怀孕的事情。她看得出，他的脸色一下变得苍白了。

"确定没错？"他的声音有些沙哑。

纱织拉起衣角，扯下裙子露出小腹。"你看，都这样了。"

他不再说话。或许是根本不知道该说什么。那样子似乎是在害怕什么。他那种表情，纱织从未见过。

她重新整理好衣服，史也终于开口了："去医院了吗？"

"没有。"

"为什么？"

"还用说吗？被我爸知道就麻烦了。你家不也一样吗？"

他没有回应这一质问。或许是因为她说得完全没错。

"我本来打算想各种办法流产。我去图书馆查了查怀孕后该注意些什么，然后专门做了相反的事情。剧烈运动，让身体受凉。可是都没用。"

"那……怎么办？"

"怎么办……"

苦涩的沉默在继续。纱织看着史也。他面色阴沉地低下头。不知什么时候起他已换成了端正的跪坐姿势。他比纱织年长，一直都值得信赖，如今她却觉得他像个弟弟。不应该让他这样痛苦，自己得想办法将他从这苦难中拯救出来——她心里萌生出这种想法。如果说这就是母性，那实在足够讽刺。

"我觉得，只能硬着头皮撑到最后了。"

纱织的话让史也抬起了头。"撑到最后？"

"就是撑到出生，"她说着指了指自己的小腹，"中途弄不出来，那就只能这么办了。"

"那之后呢……你要怎么办？"

纱织做了一次深呼吸。"我会自己想办法。不会给史也添麻烦。我会做好的，不让任何人知道。"

"你说这话，意思是——"

"别说出来，"纱织用双手捂住耳朵，"我不想听。"

那个想法早就隐约出现过。但她极力让自己不去做更具体的思考。因为她觉得，一旦开始想，就再也没法回头。

看见史也苦恼的样子，她还是下定了决心。除此之外已经没有别的办法。

他回去了，对于她的计划没有赞成也没有反对。

纱织参照妇科书籍进行了计算。如果发育顺利，生产该在二月中旬。到那一天为止，得想办法不让任何人察觉。在学校反倒没什么问题。穿着校服本就很难看出体型，只要让人觉得是里面套了厚衣服即可。可能会有人觉得自己胖了点，但也仅此而已。应该也不需要特意提防什么人。升初三后，她私底下大部分时间都和史也待在一起，也没交什么特别亲密的朋友。一个性格内向的不起眼的女孩子——大部分人估计都是这样看待她的。其实说到底，现在所有人心里也只有中考的事情。

考试的事，纱织也不得不考虑。公立高中的入学考试即将在三月份早早开始。最近由于无法集中精神，她的成绩有些下降，但她不允许自己失败。

纱织抚摸着自己的下腹部。考试那天，这肚子是不是已经瘪下去了呢?

新的一年到了。一直不怎么显眼的体型变化,到这个地步也有些瞒不住了。但她还是设法骗过了洋介的眼睛,穿些宽松的衣服就可以。他工作还是那么忙,只能在早晨和晚上与她短暂见个面。而且,他并不会总盯着她的下半身瞧。

这下上学成了问题。上学路上她会穿大衣盖住肚子,在教室里则把大衣盖在膝盖上掩人耳目。体育课都以身体不适为由请假了。幸运的是这段时间常有私立大学入学考试,不上课的日子也不少。从一月下半月开始,她就很少去学校了。

就算这样,事后想来,她还是觉得班上或许有人已经注意到了,毕竟女孩子的眼睛是很尖的,但谁都没说出口,或许是因为怕麻烦,不想惹祸上身,又或者是好奇心作祟,想看看她究竟打算怎么办。纱织也觉得,如果换个立场,自己说不定也什么都不会说。

日子一天天难挨起来,她的心境渐近崩溃,给予她依靠的终究还是史也。他又开始往纱织家里跑。只是不做爱了。

他开始帮她复习备考。他教得很好,也很温柔。

除非纱织主动开口,否则他从不提生孩子的事。他自己可能也有了决断。

"我感觉快了。"刚入二月没多久,纱织就这样告诉他。那一瞬间,史也的面色僵硬,眼睛都红了。"大概几号?"

"没有那么精确。不过我看过书,感觉剩不了多少时间了。"

"究竟该怎么做？"

"还是在浴室吧，"纱织犹豫了一下说道，"我想应该会出很多血。"

"具体怎么操作呢？"

"那种事情我哪知道，"纱织板起脸，"我又没经历过。不过，必须得趁我爸不在家的时候做。这一点我比较担心。"

据说生产之前，首先会有阵痛。那种痛似乎让人难以承受，但如果碰巧洋介在家，那无论如何也要忍着。问题是，如果生产时间是在夜里又该怎么办？就算洋介睡得再熟，也不能去浴室。只能偷偷溜出家，另找别的地方解决。要么就在神社后院的空地上铺张塑料布——她认真地思考着具体办法。

"我说，我还是得帮你，"史也带着心意已决的表情说道，"到时候你就打传呼告诉我。我会想办法赶过来。"

"用不着的。"

"我担心你，也不知道事情会发展成什么样，一想到你自己一个人受折磨，我就坐立难安。"

史也的话让她真心感到欣慰。确实，她心里也没底，不知道一个人是否能顺利完成这件事。如果有他陪在身边，该有多么放心啊。

"知道了，"纱织说，"那到时候我联系你。谢谢。"

史也目光悲切，紧紧抱住了她。

一个星期过去，命运的日子来临了。入夜后，阵痛开始。她对父亲说自己好像感冒了，需要先上床休息。洋介没有怀疑。

每隔几分钟就会来一次阵痛。每一次她都闷声忍耐，根本无法下床走动。她也想马上打传呼给史也，但这种情况他怕是也束手无策。如果惊醒了洋介麻烦就大了。

孩子生下来之后要怎么办？真想赶紧把孩子生下来，好变得轻松一点，哪怕被父亲发现也无所谓——这两种念头在她心头交错。

很快就到了早晨。纱织整晚都没有睡着觉。就在持续的阵痛使她意识模糊之时，传来了敲门的声音。她挣扎着应了一声。

门开了，洋介探头朝屋里望。"怎么样，身体还好吗？"说完他就皱起了眉头，"哟，你流了好多汗。"

"没关系，"纱织微笑着说道，"我来月经时一般都很痛。"

"哦，是这样。那可真辛苦。"一旦谈到妇科的话题洋介就没了底气。

"不好意思，今天恐怕做不了早饭了。"

"嗐，没事儿。我路上买面包。"洋介说着关上了门。

听着渐远的脚步声，纱织再次蜷起身子。光是忍住不出声就几乎耗尽了她全身的力气。

很快，纱织听到洋介走出了家门。她缓慢地扭动身体下了床，几乎是爬着前进。她像蛇一样爬行着，最终抵达了电话机旁。她打了史也的传呼机，输入了约定好的数字。14106——这代表着"我爱你"。

放下听筒后，她立刻瘫倒在地上，几乎无法再动弹。阵痛似乎已经到了顶点。

究竟过去了多长时间？她听见了门把手转动时发出的咔嚓咔嚓的声音。洋介出门时反锁了门。她再次如蛇一般在地面爬行，耗尽了全身的力气才抵达玄关。她抬起胳膊，又使出全力才摸到了门锁。

门开了，史也马上进了屋。"没事吧？"他问道。"去浴室。"纱织好不容易才说出这句话。

史也将纱织抱到了浴室。可接下来该怎么办，他似乎并没有主意。

"把衣服脱掉，"纱织说，"全部……脱掉。"

"不冷吗？"

她摇了摇头。当时虽然是二月，但也管不了什么冷不冷了。

纱织全身赤裸，坐在浴室的地板上，忍受着频繁袭来的阵痛。史也一直紧紧握着纱织的手。纱织害怕让隔壁听见动静，就把一旁的毛巾拿来咬在嘴里。

史也时不时地往她双腿之间看，突然，他啊地喊了一声。"开了好大的口子。好像有东西要出来了。"

纱织也有这个感觉。疼痛已经超越了极限，她的脑袋一片混沌。

也不知后来又过去了多长时间。剧烈的疼痛从四面八方纠缠住她的身体，仿佛身体里的东西要被掏出来一般。她咬着毛巾大叫起来。史也则拼命摁住失去控制的纱织。

忽然间，疼痛消失了。她感觉有什么东西从双腿之间离开了。

一阵耳鸣，视线模糊。意识也处于恍惚中。但她还是很快清醒了，因为她听见了微弱的哭声。

纱织的上半身不知什么时候已经探到了走廊上，下半身却还在浴室里。她仰起脸，看见只穿了贴身衣物的史也手里抱着什么东西。那是个小小的泛着粉红色的东西。哭声就是从那里传来的。

"让我看看。"纱织说。

史也的眼神中流露出痛苦。"还是不要看比较好吧？"

"嗯……但我还是想看一眼。"

史也稍稍犹豫了一下，就把孩子抱给纱织看。

那是一个不可思议的生物。脸上全是皱纹，眼睛肿着。跟头相比，手脚显得极其瘦弱。但那瘦弱的手脚却在拼命地挥动着。

是个男孩。

"够了……"纱织将视线从婴儿身上移开。

"那……要怎么办？"

纱织看着史也。"怎么做才好？"

他眨了好几下眼睛，舔了舔嘴唇，然后开了口。

"最快的方法应该是止住呼吸，堵上鼻子和嘴巴……"

"嗯，那……我们一起来吧。"

史也像是受了惊吓般看向纱织。她没有回避，正面回应了他的目光。

史也点点头，默默将手掌盖在婴儿的鼻子和嘴上。纱织也将自己的手放在了他的手上。眼泪不住地流了出来。她看向史也，史也也哭了。

婴儿很快不动了。可二人的手仍捂在那里，久久未动。

清扫完浴室后，纱织顺带清洗了一下身体。她已经疲劳倦怠到了极限，但这时候并不能睡觉。

她换了身衣服来到客厅，史也正在那里等着。他身旁放着一个黑色的塑料袋。他说那是从家里带来的。

塑料袋鼓鼓的，里面是什么自不用多问。

"还有这个。"史也说着拿给她看，那是一把园艺用的小铲子。

"这能行吗？"

"家里是有用来铲雪的锹，可是带不过来。"

"嗯，也是。"

史也染了血的贴身衣物已经被脱下来扔在了一旁。他说事先想过会是这样，就带了换洗内衣来。无论什么时候，他总是想得很周到。

稍作休息后，他们便出了家门。史也说要一个人去，纱织坚持说要跟他一起去。她不愿推给他一个人。可能是因为还年轻，就算刚生完孩子，她仍然行动自如。

目的地已经选好了。在富士宫站坐公交，到河口湖站下车，然后继续坐公交。车上，史也郑重地抱着怀里的背包。装着那东西的黑色塑料袋就在背包里。

她是头一次去青木原，也不太清楚那究竟是个什么样的地方。听史也说，想要藏尸，那是最合适的场所。

　　"那里是出了名的自杀之地，听说在里面迷了路就很难走出来。我想埋在那里应该永远不会被发现。"他面色阴沉地说道。

　　到了一看，果真是个不一般的地方。真是树的海洋。无论朝哪个方向看，都是诡异且葱郁繁茂的树木。

　　二人顺着徒步路走了一会儿，直到来到一个四下无人的地方。

　　"就在这附近吧？"史也询问道。"嗯。"纱织回答。

　　他从口袋里掏出了一样东西，是尼龙绳。将一头绑在附近的树上后，他说了句"走吧"，然后就往茂密的树林里走去。

　　他还带了指南针，一边看一边缓缓前行。地面上积了一点雪。有些地方太难走以致无法直线前进。

　　尼龙绳到头的时候，他们停下了脚步。环视四周，已经无法辨别这究竟是在哪里了。

　　泥土很硬。握着那小巧的铲子挖地，史也很是费了一番力气。他虽然面色难看，却仍然在默默地挖着。很快，一个十几厘米的坑就挖好了。

　　他从黑色塑料袋里取出拿毛巾包裹着的婴儿，将其直接放在了坑底。纱织也隔着毛巾摸了摸，感觉是那么柔软，也许是心理作用，仿佛尚留有体温。

　　二人双手合十，然后盖上了土。这次纱织也帮忙了。脏了手对她来说并不算什么。

完全埋好之后，他们又再度合掌拜了拜。

史也带了照相机。他站在稍远一点的位置，拍了几张那里的照片。"估计再也不会来这里了。"他说。

"那些照片洗好之后也给我一张。"纱织说。

"嗯。"史也应着。

靠着尼龙绳，他们又回到了原先的路上。史也一手拿着指南针，另一只手指向森林深处。

"从这里往正南方向走六十米。地点就在那里。"

纱织朝那里看了一眼，又看了看周围。这个地方，绝对不可以忘记。

这时，她意识到乳房涨得有些痛了。她摸着自己的胸口，心想——我们一定不会再有什么幸福了。

20

仁科说有东西想让中原看，然后就出了房间。此时他双手捧着一个长约三十厘米的长方形盒子。他重新坐好，将盒子放到桌上，动作谨慎地打开了盒盖，然后直接推到了中原面前："请看。"

中原上身前倾，看了一眼盒子里面。他吃了一惊。里面放着的，是一个小小的铲子。

"这是……"

"是，"仁科点点头，"就是当时用过的铲子。"

"您一直保留到现在吗？"

"是的。"

"为什么还要把这东西……"

仁科淡淡地笑了笑，歪着头。

"为什么呢？那晚回家后，我就把它放在了自己的抽屉里。这是我妈在院子里用的，本该放回原处比较好，可也不知道为什么我就是不愿那么做。可能我觉得，它已经变成一件不吉利的东西，不该让妈妈碰。"

中原又往盒子里看了一眼。铲子是金属的，把手部分涂了漆，其余的地方都已经生锈了。他想象着一个十几岁的少年手握着这把铲子在树海的地上挖着土的身影。他身旁还有一名少女。那是个刚生完孩子的少女。

仁科合上盖子，叹了口气。

"实在是做了一件蠢事。这不是仅凭一句无知就能得到原谅的事情。处理那件事情的办法其实有很多。当然，和一个初中女生发生性关系这事本来就不可原谅，但当时发现怀孕的时候，如果能向双方父母坦白就好了。怕被骂，怕被迫分开，我们曾害怕的那些其实都是再小不过的问题。不，至于我，我还担忧如果事情败露会影响到自己的将来，这种苟且的想法控制了我。"

"真是太蠢了。"他重复说道。

"我在富士宫见过井口女士曾经的女同学，"中原说道，"据那人说，当时好像都在传井口女士怀孕这件事。"

仁科意外地瞪大了眼睛。"果然是那样，"他仿佛呻吟般说道，"我们也觉得想完全瞒住身边的人是不可能的。可是为什么事情没有闹大呢？"

"只有一小部分人注意到了，而且那些人好像害怕轻易把事情闹大会影响到学校的名声。毕竟他们马上要考试了。"

"哦……是这样。原来是这样。"

"那人说班主任好像也注意到了。"

"啊？是真的吗？"

"她觉得班主任应该发现了，只是装作不知道而已。反正都是快毕业的学生了，很可能班主任只是不想自找麻烦。而且好像还是个男老师。"

"是吗……"

"如果事情闹大，或许你们的罪行就能被制止了。身边人的漠不关心也算在背后怂恿你们这对少男少女去做这件事，往坏的方向……"

仁科缓缓眨了眨眼睛，仿佛他也认同这个说法。

"据井口纱织女士说，这件事情发生后没到半年，你们的关系就结束了。"

仁科神情痛苦地点了点头。

"我们没法再抱着从前的心态继续见面了，也没有再发生过性关系，这也是理所当然的。就连触碰她的身体，我都不太敢。两个人也没什么话说了。"

"好像是这么回事。井口女士也说了，她说，维系两个人关系的情感都已经被埋进了土里，她觉得这也是必然的结果。"

仁科瞬间闭上了眼睛，这句话仿佛扎进了他的胸腔。

"分手之后，你怎么样？"中原问，"从你的履历来看，似乎是走得一帆风顺。还有了现在这样一个安稳的家。二十一年前的事，没有给你留下任何影响吗？"

仁科的眉头紧锁，头稍稍歪了歪，视线落到了斜下方。

"那件事我从来没有忘记。它一直在我脑海里。我只想着一件事，究竟该怎样做才能赎罪？之所以选择进修儿科，也是因为我想拯救那些垂危的小生命，哪怕多救一个也好。"

中原点点头。"原来是这样。男人和女人可能终究还是不一样。"他说，"毕竟真正生孩子的是女人。"

"纱织她……"仁科略显踌躇地开口说道，"看来受了不少苦。"

"是的。刚才我也说了，二十一年了，她一直痛苦地生活着，好几次自杀未遂，甚至成了杂志报道的素材。她没有得到命运的眷顾。婚姻生活破裂，唯一的亲人——她父亲——也因为事故意外身亡。她开始把这一切和二十一年前那件事情联系起来。她觉得，或许一切都是那件事的报应。"

"然后，浜冈小夜子女士就出现了？"

中原紧盯着对方，点了点头。

"听了井口女士的坦白，小夜子就劝她去自首。就算是刚刚落地的小婴儿，也是一条鲜活的生命，而她就这样夺走了他人的性命。小夜子说，只有坦诚面对罪过，内心才能释然。井口女士似乎也觉得她说得对。但是井口女士好像还说了，如果她自己坦白了一切，仁科史也就将被作为共犯问罪，她不能不征求仁科先生的同意就单方面去自首。结果小夜子做了什么呢？这你应该最清楚吧。"

仁科的双手放在桌上，手指交叉在一起。他的表情忽然变得很平静。

"正如您猜测的一样，浜冈女士去参加了那场儿童医疗咨询室的活动。去那里基本上都要事先预约，但也有人当天直接来。就像您前些日子说的，那天的负责人是我。来咨询的大概有十几个人吧。而最后一位进屋的……就是浜冈女士。"

"也就是说，她混在去咨询的人里找到了你。"

"是的。我问她担心孩子哪方面的问题，浜冈女士就说，其实想咨询的不是自己的孩子，而是朋友的。我问她为什么本人没来，浜冈女士说，本人由于种种原因来不了，还掏出了一张便笺，上面写了一个名字。至于是谁的名字，我想您也明白。嗯，上面写了井口纱织。浜冈女士说，想跟我商量一下这位女士的孩子的事情。"

中原凝视着仁科有些阴郁的脸。"想必您是吓了一跳吧。"

"一瞬间，我都喘不上气了。"仁科无力地苦笑着，"我脑子里一片空白，不知道该如何应对。好不容易开了口，也只是问了一句，您是什么人？"

"小夜子怎么说？"

"她拿出名片，说她是受了井口纱织女士的委托。"

"那您呢？"

"我脑子里还是很乱。虽然手上接过了名片，却愣在那里动不了了。然后浜冈女士就站起身，说希望我平静下来之后能够联系她，然后就出去了。之后过了很长时间，我才从椅子上站起来。"

"您联系了她？"

"是的。"仁科回答。

"见到浜冈女士的那天，我整晚都在发愁。可既然事情已经被浜冈女士知道了，我也不能不见她。第二天我就打了电话。她说想好好聊聊。然后我就请她来家里。当时我觉得，可能让花惠也参与进来比较好。"

"那时候，你们就约定了见面的日子？"

"是的。约在了两天后的晚上七点。"

"然后呢，你们就见面了？"

仁科开始不停地眨眼，对此不置可否。看样子像是在想该怎么说。

"怎么了？您跟小夜子见面了吧？就在这个家里。"

仁科轻轻摇了摇头："没有，我没见到。"

"嗯？"中原不禁问道，"为什么？小夜子没来吗？"

"不，浜冈女士来了。但是我临时有急事。我负责的一位患者情况突然恶化，没法离开医院。"说完仁科的脸转向了一直低着头的花惠，"接下来的事情，还是你来说比较好。"

花惠微微一怔，看着丈夫，又向中原投去无助的眼神，但只看了他一眼，就再次看向脚下。"可是……"

"我不在的那段时间究竟发生了什么，我也是听你说了才知道的。还是你跟中原先生说比较好。"

然而花惠似乎很不情愿，保持着沉默。

"究竟是怎么回事呢？"中原问。

"见面的前一天我跟妻子说了，明晚七点有一位姓浜冈的女士要上家里来。"仁科开始解释。

"至于为了什么事，我只说是关于我年轻时犯下的过错。毕竟事情那样严重，我想她还是多少有点心理准备比较好。就像我刚才说的，因为工作的关系，我没能按约定时间到家。但是当时我手上没有浜冈女士的名片。我就给家里打了电话，让妻子跟浜冈女士先聊一下。"

"接下来的事情你来说，"仁科脸朝向妻子命令道，"不吭声也没用。我都已经讲到这个地步了，你也该下决心了。"

中原凝视着花惠苍白的脸。她微微抬起了头，却并没打算看中原。

"我想，我不能像我丈夫那样，说得又流畅又得要领，"她的声音很细，说一会儿停一会儿，"所以，可能有些地方不大好懂，不过，就请您姑且听一听吧。"

"好。如果有什么地方不明白，我会问您的。"

"好的，那请您包涵。"

花惠轻咳了一声，然后仿佛自言自语般开了口。

她确实算不上嘴巧，有很多地方的前后关系很难理清。不过随着中原一次次地插嘴询问，当晚发生的事情终于渐渐明晰起来。

21

当天，花惠从一早开始就心里发慌。这个叫浜冈小夜子的是什么人，她来究竟又是为了什么事，她完全无法想象。

关于我年轻时犯下的过错——史也只留下了这句话。当然，花惠也试图追问到底发生了什么，但他只是说了句没时间了，就出了家门。

她做了许多设想。像史也这样的人不可能犯什么大的过错。一定只是说得夸张了一点而已。她只能这样劝自己。可是他既然让她把小翔暂时送出去找别人带，就说明事情很重要，这又令她放心不下。

她希望时间过得快些，又不希望时间过得太快，就这样心情复杂地过了一天。把小翔送出去是下午五点，那是一家主要面向单亲妈妈的托儿所。起初她还有些不愿意，但后来发现那里挺值得信赖，就常常拿来救急。

快到下午六点半时，史也打来了电话。他说负责的病人情况忽然恶化，没办法按照约定时间赶回去了。

"是回不来了？"

"不，还不好说。如果接下来情况良好，我想是可以回去的。只是，具体什么时候能回去现在还不知道。"

"那我怎么办？"

"我想她那边应该已经出门了。如果她到了，我希望你跟她解释一下。你问一下她愿不愿意改日子，如果她要等，你就带到客厅等。等我这边情况明了了，我就给家里打电话。"

"明白了。"她回答道。

刚过七点没多久，门铃就响了。她应了门，发现是女性的声音，说她姓浜冈。

短发，笔直的身板，紧闭的嘴唇，每一个细节都显露出对方坚定的意志。她所散发出的气场，表明她绝不会妥协。

花惠将丈夫告诉自己的话转达给了她。

"明白了。他的工作真是辛苦。不过我也是抱着坚定的决心来的。如果允许我等，我想在家里等一会儿。"浜冈小夜子毅然决然地说道。那表情甚至有些可怖。

花惠带她进了客厅。虽然她说了不用麻烦，花惠却还是端上了日本茶。

就在那之后不久，预料之外的情况发生了。玄关处传来门开关的动静，花惠还以为是丈夫回来了，去门厅一看，却是正在脱鞋的父亲作造。

"你来干什么？"她问道。当然是带着怒气的。

作造露出不快的表情。脸上也随之出现了数条皱纹。

"你这是怎么说话呢？史也可是说了我什么时候想来都可以。"

"我都说了我不喜欢你来。今晚我很忙，你快走。"

"别这么说嘛。我有点事想找你们帮忙。不会耽误太多时间。"他脱下脚上的旧鞋子，自顾自地上了走廊。

"你站住，里头有客人。"花惠压低声音，抓住了父亲的手腕，"算我求你了，今晚你先回去。"

作造挖了挖耳朵。

"我的时间也不多。我在这儿等客人回去，这样总可以吧？"

还不是为了钱。一定又是在常去的酒吧欠了钱，人家不让他进去了。老一套。

"那你在里屋等。别出声。"

"好了知道了。唉，如果有点啤酒就好了。"

这老不死的。花惠在心里骂。

她粗暴地将一罐啤酒放到在餐桌旁坐定的作造面前，看起来连玻璃杯也不打算让他用。

"来的什么客人？都这个时间了。"作造拉开易拉罐小声问道。

"跟你没关系。"花惠面无表情地回答道。二人独处的时候，她从不称呼作造爸爸。

七点半左右，史也打来了电话。听说浜冈小夜子正在等他，他显得有些犹豫。

"知道了。我来跟她说吧。你让浜冈女士来接电话。"

花惠把听筒递给小夜子。

三言两语之后，浜冈小夜子结束了对话。她将手里的听筒还给花惠。

"他说还不知道什么时候能回来，让换个日子。很遗憾，但也是没办法的事。今天我就先回去了。"浜冈小夜子说着就收拾东西准备往外走。

面对意料之外的事态发展，花惠焦虑不已。今天一天她都无法安心，总想着来者究竟要说什么事情。如果就这样被蒙在鼓里，接下来一段时间她就得一直担忧下去。

花惠叫住了浜冈小夜子。她告诉小夜子，丈夫只跟自己说了个大概，她一直放心不下，请小夜子告诉她是什么事情。

对方却没点头答应。她说，今天还是不要听这些比较好。

"听了也只会使您更消沉而已。我觉得至少该找个您丈夫也在场的时间。这也是为了您着想。"

听到这番话，花惠反而感到更揪心了。她紧紧拉住小夜子，说自己听到什么也不会吃惊，不会慌张，请对方告诉她。结果，小夜子也慢慢动摇了。

"也是。这件事情，总有一天您会知道，或许我先告诉您，让你们夫妻在家好好谈谈今后的事也不错。不过我先说清楚，这真的是一件令人痛苦的事情。刚才您说不吃惊、不慌张，我觉得那是不可能的。"

"那也无所谓。"花惠答道。花惠无法不让小夜子说清楚就放她走。

"明白了。那么我就告诉您吧。"浜冈小夜子注视着花惠的眼睛，开口说道，"先说结论。您丈夫是个杀人犯。"

这一击就让花惠几乎晕过去。实际上她的身体也确实站不稳了。"您没事吧？"小夜子问她。

"看来还是别说了吧？"

"不，没关系。请继续。"花惠调整着呼吸勉强说道。到了这个地步，下面的话不听完就更不行了。

就这样，花惠通过浜冈小夜子的讲述，得知了仁科史也和井口纱织二十一年前犯下的罪行。这些内容超出了花惠的想象。过于强烈的冲击，使她听完之后连头也抬不起来了。

"还是不听比较好吧？"说完之后，浜冈小夜子这样问她。

确实，这些话她并不愿听到。但花惠觉得，自己不能就这样一辈子都毫不知情。而且，听完这些之后，她心里有些东西也终于能放下了。

对于史也为什么要拯救自己，她一直觉得难以理解。

初次和史也在青木原见面时，他说自己去那里算是去扫墓。当时是二月。跟他们埋掉婴儿的季节相符。估计他是为了祭奠被他们杀掉的孩子才去的。回程路上，他偶遇了一名行踪可疑的女子。无论怎么看，她都是像要自杀的样子。最重要的是她还怀有身孕，这使他无法坐视不管。

花惠明白了，史也是将曾经的恋人和孩子的影子投射到了自己身上。他必定一直在忏悔，在苦闷中生活，不知道该如何偿还才好。所以他不能看着花惠不管。拯救她，把她生下来的孩子当作自己的孩子养，哪怕能弥补一丁点儿过去的罪过也好——或许这就是他的想法。

　　长年的谜团终于解开之后，花惠更感谢史也了。她明白了，他的爱并非同情也非一时兴起，而是来自于他崇高的灵魂，她甚至觉得自己应该感激他。所以，她又开始思考浜冈小夜子今后的打算，她来见史也是出于什么目的？

　　花惠提出了这一疑问，而浜冈小夜子回答，这取决于您丈夫的态度。

　　"我劝井口纱织女士去自首。她也打算那样做。只是，她觉得，还是得先征得仁科先生的同意。"

　　同意——那也就是说要求史也陪着纱织一同去自首。意识到这一点的瞬间，花惠的身体开始无法控制地发抖。

　　"如果……我丈夫不同意又怎么办？"花惠惶恐地问。

　　浜冈小夜子的表情变得有些冷酷。

　　"您觉得您丈夫会不同意吗？"她的声音听起来无比冰冷。

　　"这我并不知道……"花惠回答。她内心觉得，如果是史也，应该是会同意的。只不过是她自己不愿意让他这样做而已。

　　"如果得不到他的同意，那也没办法。我会说服井口纱织女士，带她去找警察。事情败露后，如果立案侦查，井口女士会被当成主动自首。可您丈夫会不会得到这种认可，我就无法保证了。"

浜冈小夜子的话让花惠感到绝望。这不就是走投无路了吗？史也要被当作杀人犯接受处罚？

她只知道一定要阻止这件事发生。为了达到目的，只能让面前这个女人改变想法。

花惠再回过神时，发现自己已经跪在了地上，头深深地低了下去。

"求您了。请放过他。他年轻时或许犯了错，可现在他是特别善良的人。是他给了我们幸福。求您了，求您了，这事您就睁一只眼闭一只眼吧。求您了，求求您。"她拼命地恳求。

可是，她没能使浜冈小夜子改变自己的想法。她只是语气平淡地说："请您不要这样。"

"我不能装作没看到。就算是刚出生的婴儿，那也是个完整的人。夺走了婴儿的生命却不付出任何代价，这无法被原谅。正因为明白这个道理，井口纱织女士才一直这么痛苦。您丈夫必须堂堂正正地面对自己曾经犯下的罪过。"

"我觉得他已经在面对了。我想我丈夫明白自己的罪孽有多深重。他活得有多诚恳，我最清楚。"

"诚恳地生活，对一个人来说是理所应当的事。并不值得骄傲。"浜冈小夜子从椅子上站起身，"不管有什么样的理由，我认为杀了人的人就应该被判死刑。生命就是如此宝贵的东西。不管他如何反省，逝去的生命也无法重生。"

"可是，都已经过去二十一年了……"

"那又怎么样？这些岁月又意味着什么？你也有孩子吧？如果你的孩子被杀了，而杀害孩子的凶手说已经反省了二十一年，你就能原谅他吗？"

劈头盖脸的这番话，让花惠无法反驳。浜冈小夜子的主张合情合理。

"我认为你丈夫也应该被判处死刑。不过这恐怕是不可能的，因为如今的法律是宠溺犯罪者的。杀人者的自我惩戒，终归不过是一个虚无的十字架而已。但就算那是没什么意义的十字架，至少也得让他们在牢狱里背负起来。放过这一次，就会让每一次杀人都有了被放过的余地。我决不能允许这样的事情发生。"

浜冈小夜子继续说道："我会再来的。我的看法不会改变。请您好好跟您丈夫谈谈。"说完她就离开了。

花惠仍保持着跪姿，然后，她听见了门关上的声音。

22

中原觉得，仁科花惠的话里应该没有谎言，小夜子的反应估计就是那样的。不管什么理由，杀人者必须以死相偿——她的这份信念在那篇《以死刑废止论之名的暴力》的稿子里已经表达得很明确了。井口纱织和仁科史也的行为按照法律或许判不了死刑，但若不了了之，她是断然无法容忍的。

"后来没过多久我丈夫就回来了。看见我那副模样，他似乎料想到了我已经从浜冈女士那里听说了整件事。"花惠看着身旁的丈夫说道。

"因为她面色煞白，而且眼睛都哭肿了。我问她是不是知道了二十一年前那件事，她说是。好了，行了。再往后的事情我来说吧。"仁科朝妻子微微扬了扬手，头转向中原，"花惠哀叹说，她求浜冈女士放我们一马，但是没成功。我觉得那也没办法。我对她说，我迟早是要接受惩罚的。只能有所觉悟。后来我给浜冈女士打了电话，可怎么也打不通。那时候花惠开始说起一些没头没脑的话。她说她爸人不在了。我还在想她究竟在说什么呢，结果她竟然说，浜冈女士来后没多久她爸就来了，她让他坐在饭厅里等，结果不知什么时候他就没了人影。"

"听完浜冈女士那番话后，我心里一直很慌乱，完全把我爸的事情给忘了。"花惠在一旁补充道。

"我当时想或许是因为客人的话太长，他等得不耐烦于是先回去了。那个时候我还没把事情想得太严重。毕竟我心里想的事情更棘手。"

"结果那却成了一件并非与你无关的事情，是吧？"

听了中原的话，仁科点了点头。

"第二天晚上七点左右，我岳父来了。他的表情很严肃，说有要紧的事要谈。我仍然没把他跟浜冈女士联系到一起，虽然我心里也很忐忑，但还是决定先听他说什么。听完我才大吃一惊。不，已经不是吃惊的程度了。我感觉心脏都停止跳动了。"

"他说他杀了浜冈小夜子是吗？"

"是的。他说，这样你就不必再担心什么了，你保持沉默就好。"

"不必再担心，保持沉默就好——也就是说……"

"嗯。"仁科的视线瞬间垂了下来。

"我岳父应该是在隔壁房间听到了浜冈女士跟花惠的对话。他觉得这是个麻烦，认为自己得做点什么，就去厨房拿了刀，偷偷溜了出去，等待浜冈女士出门——他是这样说的。"

"然后他跟踪了小夜子，在她家附近捅死了她。是这样吗？"

"听说是这样。"仁科语气低沉地嘀咕道。

"杀害了小夜子之后到第二天晚上，町村在什么地方做了什么，你知道吗？"

"知道。哦，不过……"仁科抬起头，"您既然已经见过纱织，想必也已经知道了吧？"

"是，我听说了。"中原回答，"町村好像去找井口女士了。"

"我岳父说，浜冈女士的包里有她的采访笔记，里面记了纱织的住址和联系方式。"

"井口女士说了，当时她已经做好了要被杀死的心理准备。"

仁科的手放到额头上。"事情没发展到那一步，真是万幸。"

"町村让井口女士跟他保证，说今后无论发生什么事，都不可以把杀死孩子的事情说出去。"

"岳父是那样说的。还说，这样就没问题了。我心想，他居然不是在开玩笑，这真是再荒唐不过了。我让他马上去自首。我说我们俩一起去，我也会跟警察坦白二十一年前的事情。可是岳父却说不行，如果那样自己杀死那个人就没有意义了。他说求你了，给我管住嘴巴。他希望我就像现在这样，让他女儿和孙子幸福下去。说着他还哭着鞠躬求我。"仁科看向身旁的花惠，"那时候花惠也跟岳父一起来求我。她说求你了，听我爸一句吧。我对他们俩说了，这样没用。显然，没有任何东西能保证纱织会遵守她与我岳父之间的约定。然后他们俩就说，既然如此，至少到那一刻为止要保持沉默。我看着他们，渐渐地，自己的心思也动摇了。然后……"他咬住了嘴唇，说不下去了。

"然后你就决定隐瞒一切。"

"我知道这是错误的。用谎言遮盖谎言，拯救不了任何人。这些我都明白，可我却在想，或许背负起这些谎言也是一种承担责任的方式……对不起，这都是我自私的想法。"仁科的脑袋无力地垂了下去。

一旁的花惠忽然转头看着丈夫，摇了摇头。"不，才不是那样。那不是什么自私的想法。我很能明白你的痛苦。"

随后她将视线转向中原。目光里有着使人畏惧的锐利。

"我觉得您的前妻……浜冈小夜子女士，她错了。"她的语气明了而坚定，和刚才截然不同，"这次的事情发生后，我知道了您女儿被杀害的事情。我觉得那是件十分悲惨的事情。或许浜冈小夜子有那样决绝的想法也很正常。就算是这样，我也觉得她错了。"

"花惠，"仁科制止她，"你这是说的什么话？"

"你别作声。让我再多说两句。"

中原坐直身子。"您说说她怎么错了？"

花惠舔了舔嘴唇，深深地吸了一口气，继续说了起来。

"我丈夫……我丈夫他一直在赎罪。"她仿佛在高声宣告着什么。刚一开口，她的眼眶里就溢满了泪水。她也不打算擦拭，继续说道："我丈夫把他迄今为止的人生，全都拿来偿还二十一年前犯下的罪过了。听完浜冈女士的话之后，我才第一次意识到这些。同时，我终于解开了长时间以来都感到难以理解的疑问……为什么这样优秀的人，要来拯救我这么一个坏女人？我儿子的亲生父亲并不是我丈夫。以前我太蠢了，被人骗了才有了这个孩子。可是这个孩子，他却当作自己亲生的孩子一样养育。这一切都是我丈夫在为自己赎罪。替我赡养父亲也是一样。当时我父亲在隔壁房间偷听到了浜冈女士说的话，我想他也明白了这一点。所以父亲才觉得必须回报这份恩情，做出了那样的事情。如果当时——"

或许是因为一时哽咽，花惠停止了诉说，咽了口唾沫后才继续说话。

"当时，如果没遇到我丈夫，我肯定已经死了。也不会有这个儿子。二十一年前，我丈夫的确夺走了一个生命，但是他也拯救了两条命。而且，身为一名医生，他还拯救了更多的生命。因为我丈夫，多少身患疑难杂症的孩子得到了帮助，这您清楚吗？他一直不惜代价地去拯救那些小生命，您还能说我丈夫没有任何偿还吗？身在监狱却不知悔改的人太多了。那些人所背负的十字架，或许的确是虚无的。可是我丈夫身上的十字架，绝不只是那种程度。那是沉甸甸的、无比沉重的十字架。中原先生，您身为一名曾经被别人杀害了孩子的遗族，请您回答我：单纯地在监狱里活着，和像我丈夫这样活着，您觉得究竟哪一种才是真正的偿还？"她的语调越发高昂，到最后已是伴着悲鸣，掷地有声。

"够了，"仁科在一旁打断她，"别再说了。"

可是花惠仍以锐利的目光盯着中原，说道："请您回答我。"

"我不是让你别说了吗！"仁科呵斥她，然后又对中原道歉，说了句对不起。

花惠用双手捂住脸，就那样弯下了身子。痛苦的声音随之传来。仁科不再指责她，而是面色沉痛地低下头去。

中原长舒了一口气。

"您的心情我十分理解。什么才是正确答案，我也说不上来。所以，我不会对你们说三道四。我也已经答应过井口女士，不会对警察说任何事情。仁科先生，一切都交给您自己决定。"

仁科抬起头，惊讶地瞪着眼睛。

中原点了点头。

"无论您做出什么决定，我都不会责难您。杀人者该如何赎罪，我想这个问题没有标准答案。这一次，您在痛苦挣扎之后给出的回答，我会将它视作正确答案。"

仁科眨了眨眼睛，简短地答道："好的。"

中原将摊在桌上的杂志收回包里，站起身。花惠还在哭泣，但已经听不到声音了。她的脊背正微微地颤抖着。

"打扰了。"中原说着就朝门口走去。

在门厅穿鞋的时候，仁科出来送行。

"那么我就告辞了。"中原低头行礼。

"我想请您告诉我一件事情，"仁科说道，"她……她的联系方式您知道吗？"

中原回望着对方真挚的双眼，说了句"当然"。他掏出了手机。

23

回到家之后，纱织就拿杯子在洗碗池边接了自来水喝。她叹了口气，回头看了看桌上。那里放了一个白色塑料袋。里面是晾衣绳，是她在百元店里找到的。之前，她什么都没买就出了超市，然后路过了那家店。她忽然想到了什么，然后就走了进去。

她要找绳子。长度合适的结实的绳子。

她找到了一条晾衣绳。清新的蓝色给人洁净的感觉，想想接下来打算用它做什么，似乎有些不合适，但也没找到更好的。

纱织把它拿到收银台，付完钱后带了回来。换句话说，这绳子是她买来的。能够自然而然地完成这件事情，她感到很开心。她觉得自己至少离正常人近了一些。

她拿出绳子。长度大约五米，不算粗，不过承受纱织一个人的体重应该没问题。

环视着眼前的房间，她想着有没有什么伸出来的东西，好挂上这条绳子。那东西得足够结实，至少得承受得住她的重量。

就这样转了一圈，纱织微微摇了摇头，坐到了椅子上。哪能有刚好就伸出来的东西呢？这想想也知道。再一想，自己竟这样糊涂，满脑子只想着找条绳子回来，她又开始讨厌自己了。真的没有一件事能做好——一个活着也没有意义的人。

目光不经意间扫向了柜子。一个小小的相框，一张树海的照片。那是从青木原回来一个星期后，史也拿来的。她一直把它摆在房间里。

你得救的方法只有一个——浜冈小夜子的话又在耳边响起。纱织向她坦白了二十一年前犯下的过错后，她就这样说道。

"现在也不晚，你应该去自首。"浜冈小夜子后来又这样说。

"正因为你没有坦诚面对自己的罪过，你才无法真正对自己好。扔掉你那虚假的人生。去找警察吧。我陪你一起去。"

纱织觉得她说得一点也没错。自从杀死婴儿的那一天起，纱织的人生就失控了。无论做什么都不顺利，无论和什么人都无法保持良好的人际关系。有许多男人来找过她，但每一个都是人渣。

但若自首，又有一件事情让她放心不下。不用说，当然就是史也的问题。如今他在哪里，过着什么样的生活，她全都不知道。纱织如果自首，他当然也会被问罪。

她把这个想法告诉了浜冈小夜子，对方则点头说"明白了"。

"那么，我就找出仁科先生的住址，去征求他本人的同意。他也有同样的罪过，得让他跟你一起去自首。"

他能同意吗？纱织不放心。浜冈小夜子语气强硬地告诉她，这不是同意不同意的问题。

"杀了人，自然要赎罪。他如果不自首，那就只能被逮捕。你没有必要犹豫。"

这位孩子被人残忍杀害的自由撰稿人的话具有很强的说服力。纱织回答她说，全交给你。

二人去往青木原，是在两天后。因为浜冈小夜子说，她想先看看现场。她还对纱织说，你也应该看看。

她们说好要按照当初的路线前往，于是先到了富士宫。那里的街道变了很多。从父亲去世算起，纱织已经九年没回富士宫了。她提起这件事后，浜冈小夜子便问道："他年纪应该不算大吧？是因为生病吗？"

"火灾。"纱织回答。据说是暖炉的火引着了窗帘，然后顺势烧到了墙上。那天晚上，洋介参加完聚餐回家后是在二楼睡的觉。后来灭火后，只找到了焦黑的尸体。

守夜当晚，纱织不顾一切地哭了。像个小女孩一样痛哭。

孝顺父亲的事，她一件也没能做到。

曾经，女儿一次次割腕让洋介十分担心，他多次问她原因，真正的原因她却说不出口，只拿"总觉得活着没什么意思"这句话来应付。这样当然不能让洋介放心。于是他决定带女儿去看精神科。纱织拼命挣扎抵抗，就那么离家出走了。她三天没回家。后来，洋介就不怎么开口问她了。而她也不太主动跟父亲说话。

　　其实她的内心满是愧疚之情。洋介累死累活地工作时，自己做出的却是身为一个人的最卑劣的行为。沉溺于性爱，然后怀孕，后来又杀死刚出生的婴儿然后将其埋掉。

　　纱织高中毕业后去东京，完全只是为了逃离这个城镇。因为这里只有可憎的回忆。但洋介什么都不知道，说"只要纱织能找到生存的意义就行"，然后把她送了出去。到东京后，他还时常打来电话，问她的生活费够不够之类的问题。

　　成为美发师的梦想在一年后破灭了。她无法告诉洋介这件事。之后，她又瞒着洋介在新宿做起了陪酒女郎。

　　二十四岁时，她结婚了，却没能让洋介看到她身穿婚纱的模样，因为她和丈夫两个人去夏威夷举办了婚礼。男方是比她大七岁的厨师，外貌很不错，于是她就喜欢上了，一起生活之后才发现他是个粗暴无情的人。他有很强的占有欲，猜忌心特别重，而且还动不动就施暴。被他拿刀刺伤后背的时候，纱织以为自己就要这样被他杀死了。当时的伤口现在还在。

　　她对洋介说了自己离婚的事，父亲只说了句"那就好"。纱织第一次介绍二人见面时，父亲似乎就察觉到了他不是个好人，所以一直很担心。

纱织希望能够找一个使洋介放心的伴侣，可最后也没能如愿。她离婚半年后，父亲就因为火灾去世了。

一切都是自己的错。纱织想。自己无法得到幸福，父亲临终时那样悲惨，全都是自己当时杀死孩子的报应。

从那之后，她就开始偷东西。

"所以你得坦诚地面对自己的罪过。"听完纱织的话，浜冈小夜子说道。

来到史也家附近时，纱织的内心忽然慌乱起来。她在想，万一他突然出现了怎么办？浜冈小夜子似乎察觉到了她的担忧，对她说："你先回车站去。"

纱织在车站等着，不一会儿浜冈小夜子就回来了。

"我在附近打听了一下，很快就查到了。他考上了庆明大学医学部，现在直接在附属医院上班了。是个人才。"

他成了医生——

这是当然了。纱织这样想。他是什么人？有那样的成就是应该的。他跟自己太不一样了。

二人在富士宫站换乘公交，前往青木原。自那天过后，这是她第一次踏足树海。顺着徒步路走了一会儿之后，所有的记忆都恍如昨日般苏醒了。仿佛就是为了今天，那些记忆才一直都被保存在脑子里某个特别的地方。

她们顺着小路前行，不一会儿就停下了脚步。四周树木林立，茂密苍绿。"我想就是这附近。"纱织说道。

"你记得真清楚。这都过去二十一年了。"

"但我觉得就是这里,"纱织用手指着树林,"从这里往正南方向走六十米。"

滨冈小夜子点点头,取出相机拍了几张周围的照片。

"其实我也想去看看,不过还是算了。这样很危险,挖掘的事情还是交给警察比较好。外行人随便乱动,万一破坏了证据就麻烦了。"

纱织花了一些时间才反应过来,她所谓的证据就是指婴儿的尸骨。她再次看向树林深处。那时候,那孩子,就埋在前面。

有什么东西忽然翻涌上来。她蹲了下去,双手撑在地上。泪水一滴滴从眼睛里落了下来。

"对不起,对不起,对不起——"她向自己的孩子道歉。那可怜的孩子好不容易来到这个世界,连妈妈的奶都没能喝上一口,也没有被抱过一次,就被父母夺去了生命。

"这样一来,你也一定能获得新生。"滨冈小夜子轻抚着她的脊背。

大约一周过后,滨冈小夜子又联系她,说自己已经找到仁科史也了,不但找到了还见到了本人。

"我碰巧遇到了一个好机会,顺利跟他见了面。我对他说了你的事情,我想他会联系我的。看起来他似乎很受刺激,但似乎也下定了决心。我想他不会做出什么蠢事来。"

"什么叫做蠢事？"纱织问道。浜冈小夜子犹豫了一下，回答说："自杀。"

"我之前还担心，他得到了常人没有的地位和名誉，会不会因为害怕失去而选择自杀。现在看来他不是那种人。"

听了她的话，纱织的内心再次动摇了。因为自己的坦白，仁科史也到现在所得到的一切将被染上污点，这使她想要退缩。

但是，她已经无法控制事态的发展了。第二天浜冈小夜子又打来电话，说要上史也家去。

唉，终于——

她觉得史也或许会恨自己。二人之前定下了永远保守秘密的约定，现在她却单方面撕毁了。跟浜冈小夜子坦白一切是否真的是对的？若说没有一丝后悔肯定是假话。

浜冈小夜子去见史也的那天，纱织一直心神不定。她完全没有食欲，无法抑制内心的惊惶。当然，她那天请假了。

可直到夜深了，浜冈小夜子也没联系她。她因为太不放心，还主动给对方打了电话，但小夜子的手机一直打不通。

她和史也之间是出什么事了吗？就算谈判决裂了，她也不应该完全不联系自己。不安压迫得她内心快要崩溃了，就算躺在床上也睡不着。

就在半睡半醒之间，她熬到了早上，脖子上全是汗，令人十分不适。

起来后她也不想做任何事情，只想等来对方的联络。她甚至在想，会不会是浜冈小夜子把手机给丢了。如果真是这样，她有可能会直接来家里找自己。这样一想，她连出门换换心情的想法也打消了。

下午的时间也就这样一分一秒地过去了。纱织没怎么好好吃东西，就那样继续等着。她也只能这样。

玄关处的门铃响起，是在下午刚过五点的时候。纱织在门的这一边问对方是谁，等来的却是令她意外的回答。

"我是浜冈女士的朋友。她让我来给您带个话。"那是个沙哑的男性的声音。

纱织打开门。门外站着的是个不曾见过的小个子老人，他恭敬地朝她低头行了个礼，手里还提着一个纸袋。

"有件东西想让您看，可以让我进屋吗？"

若是在平时她或许就拒绝了。可一听到浜冈小夜子的名字，她就失去了冷静判断的能力。她想尽快知道对方究竟带了什么话，拿给她看的东西又是什么。

纱织让老人进了屋。她开始琢磨起要拿什么喝的来招待他。红茶和咖啡太费事，冰箱里有瓶装的茶饮料。

就在她漫不经心地思考着这些的时候，老人从纸袋里拿出了什么东西。至于是什么，她一下子还没反应过来，也可能是事情发生得过于突然，她的大脑来不及反应。

"别出声。出声我只能捅死你。"老人说。他跟刚才判若两人，语气阴毒，一副毫不留情的样子。

这时纱织才意识到，老人手里拿的是菜刀。她还发现，刀刃上沾有血迹。

对方让她别出声，可就算对方反过来叫她出声，她可能也做不到。过度的恐惧和惊吓使她全身都僵住了。用来发声的器官似乎也麻痹了。

"我的……我的女儿，是仁科史也的老婆。"老人说。

女儿？老婆？这些词如此简单，纱织却没能理清其中的关系。不过她明白了，这人跟史也有关。

"很遗憾，那个叫浜冈的女人被我杀了。昨天晚上，我捅死了她。"

听到这句话的瞬间，纱织浑身的汗毛都竖了起来。浜冈小夜子被杀了？为什么会变成这样？对此她完全无法相信。纱织傻傻地站着，只顾摇头。她还是说不出话来。

"现在警察应该已经在查了。我逃不掉的。我打算痛快地让他们抓我。不过，在那之前我还有事情要做。"他手里的菜刀上下晃悠着。虽然沾着血，刀刃却闪出诡异的光。

"你为什么要把浜冈女士——"纱织痛哭着问道。

"因为她只能去死，"老人面目狰狞，"我女婿，那可是个了不起的人。是圣人君子。多亏了他我女儿才有了幸福。不光是我女儿，他还要照顾我这个人渣。如果现在他不在了，你知道有多少人要遭殃吗？都二十多年了，不就是杀了个年轻不懂事时生出来的孩子吗？那又怎么样？那跟堕胎有什么区别？你说他究竟给谁找麻烦了？让谁难过了？谁又算是婴儿的遗族？你们是凶手，可要说遗族也只有你们。除你们之外没人知道那个婴儿的事。为那个孩子伤心难过的，只有你们。就这还要进监狱？要被迫跟家人分开去服刑？这到底有什么意义？你告诉我，你现在自首进监狱，究竟有什么好处？还不就是求个心理安慰？"

面对着这如暴雨般的话语，纱织反驳不出一句话。她没怎么考虑过史也一直以来的生活是什么样子。自首进监狱究竟有什么好处，这她又如何能想明白？她只知道日本的制度就是这样，服罪也只有这一种方式。只不过这究竟是她自己的真心，还是浜冈小夜子灌输给她的观念，她并没有信心明确地说出口。

不应该坦白。她后悔了。那个秘密就应该到死都藏在心里。

纱织的膝盖一软，瘫坐在了地上，并用双手抱住了头。真是失败啊。她觉得自己犯下了无可挽回的过错，自责的念头在脑海里不断翻腾着。

"对不住了，你也只能死。"老人逐渐靠近她，"在那之前，你告诉我，除了浜冈女士之外，杀孩子的事情你还有没有跟其他人说过？如果有，我还得去找那个人。"

纱织用力地摇着头。她回答说没有告诉过其他任何人。她还哭了起来，说后悔当初告诉了浜冈小夜子这件事，如果自己闭嘴，事情就不会闹成这样，一切都是自己的错。

"你可以杀了我。"纱织哭着对老人说，"我很清楚，只要我活着，就会给许多人招来麻烦。如果没遇到我，浜冈女士也不会死。

你也不会变成杀人犯。全都是我的错。所以我还是死了好。请你杀了我吧。"

然而面对已经死心的她，老人却有了一丝犹豫。他手握着菜刀轻声嘀咕了些什么，却没有再靠近纱织。

反倒是纱织问他："你这是怎么了？"

老人默不作声，呼吸急促。不一会儿，他便问道："你能不能向我保证？"

"到死你也不能再把杀婴儿的事情告诉任何人。那个叫浜冈的被杀的事情，还有你跟史也的事情，这一切你永远都要装作不知道。你能不能答应？如果你能向我保证，我就直接离开，不会碰你一根指头。怎么样？"

纱织看着老人的眼睛。那里面没有癫狂，只闪烁着恳求救赎的光。其实，他并不想杀人。纱织明白了，他也不过是勉强活在生与死的边缘而已。

纱织点了点头。"我保证。"她说。

"是真的吗？你不会骗我吧。"老人再次确认。

"不骗你。"纱织重复道。现在靠说谎活下来，然后再去找警察，这种事她不会做，这样谁也不能获得救赎，反倒是会让更多人变得不幸。她并不愿意变成那样。

老人似乎也感知到了她的心思，他点了点头，将刀收回了纸袋里。

"我来过的事情不许跟任何人说。"留下这句话他就走了。

纱织保持着同样的姿势，好一会儿都无法动弹。她无法相信这一切都是真实的，但老人伸到她面前的刀发出的阴冷的光，却已在她眼中留下烙印。

她通过网上的新闻确定了老人所说的话都是事实。在江东区木场附近，一名女性被人用疑似利刃的凶器刺伤身亡——必定是这个没错。在之后几天的新闻里，她还得知了老人自首的事。

愧疚之情化为暗淡的心绪。那个老人应该会进监狱。而他的女儿，还有他的女婿史也，则将作为凶手的家属背负起巨大的痛苦。

而且——

悲剧不会就此结束。因为那个叫中原的人进一步的行动，会让悲剧的连锁效应继续下去。

纱织再一次将放在桌上的绳子拿到手里。既然无法通过法律得到制裁，那只有自己亲手解决了。

她再一次环视屋内。很快，她的视线落在了厕所的门上。

对了，曾经有一个音乐人在门把手上吊死了自己。那到底是自杀还是事故已无从得知，但是那样确实能让人死去。那究竟是怎么做的？

就在她盯着门和门把手看时，忽然有了灵感。纱织走到门边，将绳子的一头系在了内侧门把手上。她将绳子从门上面绕过，在另一边试着拉了拉——很稳当。

这就没问题了。她想。她把剩余的绳子打结，做成了一个圆环。为了不让绳子松开，她打了好多道绳结。

纱织把椅子放到门前，站了上去，然后将头放进了圆环里。

一瞬间，她脑子里闪过一个念头：是不是写封遗书比较好？可这个念头很快被打消了。都到这种地步了，还有什么值得写的？之所以走上这条路，就是因为什么都无法留下。

她闭上了眼睛。重现在眼前的，是二十一年前那可怖的画面。她和史也两个人杀死了婴儿。感受着手中肌肤的温热，他们做出了那么残酷的事。

对不起。妈妈现在就去跟你道歉——她踢翻了椅子。

她感觉到了颈动脉处的压迫。唉，我就要这样去死了——刚这样想着，她的身体就忽然落了下去。纱织一屁股坐在了地上，同时脖子上有种突然轻松了的感觉。她不明白发生了什么，开始往四周看。

晾衣绳落在了地上。本该系在门把手上的那一端松开了。纱织无力地垂下头。自己什么都做不好，就连上吊都不能一次成功。

她站起来，重新在门把手上系好绳子，又拽了几次，确保不会再松开。这次一定没问题了。

像刚才一样，她让系成环的那一头从门上垂下来。就在她打算站上椅子的时候，手机响起了来电铃声。哦，对了。她想了起来。估计是她打工的那家按摩店，今天不去上班的事情她还没跟那边说。

纱织拿起手机，打算关机。上面显示的是一个完全不认识的号码。她有些好奇，就试着接了起来。"喂？"

"啊……喂？是井口纱织女士吗？"她听见了一个男性的声音。低沉，但很有穿透力。

"我是……"在回答的时候，她感觉到了内心的悸动。这声音她曾听过。声音的主人，她十分熟悉——

短暂的沉默过后，对方开口道："我是仁科史也。"

"嗯。"纱织应道。她的心跳加快了。

"有些话我一定要对你讲。能跟我见一面吗？"

纱织紧握着电话，朝厕所的门看了一眼。看着紧紧拴在门把手上的绳子，她想——刚才绳子松开，或许是身在另一个世界的孩子干的吧。

24

纸箱打开后，中原不禁后退了一步。他有心理准备，可实物却比想象中更具冲击力。粗细大约有成年男性的手腕那么粗，长大概两米左右。黑白相间的花纹使其显得十分凶狠。那是一条加州王蛇。

"是因为什么死的？"他问饲主。

"不知道。发现的时候就已经不动弹了。拿给朋友看，朋友说可能是死了。"饲主是一名大约二十出头的女性。头发是茶色的，眼妆很浓，每个指甲上都有色泽艳丽的装饰。

"是你养的？"

"嗯——这不好说。原先是我男朋友在养，不过最近他搬出去了。"

"所以你就负责照顾？"

"照顾……也算不上。连吃的都没给它喂。我就这样把它放在缸里，然后出去了好多天，好不容易回来了就发现它不动弹了。"

原来是这么回事。中原不知该说什么好。毫无道德心的人饲养的宠物所遭遇的悲剧，到现在他也见多了。他也懒得一次次去指责。

"那么，你打算怎么办葬礼？"

"也不用办葬礼，总之能替我把它处理掉就行。这儿可以烧掉是吧？"

"我们会拿去火葬。"

"那只要火葬就行。"

"遗骨呢？"

"遗骨？"

"就是它的骨头。你要拿回家去吗？"

"啊？不要不要。顺手帮我扔掉就行。"

"那么，就跟别的宠物一起进炉？"

"进炉？"

"就是火葬。"

"那我要做什么？"

"到时候会在集体祭坛上一起供奉，你可以到场。"中原一边解释一边想，估计一起供奉指什么她也不知道。

"你说可以到场，也就是说我不去也行了？那这样的话我现在就可以回去咯？"

"当然。"

"哦，那就行。就这么办。太棒啦，不用麻烦了。"可以从她脸上看到发自内心的轻松。

她能把遗体拿到这里来就已经很好了。中原这样劝自己。有些过分的饲主，还会把宠物跟可燃垃圾一起扔出去。

中原向神田亮子招了招手。向她说明情况后，他就将剩下的事交给了她。她表现得有些不乐意，她虽然喜欢很多动物，但是不包括蛇。

正门处又新来了客人。中原朝那边望去，倒吸了一口气。佐山微微抬了抬右手。

中原把他带到了三楼办公室，还是像从前一样拿茶包泡了杯日本茶。

"后来的情况怎么样了？"中原问。

佐山喝了口茶，神情严肃。

"各种调查取证，忙得焦头烂额。就因为你，一切都得推倒重来了。"

"是我给你们添麻烦了？"

佐山放下茶盏，耸了耸肩。

"麻烦事还在后头呢。案子的性质完全变了。审判的时候争论的焦点也和之前根本不同了。我们警察只要查明客观事实就行，但在法庭上如何解读其实更重要。"

中原点点头。"是呀。"

仁科史也和井口纱织一起去自首，据说是在中原去过仁科家三天后。二人之间有过怎样的对话，已不得而知。估计是仁科主动联系了她。

佐山之前来中原这里确认过一些情况。可能仁科他们也说了，是因为中原，才能让过去的事真相大白。

"这个，多谢了。"佐山从包里拿出一样东西，正是那本刊载了盗窃成瘾症报道的杂志。之前来确认情况时，他向中原借走了它。

"官司也不知道会发展成什么样子。"

"谁知道呢？"佐山带着些疑虑说道。

"给町村作造辩护的那些人都两眼放光了。如果只是单纯的抢劫杀人，免不了要被判无期，但若是为了包庇女婿的犯罪事实而杀人，则有酌情减刑的余地。我看呀，他们估计要争取十年有期徒刑。"

听了佐山的话，中原心中充斥着一种复杂的情绪。

"真是讽刺。小夜子的父母希望判凶手死刑。可正因为我查明了真相，这个目标反而更遥远了。"

实际上，因为这件事，中原还上门跟里江和宗一赔了罪。他对他们说，自己或许干了件不必要的事情。

二人没有生气。他们告诉中原，能够得知真相挺好的。只是，对于刑期可能缩短一事，他们的态度似乎很强硬。

"动机是什么根本无所谓，无论出于何种理由，遗族都无法获得救赎，所以，我们仍然要求判死刑。"二人异口同声地说道。

"刑罚这东西，充满了矛盾。"佐山说道，"据静冈县那边的警察说，在那个现场没有找到任何证据。"

"那个现场是指？"

"青木原。就是他俩埋掉婴儿的现场。树海的地理位置虽然特殊，但由于二人供述一致，确定地点还算比较容易，搜索范围也拉得很大，但还是什么都没找到。"

"那是为什么呢？难道是化成土了？"

"不好说。"佐山摇了摇头。

"就算是再小的婴儿，区区二十年应该也不会到那个地步。但那毕竟是树海，野生动物会频繁出没，所以有可能是让什么动物给刨出来了。"

"假如直到最后都没找到任何东西……"

"估计就很难立案了。由于无法证明杀害婴儿的事实，很有可能选择不起诉。而另一边，町村的案子，则仍将以二十一年前曾发生过命案为前提进行审判。"

中原回望这位警察。"确实是充满了矛盾。"

"这或许就证明了人无法完美地审判什么吧。"

"打扰了。"说完这句话，佐山就离开了。

送走佐山后，中原来到窗边，向下望了望。神田亮子正将纸箱往火葬场搬。

中原想起了之前听说过的那件事——井口纱织的房间里一直摆着那张树海的照片。或许对她而言，那就是珍贵的遗骨。

图书在版编目（CIP）数据

虚无的十字架／（日）东野圭吾著；代珂译．——海
口：南海出版公司，2022.2（2025.7重印）
ISBN 978-7-5442-6396-2

Ⅰ．①虚… Ⅱ．①东… ②代… Ⅲ．①长篇小说－日
本－现代 Ⅳ．① I313.45

中国版本图书馆 CIP 数据核字（2021）第 199377 号

著作权合同登记号 图字：30-2021-073

虚无的十字架

〔日〕东野圭吾 著

代珂 译

出　　版　南海出版公司　（0898）66568511
　　　　　　海口市海秀中路 51 号星华大厦五楼　邮编 570206
发　　行　新经典发行有限公司
　　　　　　电话（010）68423599　邮箱 editor@readinglife.com
经　　销　新华书店

责任编辑　张　锐
特邀编辑　李茗抒　孙　腾　白　雪
装帧设计　韩　笑
内文制作　田小波

印　　刷　北京中科印刷有限公司
开　　本　880 毫米 ×1230 毫米　1/32
印　　张　9.5
字　　数　188 千
版　　次　2022 年 2 月第 1 版
印　　次　2025 年 7 月第 10 次印刷
书　　号　ISBN 978-7-5442-6396-2
定　　价　59.00 元